Passion Restored – Geheilte Leidenschaft

Die Gallagher-Brüder, Buch 2

Carrie Ann Ryan

Passion Restored – Geheilte Leidenschaft

Die Gallagher-Brüder, Buch 2

von

Carrie Ann Ryan

Passion Restored – Geheilte Leidenschaft (Buch 2)
Hope Restored – Geheilte Hoffnung (Buch 3)

Passion Restored – Geheilte Leidenschaft

Die Reihe »Die Gallagher-Brüder« von New York Times Bestsellerautorin Carrie Ann Ryan wird mit dem einen Bruder fortgesetzt, der glaubt, alles im Griff zu haben, und der einen Frau, die das ändern könnte.

Owen Gallagher gefällt es, wenn alles sauber und ordentlich ist, und er ist bis ins Kleinste organisiert. Während seine Brüder ihre eigenen Probleme und Sorgen hatten, glaubt er, es bisher recht einfach gehabt zu haben. Zumindest bis seine sehr ordentliche Welt im Kern erschüttert wird und er gezwungen ist, sich auf andere zu verlassen. Nun müssen sowohl sein Körper als auch seine Seele heilen, wobei er sich die allergrößte Mühe gibt, seine äußerst verführerische Nachbarin zu ignorieren.

Liz McKinley ist gestresst, erschöpft und nicht in der Stimmung, sich in ihrer Notaufnahme um einen bärtigen und schlecht gelaunten Mann zu kümmern. Als sie ihn nach bestem Wissen und Gewissen verarztet hat, ist sie bereit, ihn aus ihren Gedanken zu verdrängen. Natürlich wäre das einfacher, wenn sie und ihre beste Freundin nicht gerade das Haus neben seinem gekauft hätten. Nun scheinen sie sich täglich über den Weg zu laufen und es fällt ihr immer schwerer, den verletzten und wütenden Mann abzuweisen. Doch sie wurde in ihrem Leben einmal zu viel verletzt und obwohl dieser Gallagher zum Anbeißen aussieht, weiß sie, dass es nicht immer gut ist, seinem Verlangen nachzugeben.

Kapitel Eins

Eine Frau in Jeans hatte etwas Gewisses an sich. Und eigentlich dachte er dabei an eine ganz bestimmte Jeans. Sie war köstlich eng und umfing den Körper der Frau so perfekt, dass Owen Gallagher sich fest an den Tresen klammern musste, um nicht vor lauter Dankbarkeit auf die Knie zu sinken. Schließlich geschah es nicht jeden Tag, dass eine Frau ihm den Atem raubte, indem sie einfach nur ein Gebäude betrat. Owen schluckte heftig und dankte Gott noch einmal für enge Jeans und die Art, mit der eine Frau sich *bewegen* konnte.

Sein jüngerer Bruder Murphy betrachtete ihn mit hochgezogener Augenbraue, bevor er sich umwandte, um Owens Blick folgen zu können. Owen bemerkte genau den Moment, in dem Murphy sie entdeckte, denn der Jüngere pfiff leise durch die Zähne, bevor er sich wieder seinem Bier zuwandte und das Glas leerte.

»Nett«, bemerkte Murphy, als er sich herumdrehte,

sodass er Seite an Seite neben Owen stehen konnte. Auf diese Weise hatten sie beide ein freies Blickfeld und konnten sich weiter miteinander unterhalten, so wie sie es getan hatten, bevor die Frau in Jeans aufgetaucht war.

Owen schluckte heftig, denn seine Gedanken reisten in schmutzige Gefilde, die sie besser nicht besuchen sollten. »Nett« reichte nicht aus, um diese besondere Sirene in Blue Jeans zu beschreiben. Die Frau bestand nur aus Kurven und Sex-Appeal, auch wenn sie nicht gerade wie eine typische Kneipenbesucherin gekleidet war. Owen war auch nicht die Unruhe in ihrem Blick entgangen, die sich dann in Ärger verwandelt hatte, als sie vor ein paar Augenblicken in die Kneipe gestürmt war.

Sie hatte sich prüfend umgeblickt, bevor sie entschlossen auf eine Gruppe von Männern und einer einzelnen Frau in der Ecke zugeschritten war. Owen hatte den Leuten keine große Aufmerksamkeit geschenkt, außer dass er sie im Vorbeigehen wahrgenommen hatte. Und auch jetzt betrachtete er sie nicht allzu eingehend. Er hatte nur Augen für die sexy, blonde Frau in dem halbwegs lockeren T-Shirt und der engen Jeans.

Obwohl das Oberteil nicht eng war, konnte er sehen, dass sie gut ausgestattet war und mehr als genug besaß, um seine Hände auszufüllen. Er liebte das. Er liebte es, mit dem Gesicht zwischen die Brüste einer Frau zu tauchen und sie zu saugen und zu lecken, bis sie kam. Er genoss es zu beobachten, wie die Brüste hin- und herschwangen, wenn er sie von hinten fickte, und wie sie auf und ab hüpften, wenn sie mit durchgedrücktem Rücken auf ihm ritt und die Hände dabei über seine Oberschenkel gleiten ließ.

Sicher, bei solch perfekten Brüsten müsste er sich aufrichten, sodass er an ihnen saugen und sie lecken und in ihre Nippel beißen könnte. Dann würde er mit beiden Händen ihre Brüste umfassen und die harten Knospen zwischen seinen Fingern rollen, während sie ihn weiter ritt, als wäre er ein Pony.

Doch nicht nur die Brüste der Blonden erregten seine Aufmerksamkeit. Auch den Schwung ihrer Hüften fand er äußerst anziehend. Sie lockten ihn mit jedem ihrer Schritte näher zu sich heran. Sie besaß perfekte Kurven und einen köstlich prallen Hintern, der geradezu darum bettelte, gefickt zu werden. Er wusste, die beiden vollen Pobacken würden wackeln und zittern, wenn er sie fickte, und er hätte mehr als genug in den Händen, an das er sich klammern könnte, während er in sie hinein hämmerte. Und diese Hüften? Nun, diese Hüften waren perfekt, um sich an ihnen festzuhalten, gleichgültig welche Position sie auch einnähmen, während sie fickten, bis die Sonne aufginge.

Sein Schwanz wurde schmerzhaft hart hinter dem Reißverschluss und er stöhnte auf. Mist. Schon lange hatte er keine solchen Fantasien mehr über eine Frau gehabt, mit der er noch nicht einmal ein Wort gewechselt hatte. Vielleicht hatte Murphy recht, er brauchte mal wieder Sex.

Er hatte sich in einen Lüstling verwandelt, und das gefiel ihm kein bisschen.

Über sich selbst verärgert nippte Owen langsam an seinem Mineralwasser, sodass er sich nicht an seiner eigenen Zunge verschluckte und seine Hände beschäftigen konnte, jetzt, da er den verdammten Tresen losgelassen hatte.

Die blonde Frau sprach jetzt mit der anderen, die braune Haare besaß, und zog sie von den Männern in der Ecke weg. Diese schienen nicht besonders begeistert darüber zu sein, bedrängten die Frauen aber nicht. Owen empfand dies als einen Segen und bevor er etwas so Dummes tun konnte, wie diese Blonde ohne Namen sabbernd anzustarren, wandte er seine Aufmerksamkeit von ihr ab und richtete sie wieder auf seinen Bruder.

Doch eben dieser Bruder starrte nun mit dem gleichen hungrigen Ausdruck in den Augen die beiden Frauen an.

Mist.

»Ich werde keine Rechte anmelden, da wir nicht mehr zur Highschool gehen und dem entwachsen sind, aber ...« Owen verstummte, als Murphy leise lachte.

»Ja. Das ist nicht notwendig. Ich bin mir ziemlich sicher, dass dein Blick der Blonden galt, die du angestarrt hast wie ein Welpe, der gerade einen köstlichen, neuen Kauknochen gefunden hat, an dem er knabbern und lecken kann.« Murphy zwinkerte. »Ich selbst stehe mehr auf Brünette.«

Owen schüttelte den Kopf; ein Lächeln umspielte

seine Lippen. »Gut zu wissen.« Er trank einen Schluck von seinem Mineralwasser. »Ich war doch nicht schlecht, oder?«

Murphy zog eine Braue in die Höhe und stellte sein halb leeres Bierglas auf den Tresen. Sie waren heute Abend beide mit dem Wagen hierhergefahren und wollten sich jeder nur ein Bier erlauben, doch Owen hatte sich für das Mineralwasser entscheiden, da er Kopfschmerzen hatte.

»Du konntest den Blick nicht von ihr abwenden. Es überrascht mich, dass du ihr nicht gefolgt bist, um ihren Duft einzufangen. Außerdem klappte dein Unterkiefer ein wenig hinunter, aber du konntest den Sabber irgendwie im Mund behalten. Gut für dich.«

Owen machte eine abwehrende Handbewegung, dann stellte er sein Getränk neben das Bier seines Bruders. »Halt die Klappe. Ich habe nicht gesabbert.« Vorsichtshalber wischte er sich über sein Kinn. Murphy warf den Kopf zurück und lachte. »Siehst du, kein Sabber.«

»Das ist nicht gerade die beste Art zu widerlegen, dass du dich wie ein erregter Teenager verhalten hast. Ist schon eine Weile her, was?« Murphy grinste und Owen widerstand dem Drang, dem Mann in die Schulter zu boxen.

»So lange ist es auch nicht her.« Owen verzog das Gesicht, als er sich daran erinnerte, dass er seit Tracy mit keiner Frau mehr geschlafen hatte. Und seitdem waren bereits drei Monate vergangen. Er und Tracy schliefen ab und zu miteinander, wenn es ihre Terminkalender und Beziehungen erlaubten. In letzter Zeit hatte es allerdings kaum solche Gelegenheiten gegeben. Wenn er einen solchen Ständer wegen einer Frau bekam, die er nicht einmal kannte, musste er Tracy vielleicht anrufen und sehen, ob er nicht etwas Dampf ablassen konnte. Doch allein der Gedanke daran war nicht sehr verlockend. Klang eigentlich überhaupt nicht nach einer guten Idee.

»Wenn du erst darüber nachdenken musst, dann ist es zu lange her«, erklärte Murphy. »Warum bittest du sie nicht einfach, mit dir auszugehen? Oder sprich sie zumindest an. Was hast du schon zu verlieren?«

So wie die Blonde ihre Freundin anblickte, war Owen sich ziemlich sicher, dabei einen Finger ... oder Schlimmeres verlieren zu können.

»Ich passe, danke.«

»Dann mach es dir selbst«, erwiderte Murphy schlicht, bevor er sich ein Wasser bestellte.

»Nicht in der Stimmung heute Abend, dein Bierglas zu leeren?«, erkundigte Owen sich.

Sein Bruder schüttelte den Kopf. »Ich habe Kopfschmerzen.«

Owens Schultern versteiften sich. »Alles in Ordnung? Solltest du dich nicht hinsetzen?«

Murphy warf ihm einen Blick zu. »Du hattest doch auch Kopfschmerzen, Arschloch. Und deshalb hast du nicht einmal den Versuch unternommen, ein Bier zu trinken. Wir haben einen langen Arbeitstag hinter uns – wie du weißt, da du dort warst – und mein Kopf schmerzt. Nicht jeder kleine Stich und Schmerz geben Anlass zur Sorge, weißt du. Ich bin bereits seit Jahren frei von Krebs.«

Owen stieß die Luft aus und lehnte sich gegen einen Barhocker. »Entschuldige, Murphy. Ich habe mit meiner Fürsorge wohl etwas übertrieben.«

Murphy nickte dem Barkeeper zu, der ihm sein Getränk reichte, und wandte sich seufzend Owen zu. »Ja, ich weiß. Das gilt für euch alle drei. Seit dem Tag meiner Geburt muss ich mit drei Brüdern klarkommen, die sich übertrieben beschützerisch verhalten.«

»Man sollte meinen, du hättest dich inzwischen daran gewöhnt«, erwiderte Owen mit einem Lächeln, das jedoch nicht bis zu seinen Augen reichte, wie ihm sehr wohl bewusst war. Murphy war als Kind krank gewesen. Wirklich krank. Und dann, als sie alle erwachsen waren und dachten, alles wäre gut, wurde Murphy wieder krank.

Ihre Mutter, die vor ein paar Jahren gestorben war, hatte das sehr mitgenommen. Und ihr Vater war ihr nach einiger Zeit gefolgt. Nicht dass er, Graham oder Jake Murphy die Schuld am Tod ihrer Eltern gegeben hätten. Mom und Dad waren beide schon in jungen Jahren aus verschiedenen Gründen herzkrank gewesen, doch Owen wusste, dass Murphy sich selbst Vorwürfe machte.

Und die Tatsache, dass die verbliebenen Mitglieder des Gallagher-Clans jedes Mal überreagierten, wenn Murphy auch nur einen leichten Schnupfen bekam, machte es nicht besser. Doch Owen konnte einfach nicht anders. Er war ein Mensch, der jedes Problem lösen wollte, ein Organisator. Und wenn er eine Möglichkeit gefunden hätte, Murphys Lebensweg mit farbigen Schildern zu pflastern, um dafür zu sorgen, dass Murphy für den Rest seines *sehr* langen Lebens gesund bliebe, so hätte Owen es getan.

»Es geht mir gut, Owen. Lassen wir das Thema einfach fallen, okay?«

Owen musterte das Gesicht seines Bruders, angefangen bei den scharfen Konturen seines Kinns bis zu der Farbe seiner Wangen, und nickte. Doch gleichgültig, was sein kleiner Bruder sagte oder tat, Owen wäre immer da, um für das Wohl seines kleinen Bruders zu sorgen. Nie würde er vergessen, wie blass Murphy als Kind und später als Teenager in seinem Krankenhausbett ausgesehen hatte.

Niemals.

»Ja, einverstanden«, sagte Owen langsam. Dann schüttelte er die Erinnerungen ab, die ihn bis zu seinem letzten Atemzug verfolgen würden.

»Gut.«

Für einige Augenblicke verfielen sie in Schweigen, während Owen die Geräusche der Kneipe in den Ohren klangen. Er hielt sich gern nach einem langen Arbeitstag in diesem Lokal auf. Es war der perfekte Ort, wenn er nicht in der Stimmung war, sich der Stille in seinem leeren Haus zu stellen, aber sich auch nicht der lauten Musik einer der anderen Kneipen in der Gegend aussetzen wollte. Außerdem hatten seine Brüder und er es von ihren Häusern nicht weit bis hierher, daher war dies ihre Stammkneipe. Sicher, keiner der vier wurde jünger und da zwei bereits verheiratet waren und Kinder hatten, würde das gemeinsame Ausgehen bald der Vergangenheit angehören.

Owen verzog das Gesicht und rieb sich das Kreuz, während er an ihren langen Tag auf der Baustelle dachte. Ja, er wurde definitiv älter. Er, Murphy und ihr ältester Bruder waren die Inhaber von Gallagher Brothers Restoration. Zusammen leiteten sie das Unternehmen. Jake, sein zweitältester Bruder, half ihnen ebenfalls, hatte der Firma jedoch nicht beitreten wollen, da er ein eigenes Geschäft besaß. Graham war für die Vertragsabschlüsse verantwortlich und Murphy war der Architekt. Als Künstler kam Jake für spezielle Jobs ins Spiel und Owen selbst ... nun, er koordinierte sie alle. Manchmal etwas übereifrig.

Zumindest hatte Murphy sich am Morgen darüber beschwert.

»Weißt du schon, was du Rowan zum Geburtstag schenken wirst?«, erkundigte Murphy sich nach ein paar Momenten. Rowan war ihre Nichte, Grahams und Blakes Tochter. Doch da Rowan erst kürzlich im Leben der Brüder aufgetaucht war, wussten sie sich keinen Rat, wenn es darum ging, ein Geschenk für das kleine Mädchen zu besorgen.

Owen seufzte. »Ich habe keine Ahnung, was man einem kleinen Mädchen zum Geburtstag schenkt. Schließlich sind wir ohne Schwestern aufgewachsen.«

Murphy nickte. »Wohl wahr. Vielleicht können Maya und Blake uns weiterhelfen. Außerdem haben wir noch ein paar Wochen Zeit.« Maya Montgomery-Gallagher war sowohl die Frau von Jake als auch die eines anderen Mannes, Border, der das Trio vervollständigte. Sie gehörte schon seit Jahren zu den Gallaghers. Nun, rein rechtlich hatte sie Border geheiratet und mit Jake eine Zeremonie abgehalten, da Mehrfachheiraten illegal waren, doch jeder, der sie kannte, betrachtete die drei in jeder Hinsicht als miteinander verheiratet.

»Mag sein«, stimmte Owen zu, »aber ich glaube, sie erwarten von uns, dass wir selbst eine Idee haben.«

Murphy schnaufte. »Nun, du bist doch derjenige, der immer alles für uns organisiert und sich um die Recherche kümmert. Dann leg doch eine Liste an und ich werde mir etwas aussuchen.«

Owen machte eine abwehrende Handbewegung. »Ich tue weit mehr, als Listen für euch zu erstellen.«

»Sicher. Du besorgst uns auch einen Becher Kaffee, beschriftet mit unseren Namen, sodass wir nicht aus dem falschen trinken. Obwohl Graham sich niemals daran hält.«

»Hast du dir nicht heute Morgen den Becher mit dem ›G‹ geschnappt? Also halt den Mund.« Pause. »Und ich tue noch viel mehr. Das ist dir doch bewusst, oder?« Ihm gefiel der Gedanke nicht, dass seine Brüder ihn eher als einen glorifizierten Administrator als einen Teil des Unternehmens betrachten mochten. Nicht dass ihre Verwaltungsangestellten nicht voller Energie gewesen wären, aber er hielt sich einfach für *mehr*.

Murphy runzelte die Stirn. »Natürlich. Du tust weit mehr. Ich ziehe dich doch nur etwas auf. Da kommt doch dieses neue Projekt auf dich zu, mit dem wir anderen nichts zu tun haben.«

Owen betrachtete angelegentlich sein Glas. »Das ist noch nicht unter Dach und Fach.« Doch bald wäre es so weit. Er hatte ein gutes Gefühl. Er hatte recherchiert, hatte endlose Stunden damit verbracht, mit dem Eigner des Gebäudes und den Firmen, die sich für das Projekt beworben hatten, zu verhandeln ... Normalerweise arbeiteten alle Gallagher-Brüder zusammen an einem neuen Projekt, aber da Graham verheiratet war und Jake ein Baby bekommen hatte, hatte Owen allein an der nächsten Phase ihres Unternehmens arbeiten müssen.

Er war verdammt nervös und doch gleichzeitig begeistert.

»Das wird schon. Du bist gut in dem, was du tust.« Murphy blickte über Owens Schulter und grinste. »Und es sieht so aus, als bekämst du die Chance, zu sehen, worin ich wirklich gut bin.« Er lächelte träge. »Meine Damen.«

Owen drehte sich herum; Blondie und ihre Freundin schritten auf den Tresen zu. Blondie zog ein ärgerliches Gesicht, während die Brünette grinste. Obwohl Letztere umwerfend aussah, hatte Owen nur Augen für die Blonde.

»Hi, Jungs«, grüßte die Brünette, wobei sie leicht

lallte. »Liz will, dass ich gehe, aber ich wollte Hallo sagen. Ich bin Tessa.« Sie streckte die Hand aus, blickte nach unten und lachte, bevor sie den Arm wieder zurückzog. »Tut mir leid. Wir sind hier wohl nicht auf der Arbeit. Ich nehme an, es ist merkwürdig, sich in einer Kneipe mit Händedruck zu begrüßen, richtig?«

Blondie – Liz, verbesserte er sich – schloss die Augen und zählte bis zehn, wie er vermutete. In diesem Moment konnte er ein gewisses Mitgefühl für sie nicht leugnen. Es war nicht gerade das Leichteste von der Welt, eine betrunkene Freundin aus einer Kneipe zu schleppen, wenn man ganz klar nicht in der Stimmung dazu war.

»Wir sind hier unter Freunden«, sagte Murphy leise. »Ich bin Murphy und das ist mein Bruder Owen.«

Owen nickte beiden Frauen zu, behielt jedoch unverwandt Liz im Blick. »Hey.«

»Hey«, sagte Liz, wobei sie unwillig das Gesicht verzog. »Und jetzt, da wir Hallo gesagt haben, Tessa, gehen wir nach Hause. Ich bin erschöpft und nicht in der Stimmung, mich in Kneipen herumzutreiben und mich mit den Grapschhänden der Kerle herumzuärgern.« Wieder verzog sie das Gesicht, dann blickte sie Owen und Murphy an. »Entschuldigt, ich wollte euch nicht beleidigen.«

Murphy schnaufte und hob die Hände. »Nichts für ungut. Grapschhände gibt es hier nicht. Nett, euch beide kennengelernt zu haben.«

Owen legte den Kopf schief und musterte die Schatten unter Liz' Augen. Sie mochte zwar wirklich erschöpft sein, aber er hatte das Gefühl, dass sie nicht nur aufgrund mangelnden Schlafes so schlecht aussah.

Und warum kümmerte ihn das überhaupt?

Hatte er sie und ihre Freundin nicht gerade erst kennengelernt und nicht mehr als ein Wort mit ihr gewechselt? Er sollte sie einfach gehen lassen und selbst nach Hause fahren. Scheinbar war auch er nicht in der Stimmung, den Abend in einer Kneipe zu verbringen.

»Geht schlafen, meine Damen«, sagte Owen nach einem Augenblick. »Nett, euch beide kennengelernt zu haben.«

Tessa zog einen Schmollmund, blinzelte jedoch dabei, sodass sie den erwünschten Effekt verdarb. »Guts Nächtle, Jungs.«

Liz verdrehte die Augen, doch ein leichtes Lächeln umspielte ihre Lippen, obwohl sie versuchte, die Stirn zu runzeln. »Gute Nacht.« Sie zog an Tessas Arm und die beiden verließen die Kneipe, wobei die Blicke der meisten Männer ihnen folgten. Owen konnte den Kerlen keinen Vorwurf daraus machen, war er doch selbst einer von ihnen, doch er fühlte sich ein wenig schlecht dabei.

Ein Mann suchte sich schwankend seinen Weg zu Owen, gesellte sich zu ihm und schnaufte. »Sieht ja ganz nett aus, wie sie kommen und gehen. Aber lieber hätte ich eine von beiden gefickt, doch die Blonde scheint ein wenig steif. Vielleicht braucht sie nur etwas Sex, um den Stock in ihrem Hintern zu lösen.« Owen starrte den Idioten an, wobei er die Augen zu Schlitzen verengte.

»Pass bloß auf«, knurrte er leise. »Sie hat nur ihre Freundin abgeholt.«

Der Kerl zog eine Braue in die Höhe. »Was auch immer. Sie muss über ihren Schatten springen.«

Der Freund des Arschlochs umfasste seine Hoden und machte Stoßbewegungen in seine Hand. »Man muss ihr lediglich etwas anderes als diesen Stock in den Hintern schieben.«

Murphy legte eine Hand auf Owens Schulter. Erst in diesem Augenblick bemerkte er, dass er sich leicht auf die zwei Männer zubewegt hatte. Und als er sie sich jetzt näher betrachtete, bemerkte er, dass sie der Gruppe in der Ecke angehörten, mit der Tessa sich zuvor unterhalten hatte.

Owen mochte zwar Fantasien über Liz gefrönt haben – wegen derer er sich jetzt schlecht fühlte –, aber in seinen Tagträumen war sie eine gleichberechtigte Partnerin gewesen, nicht eine, die man fickte und dann vergaß, wie diese Kerle angedeutet hatten. Und zur Hölle, wie froh er war, dass Liz Tessa hier herausgeholt hatte! Denn wenn sich eine Frau allein mit diesen Ärschen betrank, konnte das nur schlecht ausgehen.

Verfluchte Idioten.

»Lass uns gehen«, knurrte Owen. »Ich habe genug.«

Murphy drückte ihm die Schulter und zog ihn wieder zurück. »Ich begleite dich.«

Die beiden anderen Männer ignorierten sie und nahmen ihr brutales, banales Gespräch wieder auf. Und

Owen war dankbar dafür. Er wollte heute Abend nicht in eine Schlägerei verwickelt werden. Er hatte keine Lust auf verletzte Hände, was unvermeidlich gewesen wäre, auch wenn Murphy und er gewiss gegen diese betrunkenen idioten gewonnen hätten. Und zur Hölle, ganz bestimmt wollte er es nicht mit der Polizei zu tun bekommen.

Liz und Tessa hatten sie zwar nicht um Hilfe gebeten und waren nicht einmal mehr hier, doch Owen hegte immer noch den Wunsch, den Kerlen eine Lektion zu erteilen.

Und da es nichts gab, das er hätte tun können, außer ihnen zu zeigen, wie man Frauen behandelte, kippte er den Rest seines Mineralwassers hinunter, sodass er sich dank der Kohlensäure für die Fahrt nach Hause erfrischt fühlte. Dann verließ er mit Murphy die Kneipe.

Der Parkplatz war jetzt, mitten in der Woche, nicht allzu voll, doch da Murphy und er zu unterschiedlichen Zeiten hier eingetroffen waren, hatten sie nicht nebeneinander parken können.

»Dann bis morgen früh«, knurrte Owen.

»Um neun Uhr, richtig?«, fragte Murphy mit allzu unschuldigem Blick.

»Um sieben, das weißt du doch.« Trotz alledem würde Murphy wahrscheinlich erst um viertel nach sieben mit verschwommenem Blick und dem Bedürfnis nach Koffein eintrudeln. Ihr kleiner Bruder war definitiv kein Morgenmensch und deshalb arbeitete er für gewöhnlich länger als alle anderen, um die Verspätung am Morgen auszugleichen.

»Mein Gott, warum gibt es nur an jedem Tag zweimal sieben Uhr? Ich meine, zum Teufel, reicht uns nicht sieben Uhr am Abend?« Murphy schlug sich auf die Brust und trat ein paar Schritte zurück. Owen schüttelte den Kopf.

»Du wirst das schon schaffen.« Und Gott sei Dank war es heute Abend nicht spät geworden, denn sie hatten heute tatsächlich sehr früh mit der Arbeit begonnen. Owen würde wahrscheinlich schon um sechs oder so das Haus verlassen, um für die Belegschaft Frühstück und für seine Brüder Kaffee zu besorgen. Sie hatten ihn zwar nie darum gebeten, doch er tat ihnen stets diesen Gefallen. Jeder andere hätte das auch erledigen können, doch dann wäre Owen nicht sicher gewesen, dass diese kleine Aufgabe korrekt und pünktlich ausgeführt wurde.

Er war ein wenig pingelig.

Er verabschiedete sich von Murphy und machte sich auf den Weg zu seinem Wagen, wobei er bemerkte, dass noch mehr Gäste die Kneipe verließen; ihre Stimmen wurden vom Wind zu ihm getragen. Owen bewegte den Kopf hin und her und schob die Hände in die Taschen, während er den lang gestreckten Parkplatz überquerte, um zu seinem Wagen zu gelangen, den er unter einer Straßenlaterne geparkt hatte.

Er hörte einen Schrei, drehte sich herum und seine Nackenhaare sträubten sich. Lichter blendeten ihn und stolpernd trat er einen Schritt zurück. Er warf die Hände vors Gesicht, um sein Gesicht zu schützen.

Das Dröhnen eines Motors füllte seine Ohren und in einem winzigen Augenblick erkannte er, was er vor Augen hatte, bevor er nichts mehr sehen konnte. Der Pick-up – angesichts der Größe der Scheinwerfer musste es sich um einen solchen handeln – traf ihn in der Seite und Owen flog in hohem Bogen durch die Luft.

Er fühlte sich gleichzeitig schwerelos und doch so schwer.

Sein Körper fühlte sich taub an, bevor er wie Feuer brannte.

Er schlug so hart auf dem Boden auf, dass er sich alle Knochen hätte brechen können, vielleicht ein paar Rippen. Er versuchte zu schreien, bekam jedoch nicht genügend Luft. Sein Körper rutschte viel zu lange über den Parkplatz und sein Kopf schrammte die ganze Zeit über den Schotter.

Dann blieb er liegen.

Sein Körper bebte.

In seinem Kopf drehte sich alles.

Und er konnte den Blick nicht auf etwas fokussieren.

Er konnte nichts sehen.

Konnte nicht atmen.

Das Geräusch von über den Asphalt rutschenden Reifen und der Geruch brennenden Gummis erschreckten ihn, doch er konnte die Arme nicht heben, um sein Gesicht zu schützen. Er hörte Schritte, die sich schnell näherten, und Stimmen, die um Hilfe riefen.

Aber Owen rührte sich nicht.

Er konnte es einfach nicht.

Als er endlich die Augen öffnete und Murphy über sich sah, mit weit aufgerissenen Augen, Tränen, die ihm über die blassen Wangen liefen, und mit einem Heiligenschein, den das Licht der Straßenlaternen erzeugte, glaubte Owen, sein Ende wäre gekommen.

Denn kein Gallagher sah wie ein Engel aus, nicht einmal sein kleiner Bruder.

Owen versuchte, eine Hand auszustrecken, etwas zu sagen.

Doch dann kam die Dunkelheit und dann war da nichts mehr.

Nichts.

Kapitel Zwei

»Fühlst du dich etwas besser?«, fragte Liz McKinley ihre Freundin, während sie Tessa zu Bett brachte. Sie waren erst seit ein paar Minuten zu Hause und Tessa hatte sich auf dem Weg zu ihrem Schlafzimmer bis auf die Unterwäsche ausgezogen. Obwohl sie ihre Freundin liebte, war es nicht gerade ein Spaß, sich um die betrunkene Tessa zu kümmern.

Gott sei Dank betrank sich keine von beiden öfter in diesem Maße.

Tatsächlich konnte Liz sich nicht einmal mehr daran erinnern, wann sie sich zum letzten Mal so betrunken hatte. Ehrlich, das war irgendwie traurig. Doch angesichts Tessas elenden Gesichtsausdrucks war Liz sich ziemlich sicher, dass sie beide niemals wieder den Wunsch verspüren würden, sich so zu betrinken. Ihre Freundin hatte einen beschissenen Tag hinter sich und manchmal gab es eben keinen anderen Weg, darüber hinwegzukommen, als sich bis zur Bewusstlosigkeit zu betrinken und dann eine Freundin zu Hilfe zu rufen.

»Hmpf.«

Liz schnaufte, als sie Tessas Antwort vernahm, und deckte diese zu. Ihre Freundin war zwar vollkommen fertig, würde aber morgen früh voll einsatzbereit und ohne Kater aufwachen. Dies war so, seitdem sie achtzehn gewesen waren und im Studentenwohnheim gelebt hatten. Ehrlich gesagt war Liz neidisch, wie schnell die andere Frau sich erholen konnte. Vielleicht passten sie sich eines Tages einander an und alles würde sich ändern, aber im Augenblick würde es Tessa bei Sonnenaufgang wahrscheinlich besser ergehen als Liz.

Die beiden waren während der Collegezeit Zimmergenossinnen gewesen und teilten sich jetzt ihr erstes eigenes Zuhause. Die meisten Menschen würden sich nicht auf ein gemeinsames Haus mit ihrer besten Freundin einlassen, aber Liz und Tessa waren nicht wie die anderen. Sie hatten gemeinsam die Hölle und verschiedene Versionen von Frieden durchgemacht und waren in Bestform daraus hervorgegangen. Es gab nichts, das Liz für Tessa nicht getan hätte, und sie wusste, das beruhte auf Gegenseitigkeit.

Liz wusste nicht genau, warum Tessa heute Abend allein in die Kneipe gegangen war, um ihre Sorgen in Alkohol zu ertränken. Sie wusste lediglich, dass Tessa einen schlechten Tag hinter sich hatte. Doch sie wusste auch, dass sie mit der Zeit mehr darüber hören würde. Zumindest hoffte sie das. Denn ihre Freundin mochte zwar von sich behaupten, offen zu sein, doch sie behielt Probleme tief in sich verschlossen.

Obwohl, ehrlich, Tessa war genauso verschlossen, behauptete jedoch nicht von sich, aufgeschlossen zu sein. Sie hatte heute eine volle Schicht hinter sich und hatte anschließend beginnen wollen, die Kartons auszupacken. Sie waren in der letzten Woche eingezogen und hatten noch keine Zeit gefunden, irgendetwas zu tun, außer eine Pfanne zum Kochen und Bettwäsche zum Schlafen herauszusuchen. In ein paar Tagen würde die Umzugs-firma mit den restlichen Kartons aus dem Lager eintreffen und Liz war sich bewusst, dass sie zumindest einen Durchgang für die Männer freimachen mussten.

Da Tessa und Liz beide im Krankenhaus arbeiteten, hatte sie das Gefühl, dass sie für eine Weile keine Zeit für Persönliches haben würden. Ihre Arbeitsstelle in der Notaufnahme war nicht gerade gesichert, da das Kran-kenhaus mal wieder Personal kürzte. Und obwohl sie gut in ihrem Job war, hatte sie angesichts des neuen Budgets ein schlechtes Gefühl.

Es gab ein paar Krankenschwestern zu viel auf der Lohnliste, obwohl man in Wahrheit niemals genügend Pflegekräfte haben konnte, wenn es zu einer Massenein-lieferung von Verletzten kam. Aber außer Tessa verstand dies niemand in der Verwaltung. Und Tessa konnte dank der Vorstandspolitik nichts weiter tun, als sich zurück-zuhalten.

Liz stieß einen Seufzer aus, als sie Tessas Zimmer verließ, und fuhr sich durch die langen, blonden Haare, die dringend geschnitten werden mussten. Den ganzen Tag hatte sie sich um die Patienten gesorgt und nun war sie zu Hause und sorgte sich um ihren Job. Sie brauchte wirklich ein Privatleben.

Plötzlich kam ihr das Bild des dunkelhaarigen Mannes mit dem überaus sexy, gepflegten Bart in den Sinn und sie verfluchte sich. Auf keinen Fall würde sie sich auf etwas einlassen, weder mit diesem Mann noch mit dessen Bruder.

Und obwohl der Mann, der sich Murphy nannte, gut aussah, hatte Liz nur Augen für Owen gehabt.

Und genau das machte sie sauer.

Sie hatte keine Zeit für einen Mann, besonders nicht für einen, der am Wochenende in einer Kneipe herumlungerte, um eine Frau aufzugabeln. Es gab Wichtigeres, um das sie sich kümmern musste, da ihre Arbeit an ihr nagte. Außer ihrer Arbeitskleidung hatte sie noch nichts ausgepackt – nicht dass sie an den meisten Tagen der Woche etwas anderes als Krankenhauskleidung getragen hätte – und sie wusste nicht mehr, wann sie den letzten Orgasmus gehabt hatte.

Liz blieb auf dem Weg zur Küche unvermittelt stehen.

Warum zur Hölle hatte ihre Gedankenkette zu dem Mangel an Orgasmen geführt? War es wirklich so lange her, dass sie Sex gehabt hatte? Verflucht, es musste so sein, denn das letzte Mal hatte sie sich unter der Dusche selbst befriedigt, und das war verdammt lange her.

Liz versuchte, im Kopf die Zeit auszurechnen, und

ärgerte sich nur noch mehr über sich selbst. Wenn sie mehr als zwei Hände brauchte, um abzuzählen, wann sie das letzte Mal gekommen war, dann sollte sie ihre Hände vielleicht zu etwas anderem benutzen.

Entschlossen straffte sie die Schultern und setzte sich in Richtung ihres Schlafzimmers in Bewegung, als ihr Telefon ertönte. Sie fluchte. Sie kannte diese Tonfolge. Zwei kurze, dann ein langer.

Das Krankenhaus.

Verflucht. Sie hatte ihre Schicht bereits abgeleistet und wollte heute nicht noch einmal arbeiten, aber sie wusste, wenn sie sie riefen, würde sie gehen. Im Unterschied zu den meisten anderen Frauen und Männern in ihrem Team hatte sie weder Kinder noch einen Ehemann, die auf sie warteten. Scheinbar bedeutete das, dass ihre Freizeit nicht so viel wert war wie die der anderen.

Sicher, eine leise Stimme in ihrem Kopf flüsterte, wenn sie mehr Freizeit hätte, würde sie vielleicht tatsächlich einen Mann kennenlernen und beginnen, Babys zu machen.

Verdammt, wie sehr ihr doch die Orgasmen fehlten!

Wunderbare, lange Orgasmen, die sie aufregten und gleichzeitig sättigten. Es gab wahrhaftig nichts Besseres als einen Mann zwischen ihren Beinen, der sie verschlang. Er würde Zunge und Finger genau richtig einsetzen und sie käme mitten an seinem Gesicht.

Mit einem traurigen Seufzer, der lang vergessenen Träumen galt, zog sie ihr Handy hervor und nahm das

Gespräch an, als das Telefon zur zweiten Runde ansetzte.

»Ja, Liz hier.«

»Wir brauchen dich hier. Du hast heute keine Überstunden gemacht, also kannst du noch eine halbe Schicht arbeiten.«

Liz verdrehte die Augen, als sie die Stimme ihrer Vorgesetzten hörte, Nancys Stimme.

Während deren Kalkulation rein rechnerisch funktionierte, war sie praktisch nicht durchführbar. Liz war erschöpft und wenn sie eine zusätzliche Schicht arbeitete – ob nun teilweise oder ganz –, war das auf lange Sicht für alle gefährlich.

»Ich kann einspringen, ja, aber ich bezweifle, dass ich eine halbe Schicht arbeiten sollte. Du solltest noch einmal nachrechnen, ob wir auch nicht die Zeit überziehen.«

»Du machst deinen Job und ich kümmere mich um die Kalkulation. Komm her, sofort.«

Und damit beendete sie das Gespräch. Liz verzog unwillig den Mund. Sie liebte ihren Job, ehrlich, aber manchmal hasste sie ihn. Sie stand wahrhaftig vor einem Zusammenbruch und sie betete, dass dabei niemand zu Schaden kam.

Leben hingen davon ab.

———

Die Notaufnahme war vollkommen überfüllt, als sie dort eintraf, und obwohl kein Vollmond war, herrschte die gleiche Energie. Heute Nacht würde es nicht leicht werden, das war sicher.

Eilig verstaute sie ihre Sachen im Spind und schnappte sich eine Tasse Kaffee, wobei sie sich vorstellte, das Getränk entstammte ihrer Kaffeemaschine zu Hause und wäre nicht die Brühe, die sie ständig in sich hineinkippte. Da dies nicht ihre Schicht war, ging sie direkt zur Anzeige, um zu sehen, wo sie gebraucht wurde und was sie tun konnte.

Die leitende Schwester, Liz' Vorgesetzte Nancy, ließ sie ausrufen, sobald Liz an der Zentrale eintraf, und sie machte sich auf den Weg zu ihr, während sie ihren Becher leerte.

»Wo brauchst du mich?«, erkundigte sie sich und warf den Becher in den Recyclingbehälter unter dem Schreibtisch.

»In Raum siebzehn haben wir ein Unfallopfer. Es sieht so aus, als hätte der Wagen ihn nur gestreift, laut erster Aussagen am Tatort, aber er ist heftig auf dem Asphalt aufgeprallt.«

Liz zog die Brauen hoch. »Ein Wagen hat einen Fußgänger angefahren?«

»Ja. Gut möglich, dass dies mit Vorsatz geschah, da es auf einem Parkplatz passierte«, warf Nancy ein. Die Frau tratschte gern, hielt sich jedoch Gott sei Dank streng an die Schweigepflicht, was Patienten betraf.

»Bin schon auf dem Weg«, erwiderte Liz und setzte

sich in Bewegung. Bevor sie begann, warf sie schnell noch einen Blick auf die Digitalanzeige, während die anderen geschäftig hin- und hereilten, sich die Hände wuschen und Vorbereitungen trafen.

»Rufen Sie den Operationssaal an«, verlangte der Bereitschaft habende Arzt. »Sieht nach einem Milzriss aus.«

Liz zuckte kaum merklich zusammen. Wenn der Mann einen Milzriss hatte, würde er das Organ heute Abend mit großer Wahrscheinlichkeit verlieren. Und auch wenn das nicht lebensbedrohend war, vorausgesetzt sie stellten eine schnelle Diagnose, so konnte das doch bedeuten, dass er noch unter weiteren inneren Verletzungen litt.

Als Liz neben den Arzt trat und auf den Patienten im Bett hinabblickte, blinzelte sie.

»Hey, Liz«, sagte Owen mit schmerzverzerrter Stimme.

Es ging über ihren Verstand, dass er bei Bewusstsein war. Und zur Hölle, wie klein die Welt doch war! Sie hatte das Gefühl, gerade erst mit ihm am Tresen gestanden und ihn begrüßt zu haben. Und jetzt lag er da.

»Du kennst ihn?«, fragte Lisa, die andere Schwester, mit neugierig glänzenden Augen. Liz bemühte sich, kein Ziel für Gerüchte im Krankenhaus abzugeben, und nun sah es so aus, als wollte Lisa etwas Saftiges aufschnappen.

»Mr. Gallagher«, sagte Liz und ignorierte Lisa absichtlich. »Können Sie mir sagen, wie Sie sich fühlen?«

»Als wäre ich von einem Wagen angefahren worden«, erwiderte Owen hustend, wobei er versuchte zu verbergen, dass er zusammenzuckte. *Tapferer Kerl*, dachte sie. Aber sogar die Tapfersten der Tapferen brauchten ab und zu Schmerztabletten.

»Ja, danach sieht es auch aus.« Sie kontrollierte noch einmal Puls, Blutdruck und Temperatur und bemerkte, dass die beiden letzteren Werte recht normal waren, obwohl er Schmerzen haben musste. Sein Herzschlag war leicht erhöht, aber das war nicht verwunderlich angesichts dessen, was er durchgemacht hatte.

»Ich schätze, auf diesem Weg kann ich Sie dazu bewegen, mit mir zu reden«, bemerkte Owen. Liz hätte ihm am liebsten befohlen, den Mund zu halten. Sie konnte gut darauf verzichten, dass das Personal glaubte, zwischen ihr und dem Patienten liefe etwas.

»Scheint so. Und nun wollen wir Sie mal wieder zusammenflicken, was?« Sie machte sich wieder an die Arbeit, während die anderen sich um ihre Aufgaben kümmerten. So wie es aussah, hatte Owen ein gebrochenes Schlüsselbein, mehrere geprellte und gebrochene Rippen und den Milzriss, der eine Operation erforderte. Und die Art, wie er die Augen bewegte, und die Tatsache, dass er am Unfallort bewusstlos geworden war, ließen mit großer Wahrscheinlichkeit auf eine leichte Gehirnerschütterung schließen.

Insgesamt gesehen nicht allzu schlimm, gemessen an der Tatsache, dass er einen Zusammenstoß mit einem verdammten Fahrzeug gehabt hatte.

»Könnten Sie mit meinen Brüdern reden?«, fragte Owen lallend. Er war mit Medikamenten vollgepumpt worden, um die Schmerzen zu lindern und um ihn auf die Operation vorzubereiten. Kein Wunder, dass ihm die Sinne schwanden. Das hätte schon längst geschehen sollen.

Brüder? Gab es mehr als einen?

Ein beunruhigender Gedanke.

»Ich werde dafür sorgen, dass der Arzt sie auf dem Laufenden hält«, versprach sie.

»Sie. Sie sollen mit ihnen reden«, flüsterte Owen. »Sie werden ausflippen ...« Und dann verlor er das Bewusstsein. Liz war ein wenig verwirrt.

Warum um alles in der Welt musste sie es sein? Sie hatte doch in der Kneipe nur knappe zwei Minuten mit ihm geredet und das ziemlich unhöflich, aber scheinbar war das für diesen Mann bedeutungsvoll.

Lisa warf ihr einen Blick zu, der für sich selbst sprach, und Dr. Wilder runzelte die Stirn.

»Der OP übernimmt ihn jetzt, aber soweit ich es sehe, wird er nur an der Milz operiert. Warum begleiten Sie mich nicht, wenn ich mit der Familie rede?«, fragte er mit schneidender Stimme. Dr. Wilder mochte es nicht, wenn man ihn aus seiner Rolle verdrängte, doch andererseits hasste er es, Gespräche mit Angehörigen zu führen.

Liz schüttelte den Kopf. »Ich kenne die Familie nicht.«

»Der Patient schien anderer Meinung zu sein, also begleiten Sie mich.« Er schritt zur Tür und Liz beobachtete, wie Owen aus der Notaufnahme gerollt wurde. Sie wusste, ihre Chirurgie war die beste in Denver und er war in guten Händen, doch aus irgendeinem Grund rumorte es nervös in ihrem Magen ... obwohl ihr so etwas normalerweise bei Patienten nicht passierte. Niemals.

»Du gehst besser, Liz«, sagte Lisa hinter ihr und Liz drehte sich herum, um diese anzublicken. »Ich werde hier die restlichen Arbeiten erledigen, sodass du Mr. Gallaghers Familie kennenlernen kannst. Oder vielleicht kennst du sie ja bereits.« Sie klimperte mit den Wimpern und lächelte anzüglich, was Liz keineswegs gefiel. Während alle sich bewusst waren, dass ein paar von ihnen wahrscheinlich bald ihren Job verlieren würden, konnte Liz es nicht zulassen, dass durch etwas so Dummes wie ein Missverständnis schädliche Gerüchte in Umlauf kamen.

Liz schüttelte den Kopf, während sie sich den Kittel auszog. »Ich kenne sie nicht. Ich habe ihn einmal zufällig in der Stadt gesehen. Das ist alles.« So weit musste sie bei der Wahrheit bleiben, da Owen ihren Namen gekannt hatte, aber sie würde Lisa keineswegs verraten, dass sie und die vollkommen betrunkene Tessa Owen und seinen Bruder in einer Kneipe kennengelernt hatten. Es gab für alles eine Grenze. »Du weißt doch, dass wir bei Familienmitgliedern und Freunden nicht eingesetzt werden, Lisa. Und jetzt, wenn das alles ist, werde ich zu Dr. Wilder und der Familie des Patienten gehen.«

Sie wirbelte herum und ließ Lisa zurück, die lächelte wie eine Katze, die gerade einen Kanarienvogel gefangen hat. Liz knirschte mit den Backenzähnen. Sie ärgerte sich, dass sie nur im Mittelpunkt der Aufmerksamkeit stand. Krankenschwestern, die einen Hang zum Tratschen besaßen, durfte man nicht auf die leichte Schulter nehmen, und jetzt, da sie Wind von der Sache bekommen hatte, würden sie sie nicht mehr in Ruhe lassen. Liz hatte niemals zu der Insider-Clique gehört und hatte sich stets auf ihren Job konzentriert statt auf die Intrigen, die damit einhergingen. Aber jetzt befürchtete sie, einen Fehler begangen zu haben, indem sie sich nicht vorsichtig genug verhalten hatte.

Sie beeilte sich, Dr. Wilder einzuholen, während sie sich bewusst war, dass Lisa sich wahrscheinlich bereits auf dem Weg ins Schwesterzimmer befand, um dort zu erzählen, dass ein Patient Liz zu kennen schien und darauf bestanden hatte, dass sie persönlich mit seiner Familie spräche.

Denn das musste wohl sehr merkwürdig sein.

Als sie Dr. Wilder eingeholt hatte, passte sie sich seinem Schritt an, obwohl seine Beine viel länger waren und sie beinahe laufen musste. Wie dem auch sei, sie war eine Krankenschwester und verhielt sich täglich so, daher war dies nichts Neues für sie.

Neu jedoch war das Problem, das gerade aufgetaucht war.

»Also, woher kennen Sie Mr. Gallagher?«, erkundigte sich Dr. Wilder auch prompt. Sie hatten schon fast die Türen des Wartesaals erreicht, daher würde Liz sich

Gott sei Dank nicht lange um eine Antwort bemühen müssen.

»Ich kenne ihn nicht«, erklärte sie wahrheitsgemäß.

Dr. Wilder wandte ihr den Kopf zu und zog eine Braue in die Höhe. »Da er speziell Sie gebeten hat, mit seiner Familie zu reden, werde ich Ihnen in diesem Punkt widersprechen müssen.«

Liz seufzte. Von allen Ärzten in der Notaufnahme mochte sie Dr. Wilder am liebsten, auch wenn er der kälteste war. Er hielt nicht damit hinter dem Berg, was für eine Art Mann er war, und sie begrüßte diese Ehrlichkeit. Das bedeutete jedoch nicht, dass sie mit ihm dieses Thema besprechen wollte.

»Ich habe ihn und seinen Bruder Murphy heute Abend kennengelernt, als ich Tessa abgeholt habe.« Sie verschwieg wo, weil ihn das nichts anging. »Ich habe vielleicht vier oder fünf Worte mit ihm gewechselt, bevor Tessa und ich nach Hause gefahren sind. Ich hatte heute einen langen Tag und geplant, zu Bett zu gehen, bevor ich zur Arbeit zurückgerufen wurde.«

Sie versuchte, nicht zu erröten, als sie daran dachte, was sie eigentlich vorgehabt hatte, bevor sie zu Bett gehen wollte. Viel zu viele Informationen.

»Das wäre merkwürdig, wenn das alles wäre. Wir leben nicht gerade in einer Kleinstadt.«

»Ich weiß«, erwiderte sie ehrlich. »Aber solche Zufälle gibt es nun einmal. Und unsere Notaufnahme liegt meinem Wohnort am nächsten, daraus ergibt sich zwangsläufig, dass ich jemanden hier wiedersehe, den ich zufällig im Supermarkt kennengelernt habe oder so.«

Oder so.

Keine direkte Lüge, aber nahe genug an der Wahrheit.

Glücklicherweise erreichten sie gerade die Schwingtüren, sodass sie keine weitere Erklärung abgeben musste. Sobald sie den Raum betreten hatten, musste Liz sich nicht länger fragen, wer auf Owen wartete.

Zur Hölle, auch wenn sie Murphy nicht bereits kennengelernt hätte, hätte sie Owens Familie überall erkannt.

Vier Männer und zwei Frauen erhoben sich oder hielten in ihrem unruhigen Auf- und Abschreiten inne, als Liz und Dr. Wilder den Raum betraten. Drei von ihnen ähnelten Owen sehr und da es sich bei einem um Murphy handelte, nahm Liz an, dass dies die Gallagher-Brüder waren. Alle besaßen dunkles Haar, Bärte verschiedener Länge und hier und da hervorlugende Tattoos. Der vierte Mann trug einen Bürstenhaarschnitt und sah verdammt gefährlich aus. Er überragte den am stärksten tätowierten Gallagher und eine dunkelhaarige Frau mit Tattoos am Arm.

Die andere Frau stand neben dem größten Gallagher mit dem längsten Bart. Auch sie war tätowiert und wirkte ebenso gefährlich wie die Männer.

Zur Hölle, die ganze Mannschaft sah aus wie aus der Werbung für eine Motorradgang oder etwas ähnlich Dunkles und Mysteriöses. Sicher, sie tat gerade etwas, das sie hasste, nämlich sie allein nach ihrem Äußeren zu beurteilen.

Waren nicht Murphy und Owen heute Abend die einzigen beiden anständigen Männer in einer Kneipe voller Idioten und betrunkener Dumpfbacken gewesen? Obwohl sie am stärksten tätowiert waren und Owens eine Augenbraue sogar durch eine Narbe verunstaltet war, hatten sie sich nett und höflich verhalten.

Auch wenn ihre Augen voller Hunger gewesen waren.

»Es sind die dort drüben«, sagte Liz leise.

»Das hätte ich erraten können«, erwiderte Dr. Wilder ebenso leise und Liz wäre beinahe gestolpert. Der Mann machte niemals Witze, doch sie war sich ziemlich sicher, dass sie einen Hauch Humor in seiner trockenen Bemerkung aufgeschnappt hatte.

Der heutige Abend gestaltete sich immer merkwürdiger.

»Owen Gallaghers Familie?«, fragte Dr. Wilder.

»Das sind wir«, antwortete der Größte. »Wir sind seine Familie.«

»Liz?«, fragte Murphy mit ein wenig heiserer Stimme. »Sie arbeiten hier?«

Sie konnte sowohl Dr. Wilders Blick als auch die der restlichen Gallaghers auf sich spüren. Und am liebsten hätte sie sich unter den Tisch verkrochen, um diesen Blicken zu entkommen. Dies war so gar nicht das, was sie gerade brauchte.

»Hallo Murphy. Wie klein die Welt doch ist.« Sie

versuchte, ihre Stimme unbekümmert klingen zu lassen, doch sie wusste, es würde Fragen über Fragen geben.

»Ich bin Dr. Wilder«, fuhr der Mann neben ihr fort. »Sie scheinen Liz zu kennen. Wir haben Ihren Bruder versorgt.«

»Geht es ihm gut?«, erkundigte sich die Frau, die zwischen den beiden Männern stand.

»Er befindet sich gerade im OP, aber wir haben keinen Grund zu glauben, dass er nicht schon bald wieder zu einhundert Prozent hergestellt ist«, erklärte Dr. Wilder.

»Operationssaal?«, fragte der am stärksten tätowierte Bruder.

»Wir glauben, dass er durch den Zusammenstoß mit dem Fahrzeug einen Milzriss erlitten hat, und die Chirurgen arbeiten gerade fleißig daran. Sobald sie fertig sind, werden sie Ihnen mehr sagen können. Zusätzlich zu dem Milzriss hat Mr. Gallagher einen Schlüsselbeinbruch, doch es handelt sich nur um einen Haarriss, daher ist es nicht so schlimm, wie es hätte sein können. Dazu kommt eine leichte Gehirnerschütterung, zwei gebrochene und drei geprellte Rippen. Seine Genesung wird eine Weile dauern, doch wir haben keinen Grund zu glauben, dass er in Kürze nicht wieder ganz er selbst sein wird, auch wenn er wahrscheinlich seine Milz verlieren wird.«

Die Familie atmete auf.

Dr. Wilders Handy piepste und er runzelte die Stirn, als er die Nachricht auf dem Bildschirm las. »Ich werde Schwester McKinley bei Ihnen lassen, die Ihnen jede

Frage beantworten wird. Bei ihr sind Sie in guten Händen.« Er nickte Liz zu und eilte hinaus. Sie blieb allein zurück, mit einer Gruppe sehr großer Männer und scheinbar noch gefährlicheren Frauen.

Wie um alles in der Welt war sie in diese Lage geraten?

»Liz?«, fragte Murphy.

»Woher kennst du sie?«, wollte der Größte wissen.

»Wir haben Liz und ihre Freundin Tessa heute Abend kennengelernt«, erklärte Murphy.

»In der Kneipe?«, erkundigte sich eine der beiden Frauen.

»Ja, Blake, in der Kneipe. Aber Liz hat nichts getrunken. Verdammt, ich selbst habe mein Bier noch nicht einmal ausgetrunken und Owen hatte überhaupt keins. Wir haben alle einfach nur dort herumgehangen«, erklärte Murphy. »Liz, dies sind mein Bruder Graham und seine Frau Blake.« Er zeigte auf den größten Gallagher und die Frau an seiner Seite. Dann wies er auf die nächste Gruppe. »Dies sind Jake und seine Frau Maya und ihr gemeinsamer Ehemann Border.« Murphy warf ihr einen Blick zu, mit dem er sie anflehte, keine Fragen bezüglich des Trios zu stellen. Sie zog lediglich eine Braue in die Höhe. Arbeitete sie doch in einer verdammten Notaufnahme. Drei Menschen, die sich offensichtlich liebten und füreinander sorgten, konnten sie nicht aus der Ruhe bringen.

»Ich würde ja sagen, dass es mich freut, Sie kennenzulernen, aber in einem Warteraum der Notaufnahme ist das wohl schwerlich angebracht«, erwiderte sie. Die Familie entspannte sich ein wenig mehr. Augenscheinlich hatte sie eine Art Test bestanden, denn in Grahams Augen las sie einen Hauch Respekt. Sie hatte das Gefühl, dies war der älteste Bruder, dessen Meinung am meisten ins Gewicht fiel. An welcher Stelle, fragte sie sich, war Owen einzuordnen?

»Warum setzen Sie sich nicht?«, fragte Liz. »Ich werde Ihnen so viele Fragen wie möglich beantworten, bevor ich zurückgerufen werde.«

Nur widerstrebend nahmen sie Platz. Liz setzte sich neben Blake. Beide Frauen musterten sie, aber Liz hatte nicht das Gefühl, dass sie sie auf die Art beurteilten, wie es manch andere Frauen taten. Sie waren weniger neugierig als besorgt um ihren Schwager. Sie bewunderte diese Haltung und war ein wenig neidisch, dass sich so viele Menschen um Owen sorgten.

Liz hatte Tessa.

Und verflucht, mehr brauchte sie nicht.

»Ich muss nach dem Baby sehen«, erklärte Border. Er nickte Graham und Blake zu. »Ich werde mich auch vergewissern, dass es Rowan gut geht, obwohl ich mir sicher bin, dass sie alle ruhig schlafen, während Harry und Marie über sie wachen. Ich werde gleich zurück sein.«

Die Familie stellte Liz ein paar Fragen und sie bemühte sich, sie vollständig zu beantworten. Da Owen sich noch im OP befand, konnte sie nicht alles beantworten, aber zumindest konnte sie etwas dazu sagen, wie lange seine Genesung in Anbetracht der anderen Verletzungen dauern würde. Als sie in die Notaufnahme zurückgerufen wurde, erhob sie sich und eilte hinaus. Doch zuvor hatten zwei Polizeibeamte den Raum betreten, um mit der Familie zu reden.

Und jetzt war sie wirklich neugierig, was geschehen war, nachdem sie die Kneipe mit Tessa verlassen hatte, doch das ging sie nichts an. Sie würde sich vergewissern, dass es Owen gut ging, nachdem er den OP verlassen hätte, denn das tat sie bei jedem ihrer Patienten. Und dann würde sie ihn aus ihren Gedanken verdrängen.

Am Ende war er nur ein Mann in einer Kneipe. Nur ein Patient.

Nicht mehr. Nicht weniger.

Und abgesehen davon, dass sie nun die Treppe zur Chirurgie hinaufstieg, um sich davon zu überzeugen, dass es ihm körperlich gut ging, würde sie ihn nie wiedersehen.

Gut.

Denn es konnte nichts Gutes daraus entstehen, wenn sie Owen Gallagher wiedersah.

Gar nichts.

Kapitel Drei

Owen wusste, es würde alles nur noch schlimmer werden, wenn er seine Schwägerinnen erwürgte, doch das hieß nicht, dass ihm das nicht in den Sinn gekommen wäre. Wiederholt. Sie mochten vielleicht nur versuchen zu helfen, aber es gab für alles eine Grenze des Erträglichen und bald würde er ausflippen. Es waren bereits mehr als zwei Wochen vergangen, seitdem der verdammte Wagen ihn angefahren hatte, und seine Familie gestattete ihm erst jetzt, nach Hause zurückzukehren. Noch nie zuvor hatte er sein eigenes Bett so sehr vermisst.

Die Narbe schmerzte längst nicht mehr so sehr wie zuvor, doch er hatte immer noch das Gefühl, seine restlichen inneren Organe verschöben sich, wenn er sich zu schnell bewegte. Er wusste, das war vollkommen verrückt, aber das hielt seine Fantasie nicht davon ab, Amok zu laufen. Er trug immer noch einen Arm in der

Schlinge, um die Schulter zu schonen, aber da der Haarriss im Schlüsselbein nur minimal war, war weder ein Gips noch ein strammer Verband nötig gewesen. Tatsächlich hatte der Arzt versprochen, in ein paar Wochen wäre er geheilt, solange er die Physiotherapie einhielt und keine Gipsplatten hob – was vor dem Unfall tatsächlich ganz oben auf seiner Aufgabenliste gestanden hatte. Den gleichen Rat hatte der Arzt ihm bezüglich seiner Rippen gegeben, dass nämlich die Vermeidung von Bewegung der entscheidende Faktor für die Heilung wäre. Da er aufgrund des chirurgischen Eingriffs ohnehin arbeitsunfähig war, waren seine Rippen auf dem besten Weg der Selbstheilung.

Es hatte nur diese zwei Wochen ununterbrochener, übertriebener Fürsorge seiner Familie gebraucht, die ihn hätschelte und tätschelte, um an diesen Punkt zu gelangen.

Und wenn seine so überaus liebevolle Familie ihn nicht bald in Ruhe ließe, begänne er vielleicht tatsächlich bald, sie mit seiner einsatzfähigen Hand zu erwürgen. Seine Genesung dauerte dann vielleicht ein paar Wochen länger, aber das wäre es wert.

»Ich hole schnell das Kissen aus dem Auto«, sagte Blake, die mit den Fingern auf ihre Hüfte trommelte und ihn prüfend anblickte. »Ich glaube nicht, dass du genügend Kissen hast. Ich meine, auf deinem Bett liegen ein paar von der dekorativen Sorte, aber nicht genügend gute, mit denen wir dich hier auf der Couch stabil lagern können.«

»Es wundert mich, dass die blöden Dinger nicht nummeriert sind«, murmelte Maya. Er war ein wenig überrascht, dass Maya das Wort *blöd* anstatt *verdammt* benutzt hatte. Doch da sie ihren Sohn Noah auf dem Arm hatte, fand er das verständlich. Alle in der Familie bemühten sich, vor Noah und Blakes Tochter Rowan nicht zu fluchen, doch bis jetzt hatten sie das nicht wirklich geschafft. Was nicht anders zu erwarten war, denn bevor Jake und Graham ihre jeweils andere Hälfte geheiratet hatten, waren sie alle nichts weiter als ein Haufen Singles gewesen, die auf Baustellen oder wie Jake in einer Werkstatt arbeiteten. Fluchen war ein Lebensstil.

»Ich nummeriere meine Kissen nicht«, brummte Owen. »Ich mag es zwar, wenn Gegenstände organisiert und etikettiert sind, aber ich benutze meine Etikettiermaschine nun wirklich nicht für Sofakissen.«

»Wenn du es sagst«, erwiderte Maya und schnaufte. »Ich habe vielleicht lediglich diese kleinen Nummern vermisst, die von Hand in den Stoff gestickt sind.«

Owen konnte sich kaum davon abhalten, ihr den Mittelfinger zu zeigen. Liebevoll natürlich.

Blakes und Grahams Tochter, die zehnjährige Rowan, lief in diesem Moment mit ausgestreckten Armen auf sie zu, ein breites Lächeln auf dem Gesicht. »Darf ich Noah halten? Ich verspreche, vorsichtig zu sein.«

Mayas Gesicht wurde weich und Blake drehte sich herum, um bei der Übergabe behilflich zu sein. Rowan setzte sich neben Owens übergroßen Lehnstuhl und

Maya reichte ihr Noah. Der Junge war gerade alt genug, um allein sitzen zu können. Er liebte seine Cousine Rowan über alles. Und sobald Jake angekündigt hatte, das Trio bekäme ein Baby, hatte Owen, obwohl er selbst keine Kinder hatte, dafür gesorgt, dass bei ihm zu Hause alles so eingerichtet war, dass ein Kleinkind dort herumlaufen konnte. Rowan trat zusammen mit Blake in Grahams Leben und nun hatte jeder der Gallaghers Spielzeug und Spiele zu Hause, mit denen die Kinder sich beschäftigen konnten.

Ja, die Gallaghers wurden sesshaft und Owen war das gerade recht. Es war an der Zeit. Wenn seine Eltern noch gelebt hätten, hätten sie an dem Spaß teilgenommen.

Plötzlich spürte er einen Stich in der Brust und wusste, dies war keine Folge des Unfalls, sondern eine alte Wunde, die nie heilen würde. Mancher Schmerz verging eben nie und dafür war er sogar dankbar. Denn er befürchtete, ohne den Schmerz würde er die Erinnerung an seine Eltern verlieren. Sie hatten ihm alles bedeutet, obwohl sie den größten Teil ihrer Zeit seinem jüngeren Bruder gewidmet hatten, weil dieser öfter krank als gesund gewesen war.

Und jetzt waren sie nicht mehr da, um zu sehen, wie seine anderen Brüder ihr Glück fanden, und das zehrte jeden Tag an ihm. Er seufzte und zuckte zusammen, als sich ein dumpfer Schmerz in seiner Seite ausbreitete. Zur Hölle, gebrochene Rippen schmerzten mehr als andere gebrochene Knochen oder Operationsnarben. Wie das möglich war, wusste er nicht, aber er war es verdammt leid.

»Was ist los?«, fragte Murphy, der gerade eine Gehhilfe ins Haus trug.

Eine verdammte Gehhilfe. Als hätte einer von ihnen ihm erlaubt, sie auch zu benutzen. Da er einen Arm in der Schlinge trug und unter gebrochenen Rippen litt, war er gezwungen gewesen, einen Rollstuhl zu benutzen, wenn er nicht langsam auf seinen eigenen zwei Beinen gehen konnte. Aber irgendein Ordnungsfanatiker hatte eine Gehhilfe auf die Liste der Dinge gesetzt, die er zu seiner Genesung vielleicht nötig hätte, also hatten seine Brüder ihm eine besorgt. Obwohl Owen durchaus für Listen zu haben war – ja, sie sogar liebte, als wären sie seine Kinder –, war er nicht gerade ein Fan dieser Genesungsliste.

Ehrlich, zum Teufel mit dieser Liste und dem Fahrer des Wagens, der ihn angefahren hatte.

»Es geht mir gut«, fauchte Owen, der sich schon wieder über den Unfall auf dem Parkplatz ärgerte.

»Du bist zusammengezuckt«, wandte Murphy ein.

»Ich habe an den verdammten Pick-up gedacht, der mich angefahren hat.« Nicht ganz gelogen, aber er wollte nicht, dass sich die anderen wie Glucken verhielten. Glücklicherweise waren Border, Jake und Graham auf der Arbeit und die anderen würden sich auch bald auf den Weg dorthin machen. In dem Tattoostudio, in dem Maya arbeitete, war eine Kindertagesstätte eingerichtet worden, daher würde sie Noah mitnehmen und Rowan hatte dank eines Elternsprechtages schulfrei und würde Blake begleiten. Maya war Teilhaberin bei Montgomery Ink, während Blake dort als Piercerin arbeitete, obwohl sie nebenbei auch tätowierte. Wie seine Brüder es geschafft hatten, sich diese Frauen zu angeln, wusste Owen nicht. Aber in diesem Augenblick wollte er einfach nur, dass sie verschwanden.

»Geht es dir gut?«, erkundigte Rowan sich, die immer noch mit Noah auf dem Schoß auf dem Boden saß.

Owen hatte vergessen, dass sie dort war, als er gesprochen hatte, und jetzt fühlte er sich wie ein Arschloch. Sie hatten ihr zwar den Unfall nicht verschwiegen, da sie zu alt war, um sie im Dunkeln zu lassen, doch sie hatten sich bemüht, sie nicht zu verängstigen.

Das hast du ja gut gemacht, Onkel Owen.

»Ja, alles gut«, beruhigte er sie mit einem Lächeln, das hoffentlich auch die Augen mit einbezog. »Wirklich. Schon bald bin ich so gut wie neu.«

Rowan nickte. »Gut. Aber wenn du ein Pflaster brauchst, gib mir Bescheid. Daddy hat mir rosafarbene mit Glitzer gegeben. Er hat gesagt, du bräuchtest vielleicht welche.«

Murphy schnaufte, während Owen sich bemühte, nicht mit den Zähnen zu knirschen. Obwohl seine Familie sich sorgte, weil jemand ihn angefahren und Fahrerflucht begangen hatte und es keine Hinweise gab, so scheuten sie sich doch nicht, ihn aufzuziehen. Sicher, wenn er in ihrer Haut gesteckt hätte, hätte er ebenso gewitzelt.

Immerhin war er ein Gallagher.

»Okay, ich glaube, du hast alles, was du brauchst«, sagte Blake nach einer Weile. »Ich wünschte wirklich, du wärst ein wenig länger bei uns geblieben.«

Owen schüttelte den Kopf. Er war bei Graham und Blake untergekommen, weil diese ein Gästezimmer hatten und Rowan alt genug war, um mit seiner Anwesenheit klarzukommen. Er hätte zwar bei jedem seiner Brüder unterkommen können, aber sie alle wussten, er musste einfach bei Graham sein Krankenlager aufschlagen. Sein ältester Bruder musste einfach sicher sein, dass es all seinen Küken gut ging, auch wenn er das niemals zugegeben hätte.

»Mir geht es gut«, stieß Owen hervor. »Ich muss in meinem eigenen Haus sein, Blake. Aber ich hoffe, du weißt, dass ich euch immer dankbar dafür sein werde, wie sehr ihr mir alle geholfen habt.«

Blake verengte die Augen zu Schlitzen. »Du willst mich doch nur beruhigen, aber ich habe verstanden. Aber du solltest wissen, dass wir täglich bei dir vorbeischauen werden, weil wir nun einmal Glucken sind. Du musst dich damit abfinden.«

»Und ihr habt immer mich für die Ehrliche und Offene gehalten«, wandte Maya ein.

»Jetzt gibt es zwei von der Sorte«, erwiderte Murphy grinsend. »Gott helfe uns allen.«

Maya boxte gegen Murphys linken Arm, Blake gegen

den rechten. Gemessen an Murphys Gesichtsausdruck war keine der beiden Frauen dabei besonders zimperlich vorgegangen. Gut.

»Leute, ich bekomme so schnell blaue Flecke wie ein Pfirsich, geht vorsichtig mit mir um. Ich bin empfindlich«, beschwerte Murphy sich mit einem leidvollen Lächeln.

»Raus mit euch«, knurrte Owen. »Ich liebe euch, aber jetzt verschwindet. Ich habe meinen Laptop hier und kann endlich ein bisschen arbeiten, aber eigentlich will ich nur einmal frei durchatmen.«

Murphy schüttelte den Kopf und streckte die Hand nach Owens Laptop aus. Owen presste ihn an seine Brust, wobei er versuchte, seine Rippen nicht anzustoßen. »Du wirst nicht arbeiten, Owen.«

»Wenn du es wagst, meinen Laptop anzufassen, wirst du dich meinem Zorn stellen müssen. Er ist mir teuer. Lass die Finger davon.«

Die Frauen kicherten und schüttelten die Köpfe. »Owen, du kannst jetzt nicht arbeiten«, erklärte Blake.

»Du musst gesund werden«, fügte Maya hinzu. »Die Firma wird nicht zusammenbrechen ohne dich.«

Nun, das entsprach einfach nicht der Wahrheit. Er war der Manager des Unternehmens, derjenige, der alles organisierte. Alles funktionierte überhaupt nur, weil Owen ihnen alles in farbigen Listen und Tabellenkalkulationen vorbereitete. Wie immer hatte er vorgearbeitet, doch schon bald hätten seine Brüder ihn eingeholt und wären auf sich selbst gestellt.

Ohne ihn würde das Chaos ausbrechen.

Ganz sicher.

»Das kannst du nicht beurteilen und ich kann nicht einfach auf meinem Sofa sitzen und *nichts* tun. Ich muss arbeiten.«

Murphy zog die Brauen zusammen. »Du kannst dir freinehmen. Graham und ich kommen zurecht. Und Jake kann uns unterstützen.«

Owen schüttelte den Kopf und blickte auf die Kinder hinab, bevor er flüsterte: »Ich tue bereits seit mehr als einer verdammten Woche überhaupt nichts. Ich hatte eine Auszeit. Ich bin kein Invalide. Und bezüglich des Projektes, für das ihr beide, du und Graham, zu beschäftigt gewesen seid, steht ein Termin an. Den werde ich wegen eines kleinen Unfalls nicht sausen lassen.«

In Murphys Augen glomm ein Feuer auf. Owen seufzte. »Klein? Du nennst das einen kleinen Unfall?«

Blake stieß die Luft aus und beugte sich zu den Kindern hinab, um Noah aus Rowans Armen zu nehmen. »Lass uns nachschauen, ob Owens Bett gemacht ist, Süße.«

Rowan warf ihrer Mutter einen Blick zu, der erkennen ließ, dass man sie nicht an der Nase herumführen konnte. Doch sie folgte Blake und Noah in den rückwärtigen Teil des Hauses, wo kleine Ohren nichts mehr mitbekommen konnten.

»Du kannst dir noch mehr Zeit freinehmen«, wandte Maya ein. »Ich verstehe einfach nicht, warum du die Zügel nicht einmal anderen Leuten anvertrauen kannst.«

»Im Ernst? Wie lange kennst du mich jetzt schon? Und du kannst nicht verstehen, dass ich manche Dinge selbst tun muss? Ich muss eine Liste anfertigen. Anrufe erledigen. Und dafür sorgen, dass E-Mails abgeschickt werden, die mit Sicherheit den Server unseres Unternehmens noch nicht verlassen haben, da Graham und Murphy es hassen, mit Leuten Kontakt pflegen zu müssen.«

»Hey.«

Owen blickte seinen Bruder mit hochgezogener Braue an. »Ich kenne dich. Versuche nicht zu leugnen, was ich gerade gesagt habe.« Owen holte tief Luft. »Und jetzt lasst mich in Ruhe arbeiten. Ich werde euch sogar hinausbegleiten, da ich im Stundenrhythmus aufstehen und mich bewegen darf. Und jetzt ist es wieder so weit.« Er hob eine Hand und war froh, dass er keinen Schmerz in der Seite verspürte. »Lasst mich bitte. Ihr müsst aufhören, mich wie ein Baby zu behandeln.«

»Dann hör auf, dich wie eins zu benehmen«, fauchte Maya, beugte sich jedoch vor, um die Tasche mit den Windeln zu ergreifen. »Gut. Wir werden gehen und du darfst uns sogar hinausbegleiten, aber wir werden zurückkehren und nach dir sehen. Genau das werden wir tun und du kannst uns nicht davon abhalten.«

»Ich kann es versuchen«, murmelte er. Dann hielt er den Mund, als er Mayas Blick sah. Er erhob sich unbeholfen vom Sofa, wobei er sich bewusst war, dass die anderen ihn beobachteten und jeden tiefen Atemzug, jedes Zusammenzucken wahrnahmen. Später würde er sich vom Schmerz überwältigen lassen, doch zuerst musste er die anderen aus dem Haus bekommen, um funktionieren zu können.

Ja, er war von einem Fahrzeug angefahren worden, aber es hätte schlimmer kommen können.

Er würde gut zurechtkommen.

Gut.

Endlich auf zwei Beinen, gestikulierte er mit dem gesunden Arm, um den anderen den Weg nach draußen zu weisen. Maya hielt Noah, während Blake sich darum kümmerte, dass Rowan all ihre Sachen einsammelte. Murphy behielt Owen im Auge, da sein kleiner Bruder sich weigerte, Owen allein gehen zu lassen. Sicher, Owen hätte sich andersherum ebenso verhalten, aber dennoch …

Als sie schließlich auf der Veranda angelangt waren und Owen sich umblickte, stellte er überrascht fest, dass ein Umzugswagen in der Einfahrt seines Nachbarn parkte.

»Sieht aus, als zögen deine neuen Nachbarn endlich ein«, bemerkte Blake. »Ich dachte, mittlerweile müssten sie all ihre Sachen haben.«

Owen hätte beinahe mit den Schultern gezuckt, doch im letzten Moment fiel ihm ein, dass er das besser nicht tun sollte. »Vor dem Unfall war ich zu beschäftigt und ich glaube, denjenigen, die nebenan eingezogen sind, ist es ebenso ergangen, wer auch immer das sein mag, denn ich habe sie noch nicht zu Gesicht bekommen. Vielleicht haben sie sich während der letzten Woche öfter hier aufgehalten, aber da war ich nicht hier. Vielleicht haben sie einfach bis jetzt keine Zeit für den Umzug gehabt oder so.« Das konnte er gut verstehen, da auch sein Leben von seinem Job bestimmt wurde. Außer in letzter Zeit, da die anderen ihn zu einer Ruhepause gezwungen hatten. Wie auch immer, das würde sich ändern, sobald seine Familie in ihre Fahrzeuge gestiegen und abgefahren wäre.

Als er den Blick wieder auf das Nachbarhaus richtete, erstarrte er, denn er sah einen vertrauten Kopf mit blonden Haaren hinter dem Lastwagen auftauchen. Sein Herz raste und seine Kehle wurde trocken. Gütiger Himmel.

»Gütiger Himmel«, murmelte auch Murphy neben ihm. »Ist das die heiße Krankenschwester aus der Kneipe? Liz, richtig?«

Maya beugte sich vor, sodass sie und Noah auch hinüberschauen konnten. Sie lächelte. »Sieh mal einer an.«

»Wusstest du nicht, dass sie nebenan eingezogen ist?«, wollte Blake wissen.

»Nein«, erwiderte Owen leise, während er versuchte, in seinem Kopf zu verarbeiten, worauf sein restlicher Körper bereits reagiert hatte. Zur Hölle, er hatte vergessen, wie schön sie war, hatte er sie doch zuletzt gesehen, als sie ihn in den Operationssaal geschoben hatten und er unter dem Einfluss starker Medikamente gestanden hatte. Doch jetzt war er klar im Kopf und allein bei ihrem Anblick stand sein Schwanz bereits in Alarmbereitschaft. »Vielleicht hilft sie nur ihrer Freundin?«

Gerade trat die Brünette aus der Kneipe vors Haus und Murphy lachte leise auf. »Ja, vielleicht ist Tessa nebenan eingezogen. Komm schon, Mann, lass uns die Nachbarinnen begrüßen.« Murphy drehte sich zu ihm herum. »Kannst du laufen oder muss ich den Rollstuhl holen?«

Owen biss die Zähne zusammen. »Alles in Ordnung.« Er würde es schaffen, auch wenn die Anstrengung ihm am Ende den Schweiß durchs Hemd treiben würde. Er hatte eigentlich nicht allzu große Schmerzen, es war einfach nur unangenehm. Glücklicherweise schmerzte ihn die Operationsnarbe kaum noch. Und seitdem er Liz erspäht hatte, dachte er ohnehin nicht mehr an Schmerzen. Denn die Endorphine, die sein Körper beim Anblick von Liz nun ausschüttete, linderten jedes Unbehagen, das er empfinden mochte.

»Hey, Ladies«, rief Murphy und Blake seufzte neben Owen.

»Er wird tatsächlich mit deinen Nachbarinnen an ihrem Umzugstag flirten«, stellte Blake lachend fest. »Man kann ihn wirklich nirgendwohin mitnehmen, nicht wahr?«

»Und genau deshalb liebe ich ihn«, erwiderte Owen lächelnd. Sicher, im Augenblick hatte er nur Augen für Liz, die sich beim Klang von Murphys Stimme herumgedreht hatte, um zu ihnen herüberzuschauen. Ihre Augen hatten sich geweitet und ihr Gesicht war leicht blass geworden. Er hoffte, sie wäre nur überrascht, denn wenn sie bei seinem Anblick blass wurde, war das nicht gerade die beste Voraussetzung, etwas mit ihr zu beginnen.

Etwas mit ihr zu beginnen?

Was zum Teufel dachte er sich? Dies war seine Nachbarin und keine Frau, mit der er etwas beginnen würde. Er musste seine Gedanken ordnen.

»Murphy?«, fragte Tessa, die an Liz' Seite trat. »Du lebst hier? Wie klein die Welt doch ist.«

Murphy schüttelte den Kopf. »Nein, Owen wohnt nebenan. Wir sind nur hergekommen, um ihn hier abzusetzen.«

Tessa zuckte zusammen. »Ich freue mich, dass du wieder auf den Beinen bist, Owen. Ich habe gehört, was geschehen ist. Ich hoffe, es geht dir besser.«

Owen nickte, blickte jedoch nur Liz an, die immer noch schwieg. Wenn er es recht bedachte, hatte er selbst auch noch nichts gesagt. »Danke. Es geht mir viel besser. Tatsächlich werde ich heute zu Hause bleiben und alle anderen dazu bringen, ihr Leben wieder aufzunehmen. Ich war bei Graham und Blake, sodass sie mich bemuttern konnten.«

Blake schnaufte. »Gelegentlich musst auch du bemuttert werden. Dies ist Rowan, meine Tochter, und der kleine Junge auf Mayas Arm ist ihr Sohn Noah. Also, wer ist in der Nachbarschaft eingezogen? Können wir behilflich sein?«

Liz blinzelte und schien endlich aus der Benommenheit zurückzufinden, die sie befallen hatte, als Owen und seine Familie zu den beiden herübergekommen waren. »Hey. Wir sind beide hier eingezogen, Tessa und ich. Wir haben das Haus zusammen gekauft.«

Tessa grinste und legte Liz einen Arm um die Schulter. »Wir sind Freundinnen und Zimmergenossinnen seit der Collegezeit und da es heutzutage fast unmöglich ist, ein anständiges Haus zu finden, haben wir beschlossen, dies gemeinsam zu beziehen. Es ist nicht gerade baufällig, aber auch nicht perfekt.«

Liz seufzte. »Die Umzugsleute helfen uns. Aber danke. Die Jungs machen gerade Mittagspause und Tessa und ich waren dabei zu überprüfen, ob alle Kartons korrekt beschriftet sind, sodass sie direkt in die entsprechenden Zimmer gebracht werden können.«

Owen grinste. Nichts machte ihn glücklicher, als zu wissen, dass jemand anderes auch Wert darauf legte, Gegenstände zu beschriften. Und ehrlich, wer würde umziehen, ohne die Kartons perfekt zu beschriften?

»Und habt ihr auch Farbcodes benutzt?«, erkundigte Murphy sich. »Als Owen vor ein paar Jahren in sein Haus eingezogen ist, hat er verschiedene Farben für die Beschriftungen benutzt, sodass wir gleich wussten, wohin wir die Kartons bringen mussten. Und natürlich hat er uns für den Umzug angeheuert und niemand anderen, da er niemandem traut außer einem Gallagher.«

Owen verdrehte angesichts von Murphys Gerede und Liz' fragendem Blick die Augen.

»Wir haben ein Restaurations- und Bauunternehmen. Uns standen also Arbeitskräfte und ein Lastwagen zur Verfügung. Natürlich habe ich mir von meiner Familie helfen lassen. Und wirklich, falls ihr etwas braucht, lasst es uns wissen. Ich wohne gleich nebenan.«

Liz zog eine Braue in die Höhe und blickte auf seine Armschlinge. »Solltest du dich nicht ausruhen, anstatt Kartons zu heben?«

Owen grinste nur. Sein Schwanz war hart und seine Rippen schmerzten aus diesem Grund auch. Er konnte nichts dagegen tun, wie er auf Liz reagierte. Sicher, jetzt hatte er Bilder von Liz als Krankenschwester im Kopf, die Arzt und Patient mit ihm spielte, obwohl er wusste, dass dies von Grund auf falsch war.

»Ich würde ja auch keine Kartons heben. Ich würde einfach nur bei der Organisation helfen.«

Liz schüttelte den Kopf. Ich habe genügend Organisationstalent für uns beide, danke.«

Sie warf einen Blick auf ihr Handy und runzelte die Stirn. »Die Umzugsleute werden in ein paar Augenblicken zurückkehren, daher überlasse ich euch euren eigenen Angelegenheiten. Wie klein die Welt doch ist. Dass du unser Nachbar bist, Owen. Aber ich freue mich, dass du aufstehen und herumlaufen kannst.«

Und damit waren er und seine Familie verabschiedet. Owen nickte Liz zu und hob das Kinn in Richtung Tessa, bevor er sich abwandte. Murphy warf ihm einen fragenden Blick zu, doch er schüttelte den Kopf. Er wusste nicht, warum Liz ihn nicht sehr zu mögen schien, und in diesem Moment konnte er sich nicht wirklich damit auseinandersetzen. Er musste gesund werden, dafür sorgen, dass mit dem neuen Auftrag alles glatt lief, und er musste einen klaren Kopf bekommen, nachdem ihn jemand mit einem verdammten Pick-up angefahren hatte.

Alle Anzeichen deuteten darauf hin, dass dies mit Absicht geschehen war, und er wusste immer noch nicht, warum jemand so etwas tun sollte. Und Antworten hatte er auch keine. Während er gern an einen Unfall geglaubt hätte, war die Polizei nicht so optimistisch. Die forensischen Untersuchungen und die Tatsache, dass Owen allein auf dem Parkplatz unter einer Straßenlaterne gestanden hatte, ließen die Behörden glauben, dass jemand ihn mit Vorsatz angefahren hatte.

Und Owen hatte keine Ahnung warum.

»Wir sind dann mal weg«, erklärte Blake, die Rowan an sich zog. »Du wirst uns anrufen, wenn du etwas brauchst. Und wir werden zurückkehren, um nach dir zu sehen.« Sie beugte sich vor, um ihn auf die Wange zu küssen, und Owen seufzte. Er fühlte sich wie ein Arschloch, weil er Raum für sich brauchte, aber er konnte es ehrlich nicht mehr aushalten, bemuttert zu werden.

»Danke, dass ihr mir geholfen habt, dass ihr für mich da wart«, sagte er nach einem Moment. »Verdammt, ich weiß, ich hätte in den ersten Tagen nichts allein tun können. Also, ich danke euch, in Ordnung? Aber ich muss ein wenig mit mir selbst allein sein.«

Blake gab ihm noch einen Kuss auf die Wange, dann zog sie sich zurück, um Rowan Platz zu machen, die Owen nun zärtlich umarmte. »Gute Besserung, Owen. Du bist einer meiner Lieblings-Gallaghers.

»Hey!«, rief Murphy. »Ich dachte, das wäre ich.«

Blake schüttelte den Kopf und zog Rowan hinter sich her zum Wagen. »Auch du bist jemandes Liebling, da bin ich mir sicher.«

Murphy legte eine Hand auf sein Herz und trat einen Schritt zurück. »Autsch.« Er nickte Owen zu, bevor er sagte: »Lass es dir gut gehen. Ich werde bald wieder da sein, um nach dir zu sehen.«

»Arbeite nicht zu hart«, rief Maya, als sie sich mit Murphy entfernte, den winkenden Noah auf dem Arm.

Owen hob den gesunden Arm und winkte zurück, bevor er sich ins Huas begab, wobei er absichtlich nicht zu Liz' und Tessas neuem Heim hinüberblickte. Er konnte es immer noch nicht ganz glauben, dass sie nebenan eingezogen waren. Er war sich so sicher gewesen, keine der beiden je wiederzusehen, nachdem sie die Kneipe verlassen hatten, und Liz in jener Nacht als seine Krankenschwester anzutreffen war verdammt merkwürdig gewesen. Und jetzt lebten sie im Haus nebenan?

Vielleicht versuchte das Universum, ihm etwas mitzuteilen:

Oder vielleicht brauchte er nur ein Nickerchen.

Mit schmerzender Seite quälte er sich durchs Haus

und aufs Sofa. Er hatte sich bis jetzt noch nicht übernommen, indem er nach draußen gegangen war, doch er wusste, wenn er nicht vorsichtig war, würde er sich noch mehr verletzen und müsste sich noch länger von der Arbeit fernhalten. Das war das Letzte, was er wollte, also würde er den Rest des Tages einfach auf dem Sofa sitzen und am Laptop arbeiten. Den Verstand zu benutzen würde ihm nicht weiter schaden.

Hoffte er.

Doch als er sich mit Laptop, Tablet und Handy auf der Couch eingerichtet hatte, klopfte es an der Tür. Er schloss die Augen und stieß einen Fluch aus, denn er nahm an, es handelte sich um eines seiner wohlwollenden Familienmitglieder. Offensichtlich konnten sie ihn keine zehn Minuten sich selbst überlassen. Wenn er sie nicht so sehr lieben würde, hätte er sie langsam hassen können.

»Die Tür ist offen«, rief er, weil er nicht in der Stimmung war, sich noch einmal damit abzumühen aufzustehen.

Da war ein leichtes Zögern, bevor die Tür sich langsam öffnete und ein Kopf mit blonden Haaren durch den Rahmen lugte.

»Lässt du einfach so alle Leute in dein Haus?«, fragte Liz mit gefurchter Stirn.

Owen schluckte heftig und versuchte, die Geräte beiseitezuschieben, um aufzustehen. »Oh, entschuldige. Ich dachte, es wäre ein Gallagher, der nach mir sehen will.«

Liz schüttelte den Kopf und hob eine Hand,

während sie ins Wohnzimmer trat. »Sind die nicht gerade erst weggefahren? Steh nicht auf. Bitte. Ich verspreche, ich bleibe nicht lange.« Sie schritt auf die für sie typisch zielgerichtete Art mit einer Keksdose in der Hand ins Zimmer.

Er beobachtete, wie sie sich bewegte, wie sie ihn anstarrte, als könnte sie nicht herausfinden, wer oder *was* er eigentlich war, und er bemerkte, dass es ihm gefiel. Entweder konnte er sich nur schwer für eine Frau erwärmen oder sie faszinierte ihn. Diesmal war das Letztere der Fall.

Owen schüttelte diese Gedanken ab und stellte den Laptop auf den Kaffeetisch, wobei er es vermied, sich allzu sehr zu verdrehen. Er war sich nicht sicher, ob er nicht zusammenzucken würde, wenn er sich mehr als nötig bewegte.

»Hey«, sagte er schließlich und ein unangenehmes Gefühl beschlich ihn.

»Hey«, erwiderte sie seufzend und stellte die Keksdose auf den Tisch. »Wir hatten noch eine Dose übrig, weil Tessa und ich einst ganz verrückt nach Junkfood waren, und ich ... wir ... haben uns gedacht, ein bisschen Zucker könnte dir guttun, da du doch in letzter Zeit sicher nicht viel davon bekommen hast. Ich weiß, Kekse sind nicht gerade die beste Ernährung, um zu gesunden, aber manchmal ist ein bisschen Zucker doch ganz nett. Sie sind zwar nicht hausgemacht, aber Tessa und ich arbeiten viel und wir sind froh, zumindest diese im Schrank zu haben.«

Er blickte auf die Dose und dann wieder zu ihr. »Ich dachte, ich wäre derjenige, von dem erwartet wird, den neuen Nachbarn Kekse zu bringen.«

Sie zuckte mit den Schultern. »Nun, es handelt sich um Fühl-dich-besser-Kekse. Und auch Es-tut-mir-leid-mich-dir-gegenüber-wie-eine-Zicke-benommen-zu-haben-Kekse.« Sie reckte das Kinn in die Höhe. Als Owen schnaubend die Luft ausstieß, zuckte er zusammen. *Schnauben* stand also auch auf der Liste der Dinge, die er nicht tun durfte, solange er Schmerzen hatte.

»Du bist keine Zicke.«

»Das habe ich auch nicht gesagt. Ich sagte, es täte mir leid, mich wie eine *verhalten* zu haben.« Sie lächelte dabei. Er schüttelte den Kopf, denn er ärgerte sich, dass er sie so sehr mochte.

»Dafür solltest du dich nicht entschuldigen«, wandte Owen ein. »Jedes Mal wenn ich dich getroffen habe, warst du mit etwas beschäftigt, und ich bin hereingeplatzt – das letzte Mal sogar mit meiner ganzen Familie. Ich kann dir also kaum vorwerfen, dass du mich nicht um dich haben willst. Ich bin zudringlich.« Und er wollte sogar noch zudringlicher werden.

Sie trat von einem Fuß auf den anderen und er hatte das Gefühl, dass sie sich ihre Worte zurechtgelegt hatte und nun nicht weiterwusste. Er verstand immer noch nicht so recht, warum sie eigentlich hier war, aber es gefiel ihm.

Bis jetzt hatten sie drei sehr verschiedene Begegnungen gehabt und aus irgendeinem Grund glaubte er, das hätte etwas zu bedeuten. Sicher, so unruhig, wie sie sich umsah, bekam er andererseits das Gefühl, dass sie am liebsten aus der Tür marschiert und keinen Blick zurückgeworfen hätte.

»Nun, ich hoffe, du fühlst dich besser. Ich habe Tessa mit den Umzugsleuten allein gelassen und sollte jetzt besser nachsehen, ob sie gut zurechtkommen. Auf Wiedersehen, Owen. Gute Besserung.«

»Danke für die Kekse, Liz.«

Sie nickte ihm kurz zu, bevor sie sich herumdrehte und sein Haus verließ, wobei sie die Tür ins Schloss fallen ließ. Er hatte das Gefühl, dass sie wirklich nicht zurückblicken und ihn wiedersehen wollte. War er doch eigentlich einfach nur irgendein Kerl aus einer Kneipe, der von einem Fahrzeug angefahren worden war und jetzt zufällig nebenan wohnte.

Er bedeutete ihr nichts.

Und doch faszinierte sie ihn aus irgendeinem Grund so sehr, dass er sich mehr von ihr wünschte.

Der Schmerz in seinen Rippen pulsierte und er fluchte. Doch bevor er irgendetwas in Angriff nahm, musste er gesund werden. Musste wieder der alte Owen werden, der alles in den Griff bekam und nicht schon bei einem Gang ins Badezimmer ohnmächtig wurde.

Er würde wieder an diesen Punkt gelangen, denn wenn nicht, würde er verrückt werden.

Kapitel Vier

Liz' Rücken schmerzte und ihre Füsse wurden langsam gefühllos, doch sie nahm an, dass sie nach einem langen Arbeitstag nichts anderes erwarten konnte. Gott sei Dank würde sie heute nur eine Acht-Stunden-Schicht schieben, da sie viel zu viele Überstunden angesammelt hatte und ihre Chefin ein großes Gezeter veranstalten würde. Außerdem hatte eine andere Krankenschwester Bereitschaft, sodass sie nicht unterbesetzt wären, aber sie konnte sich des Gefühls nicht erwehren, zurückgerufen zu werden, wenn es in der Notaufnahme zu viel zu tun gäbe, Arbeitsgesetze hin oder her.

Wie die Notaufnahme mit einer Schwester weniger zurechtkommen sollte, wenn das Finanzbudget gekürzt würde, wusste sie nicht. Kamen sie doch jetzt kaum klar hier.

Das Geräusch klappernder Absätze riss Liz aus ihren

zunehmend depressiver werdenden Gedanken. Als sie sich herumdrehte, sah sie Tessa, die sich der Büroecke näherte. Sie presste einen Stapel Akten gegen ihre Brust und hielt zwei Kaffeebecher in Händen.

»Du hältst dich zu dieser Tageszeit doch normalerweise nicht hier auf«, stellte Liz fest, als Tessa einen der Becher vor Liz abstellte. Diese ergriff das Getränk gierig und nippte an der süßen Flüssigkeit. Die Verwaltungsbüros verfügten stets über besseren Kaffee als die Stationen. Verdammt, *alles* dort war besser.

Sogar Tessas Kleidung war besser, als Liz es sich jemals für ihre Schwesternkleidung erhoffen konnte. Ihre Freundin trug einen dunkelgrauen Bleistiftrock und eine dazu passende, taillierte Jacke mit einem kastanienbraunen Oberteil darunter. Auch ihre Schuhe waren entzückend, liefen vorn spitz zu und besaßen Absätze, auf denen Liz sich gewiss den Knöchel gebrochen hätte. Liz' Schuhe hingegen waren nicht gerade elegant, doch in ihnen begannen ihre Füße zumindest nicht bereits nach einer Stunde zu pochen. Da sie bereits seit sieben Stunden arbeitete, konnte sie sich wirklich nicht beklagen, dass ihre Fußgewölbe mittlerweile zu schreien begannen. Sie hatte einen langen Tag hinter sich und immer noch einen Berg an Papierkram zu erledigen, bevor sie Feierabend machen konnte.

»Ich habe ein paar Dinge zu besprechen und dachte mir, ich bringe Kaffee mit«, erklärte Tessa. Ihre Freundin arbeitete in der Versicherungsabteilung des Verwaltungstraktes. Die Verwandlung des Partygirls in die starke

Geschäftsfrau, die für die Rechte ihrer Patienten kämpfte, brachte Liz stets zum Lächeln. »Hast du heute Dr. Wilder gesehen?«, fragte Tessa grinsend. »Er sieht total männlich und zum Anbeißen erschöpft aus.«

Liz hätte sich beinahe an ihrem Kaffee verschluckt und schüttelte den Kopf, während sie sich umblickte, um sicherzugehen, dass niemand ihnen zuhörte. Glücklicherweise waren die beiden allein, da alle anderen sich in den verschiedenen Zimmern aufhielten und sich ihrer Arbeit widmeten. Liz hatte ein paar Augenblicke, um durchzuatmen, bevor sie weitermachen musste, trotzdem vergewisserte sie sich nebenbei, dass alle Daten korrekt in den Computer eingegeben worden waren.

»Was meinst du mit *zum Anbeißen erschöpft*?«, hakte Liz nach, wohl wissend, dass sie das besser nicht tun sollte. Es kam niemals etwas Gutes dabei heraus, außer Gelächter. Am Ende lief Liz immer rot an und versuchte zu verbergen, dass sie sich peinlich berührt fühlte. Laut Tessa brauchte Liz mehr davon in ihrem Leben. Aber gerade deshalb waren sie Freundinnen.

Tessa verdrehte die Augen und gestikulierte mit ihrem Kaffeebecher. »Weißt du, ein Dreitagebart und die Art, wie ein Mann sich reckt und streckt, weil er Schmerzen im Kreuz hat? Und du dich kaum zurückhalten kannst, ihm zu helfen?« Sie wackelte mit den Augenbrauen und Liz stöhnte auf.

»Du bist schrecklich, weißt du das?«

»Das ist wahr, aber ich bin nicht die Einzige, die das denkt. Lisa hat heute Morgen im Pausenraum genau das

Gleiche gesagt und dabei viele schmutzige Wörter einge-
flochten.«

Liz beherrschte sich, nicht zu schnaufen, und trank
noch einen Schluck Kaffee. »Ich will es überhaupt nicht
wissen.«

»Wie du willst. Aber du solltest wissen, dass sie
außerdem jedem, der es hören wollte, erzählt hat, du
hättest eine heimliche Liebesaffäre mit einem Patienten.«
Tessas Augen leuchteten auf und Liz hätte am liebsten
mit dem Kopf gegen den Computerbildschirm
geschlagen.

»Im Ernst?«, flüsterte Liz. »Wie lange ist es her,
seitdem Owen eingeliefert wurde? Und er ist nicht
einmal mehr mein Patient.«

»Nein, nur dein Nachbar. Und außerdem habe ich
nicht gesagt, es handele sich um Owen. Du hast seinen
Namen ins Spiel gebracht.« Sie lächelte sanft. »Gibt es
da etwas, das ich wissen sollte? Gestern hast du dich eine
Weile in seinem Haus aufgehalten mit diesen ... Keksen.«

Liz stieß den Atem aus und blickte sich noch einmal
um, ob niemand in der Nähe war, der Gerüchte liebte.
Glücklicherweise blieben ihnen noch ein paar Minuten.
»Halt den Mund. Ich war nicht länger als vier Minuten
dort und nichts ist geschehen. Es wird auch nichts
geschehen. Ich treffe mich nicht mit Männern wie ihm.«

»Erstens verabredest du dich nie. Und was meinst du
mit *Männern wie ihm*? Männer, die einen Job haben,
umwerfend sexy und offensichtlich zu haben sind,
gemessen an der Art, wie er dich dauernd anschaut?«

Liz kniff sich in den Nasenrücken. »So lange ist es nun auch nicht her, dass ich eine Verabredung gehabt habe.« Eine Lüge. »Und nur weil er mich auf diese Art ansieht, muss er nicht Single sein.« Sie legte eine Pause ein. »Nicht dass er mich auf eine Art ansehen würde, die Interesse bekundet. Denn so war und ist es nicht.«

Tessa lachte. »Nun, dann bist du auf dem besten Weg, dich zu verwirren, du kleines Mädchen. Was auch immer du dir einreden musst ...« Ihr Telefon piepste und sie verdrehte die Augen. »Okay. Pause beendet. Ich muss mich mit einem Patienten treffen. Wünsch mir Glück.«

»Viel Glück«, sagte Liz atemlos und Tessa stöckelte davon. Sie beneidete Tessa wirklich nicht um ihren Job. Aber wenn irgendjemand mitfühlend mit astronomisch hohen Krankenhausrechnungen umgehen konnte, dann war es Tessa. Sie tat stets alles, was sie konnte, um sicherzugehen, dass niemand übervorteilt wurde. Das konnte man von den anderen in ihrer Abteilung nicht behaupten.

»War das Tessa?«, wollte Lisa wissen, die mit strahlenden Augen am Schreibtisch erschien.

Liz nickte und trank den Rest ihres Kaffees, bevor sie den Becher in den Recyclingeimer warf. »Ja.«

»Ich wünschte, sie hätte daran gedacht, Kaffee für uns alle mitzubringen«, beschwerte Lisa sich. »Es ist nicht fair, dass du den guten Kaffee bekommst, während wir uns mit der Brühe begnügen müssen.«

Da Lisa normalerweise von dem Barista nebenan die ausgefallensten Getränke kostenlos bekam, weil sie genau das richtige Lächeln einsetzte, konnte Liz nicht wirklich Mitleid für die andere Frau aufbringen. Außerdem war es doch nur Kaffee, um Himmels willen.

»Sie hat auch nur zwei Hände und da Tessa und ich zusammenwohnen, habe ich eben ein paar Pluspunkte.« Liz zuckte mit den Schultern; sie hatte keine Lust, sich mit der anderen Frau abzugeben. Für gewöhnlich brachte sie mehr Geduld auf, aber zur Hölle, Lisa hatte sie wegen Owen bis zum Gehtnichtmehr geärgert, seit dieser in die Notaufnahme eingeliefert worden war. Und mittlerweile kümmerte sie sich nicht mehr darum. Solange sie ihren Job machte und dafür sorgte, dass es ihren Patienten an nichts fehlte, war alles in Ordnung.

Mehr konnte sie ohnehin nicht tun.

»Ja, so wird es wohl sein«, murmelte Lisa. »Und? Hast du deinen geheimnisvollen Patienten in letzter Zeit gesehen? Owen Gallagher, richtig?«

Liz kniff sich in den Nasenrücken. »Ich weiß nicht, warum ich ihn sehen sollte, Lisa. Er war lediglich ein Patient und du weißt, wir reden nicht über deren Krankengeschichte.«

»Wenn du es sagst.« Damit schlenderte Lisa in Richtung des Pausenraumes davon und Liz versuchte wieder einmal, sich zu konzentrieren.

Auf keinen Fall hatte sie erzählen wollen, dass Owen im Nachbarhaus lebte ... ziemlich lädiert und sauer, dass er noch nicht wieder vollkommen genesen war. Obwohl es ihm in Wahrheit viel besser ging, als sie erwartet hatte, wenn sie bedachte, dass er aufgrund des Unfalls seine

Milz verloren, sich das Schlüsselbein gebrochen und mehrere Rippen geprellt und gebrochen hatte.

Sie wusste nicht, ob man den Mann, der ihn angefahren hatte, bereits geschnappt hatte oder ob es wirklich ein Unfall gewesen war. Es ging sie nichts an und sie hatte ihn auch nicht anrufen wollen, um danach zu fragen. Das wäre nicht nur höchst unangemessen gewesen, sondern sie hätte damit auch die Aufmerksamkeit auf sich gezogen, was sie nicht wollte. Sie musste diesen verdammten Job behalten, denn das war alles, was sie hatte, außer Tessa.

War das nicht ein trauriger Gedanke?

Liz straffte die Schultern und blickte auf die Anzeige, bevor sie ihre Sachen einsammelte. Während sie mit Lisa gesprochen hatte, war ein neuer Patient in eines ihrer Zimmer gelegt worden. Und da die andere Krankenschwester nun aus dem Weg war, würde sie nachsehen, was zu tun war.

Sie hatte jedoch nicht erwartet, den Mann im Bett zu kennen, der schmerzlich das Gesicht verzog.

»Murphy?«, fragte sie blinzelnd.

Er zuckte zusammen und hob eine Hand, die in einem Verband steckte. »Hey, Liz. Witzig, dich hier wiederzusehen.«

Sie schüttelte den Kopf und trat an sein Bett. »Was um alles in der Welt ist dir zugestoßen?«

»Ich bin einer Wand ein bisschen zu nahe gekommen, die sich gerade in jenem Augenblick entschlossen hat zusammenzubrechen. Ein Stück Metall hat mich erwischt und Graham hat mich von einem der Jungs hierherbringen lassen. Ich denke, ich konnte die Blutung zum Stillstand bringen, aber da das eine Weile gedauert hat, hielt ich es für besser, die Wunde nähen zu lassen.«

Sie betrachtete kopfschüttelnd die Verletzung an seiner Hand. »Ich bin froh, dass die Blutung zum Stillstand gekommen ist, aber der Arzt wird dich ganz sicher nähen wollen.« Sie legte ihm den Verband wieder an und begann mit der Überprüfung seiner Vitalwerte. »Euch Gallaghers gefällt es wohl, euch in meine Notaufnahme einliefern zu lassen.«

Murphy grinste, was ihn weit jünger als seinen Bruder wirken ließ. Sicher, wenn sie sich recht erinnerte, war er auch der Jüngste. Doch sein genaues Alter kannte sie nicht. »Wir mögen dich, nehme ich an. Wie geht es mit dem neuen Haus voran?«

Sie zuckte mit den Schultern, während sie arbeitete und Puls- und Blutdruckwerte notierte. »Nur langsam. Okay, ich werde eiligst den Arzt herholen, denn ich möchte wissen, was er zu sagen hat. Wartet jemand auf dich?« Hatte Owen es etwa irgendwie hierhergeschafft, mit dem Arm in der Schlinge und allem anderen? Natürlich sprach sie den letzten Satz nicht aus.

Murphy schüttelte den Kopf. »Der Mann musste mich hier absetzen, weil wir mit dem Job bereits in Verzug sind. Jake ist auf dem Weg hierher, da er zu Hause an einem Projekt gearbeitet hat.«

»Er arbeitet nicht mit euch zusammen?« Warum war sie plötzlich so geschwätzig? Vielleicht war sie einfach zu müde von ihrer Schicht und verlor die Kontrolle über sich.

»Gelegentlich tut er das, aber eigentlich ist er von Beruf Künstler. Er hat in seinem Haus eine komplette Werkstatt eingerichtet und ich glaube, sie werden noch weiter anbauen, da jetzt Noah und drei Erwachsene dort leben. Wie dem auch sei, Graham hat ihn und Owen informiert, damit die ganze Familie weiß, was für ein Idiot ich war, mich von einer einstürzenden Wand verletzen zu lassen. Und da Owen noch nicht fahren kann, hat Jake sich auf den Weg gemacht.«

»Wie schön, dass sich so viele Menschen um dich kümmern.« Liz hatte zumindest Tessa und mehr brauchte sie nicht.

Und wenn sie sich das weiterhin einredete, würde sie es eines Tages vielleicht auch glauben.

»Sie sind alle ein bisschen zu fürsorglich, aber ich kann ihnen das nicht wirklich vorwerfen, wenn ich bedenke, wie ich aufgewachsen bin.« Er zuckte mit den Schultern, aber angesichts des Ausdrucks auf seinem Gesicht wollte sie nicht fragen, was er damit meinte.

Wusste sie doch ohnehin schon viel zu viel über die Gallaghers, so wie die Dinge standen, und sie musste vorsichtig sein. Nicht nur, um sich selbst, sondern auch um ihren Job zu schützen. Sie durfte nicht zu freundlich zu ihren Patienten sein, nicht solange Lisa und Nancy sie wie geschwätzige Elstern beobachteten.

»Nun, ich werde den Arzt schnellstens herbringen. Wie stark sind deine Schmerzen im Augenblick?«

»Ich hatte schon schlimmere«, antwortete Murphy und sie hatte das Gefühl, das sagte er nicht nur, um tapfer zu wirken.

»Auf einer Skala von eins bis zehn, wo würdest du deine Schmerzen einordnen? Nur für den Fall.«

»Bei vier, denke ich. Es hat wehgetan, direkt nach dem Unfall, aber jetzt spüre ich nur noch ein dumpfes Pochen.«

Sie nickte und notierte die Information. »Ich bin gleich wieder da, okay? Und Jennifer wird mich bald ablösen und meine Patienten übernehmen. Bei ihr bist du in guten Händen.«

Murphy lächelte. »Ich bin mir nicht sicher, ob es Owen gefallen würde, wenn ich in deinen Händen wäre. Nur um das einmal zu erwähnen.«

Jemand räusperte sich hinter dem Vorhang und Liz verfluchte sich im Stillen, zu lange am Bett gestanden zu haben.

»Ja, Lisa?«, fragte Liz, als sie sich zu der anderen Frau herumdrehte.

Lisa lächelte strahlend. »Oh, nichts. Ich wollte dir nur sagen, dass Jennifer hier ist. Du kannst dich jetzt um deine Privatangelegenheiten kümmern.« Sie winkte und machte sich beinahe hüpfend auf den Weg zum Schwesternzimmer

Mein Gott, das war ja wie auf der Highschool und für Liz gab es kein Entkommen.

»Habe ich dich in Schwierigkeiten gebracht?«, fragte Murphy mit echter Besorgnis in der Stimme.

»Nein, ich glaube, dafür habe ich schon selbst gesorgt«, platzte sie heraus, ohne nachzudenken. Sie stieß den Atem aus und ging noch einmal sein Krankenblatt durch. »Macht nichts. Dann rufe ich jetzt den Arzt zu dir und Jennifer wird auch gleich eintreffen. Es wird dir bald besser gehen, Murphy.«

»Ich weiß«, stimmte er zu. »Du bist gut in deinem Job. Frag Owen.«

Sie schüttelte sich. »Das werde ich nicht tun, danke.«

Und damit verließ sie das Zimmer und widmete sich ihren Pflichten, wobei sie ignorierte, dass Lisa sie beobachtete.

Sie durfte nicht zulassen, dass die andere Frau ihr zu nahe kam, nicht solange sie sich den Hintern aufriss, da sie beide um dasselbe wetteiferten – ihren Job zu behalten, wenn das Budget gekürzt würde.

Sie betete jedoch, nicht noch mehr Fehler zu begehen.

Das konnte sie sich nicht leisten.

Gleichgültig, wie viele Gallaghers ihr das Leben scheinbar noch über den Weg schicken würde.

Owen war ein neuer Mensch. Oder zumindest beinahe. Eine weitere Woche war vergangen und jetzt konnte er sich wieder bewegen, ohne dass er am liebsten geschrien hätte. Seine Operationsnarbe schmerzte überhaupt nicht mehr und seinen Arm mochte er zwar noch in einer Schlinge tragen, aber Schulter und Schlüsselbein taten nicht mehr weh. Seine Brüder ließen ihn aufgrund der Armschlinge zwar noch nicht Auto fahren, aber er fühlte sich gut und befand sich auf dem Weg der Genesung.

Gott. Sei. Dank.

Die Geräusche von Männern und Frauen, die fluchten und mit Hämmern arbeiteten, drangen in sein Ohr, und er hätte die Augen schließen und zu dieser Version von Musik tanzen mögen. Der Geruch gegossenen Betons und lackierten Holzes traf ihn hart und er wäre am liebsten auf die Knie gesunken, um zu weinen.

Es war schon viel zu lange her, dass man ihm erlaubt hatte, sich auf einer der Baustellen aufzuhalten, und er wünschte sich nichts sehnlicher, als für immer dort zu bleiben und sich daran zu erinnern, warum er die Arbeit bei Gallagher Brothers Restoration so sehr liebte.

»Du siehst aus, als würdest du gleich entweder zu weinen beginnen oder eine Gipsplatte ficken«, neckte Graham ihn, als er sich zu Owen gesellte. »Und ich denke, beides scheint auf einer Baustelle nicht angemessen «

Owen hob abwehrend den gesunden Arm und lächelte. »Ich werde nicht weinen und auf Gipsplatten stehe ich auch nicht. Das klingt mehr nach dir, um ehrlich zu sein.«

Graham wollte Owen gerade gegen die Schulter boxen, als er sich eines Besseren besann. »Sobald du gesund bist, wirst du Schläge beziehen.«

»Danke«, erwiderte er trocken. »Tut mir leid, da wirst du dich wohl noch jahrelang zurückhalten müssen.«

Graham schnaufte. »Als könnte einer von uns sich so lange beherrschen. Du kannst dich glücklich schätzen, dass du heute diese Schlinge trägst, die uns an deine Verletzungen erinnert, da dein durchgeknöpftes Hemd all die anderen Unfallfolgen verdeckt. Könntest du nicht etwas ungesunder aussehen, Kumpel?«

»Halt den Mund. Es war einfacher, dieses Hemd anzuziehen, als mir etwas über den Kopf zu ziehen«, erklärte Owen. »Außerdem werdet ihr mich da draußen nicht arbeiten lassen, also werde ich mich den größten Teil des Tages ohnehin im Bürocontainer aufhalten, um das Chaos zu beseitigen, das ihr mir hinterlassen habt.«

»Erstens bist du nicht versichert, solange du nicht gesund bist, Dumpfbacke. Und außerdem werde ich nicht zulassen, dass du dich auf der Baustelle noch schlimmer verletzt, nur weil du ein Idiot bist. Und drittens hinterlassen wir kein Chaos.«

Owen zog eine Braue in die Höhe. »Ich habe gesehen, was Murphy mit meiner Kalkulationstabelle angestellt hat. Er kann froh sein, dass er weit weg ist, sonst würde ich ihm in den Hintern treten. Ich habe ehrlich ein wenig Angst zu sehen, was ihr Jungs meinem Schreibtisch angetan habt.«

Graham blickte Owen voller Schuldgefühl an und betrachtete plötzlich fasziniert seine Stiefel. »Du solltest dich vielleicht wappnen.«

Owen stöhnte. »Was habt ihr getan?«

»Nichts«, erwiderte Graham schnell. Zu schnell. »Du weißt doch, wie sehr Murphy Haftnotizen hasst.«

Owen schloss die Augen und zählte bis fünf. »Du bist doch selbst kein großer Fan von ihnen. Ich finde immer wieder lose Zettel, die ich ordnen muss.«

Graham verzog das Gesicht. »Nun ... zumindest bist du an solche Dinge gewöhnt. Das mag dir vielleicht helfen, dich wieder zu beruhigen. Weißt du, so etwas wie *deine Umgebung ordnen, um Frieden für die Seele zu finden* oder so ähnlich. Zumindest werde ich dich in der Nähe des Schreibtisches beschäftigen und nicht in der eines Hammers.«

Diesmal zählte Owen bis zehn.

»Du solltest zu dem zurückkehren, was auch immer für eine He-Man Sache dich beschäftigt hat, bevor Jake mich hier abgesetzt hat, denn ich glaube nicht, dass du dich in meiner Nähe aufhalten willst, wenn ich dort hineingehe. Richtig?«

Graham entfernte sich langsam mit erhobenen Armen – was merkwürdig anmutete, da der Mann riesig groß war und schwere Muskeln besaß. »Du hast es kapiert. Später werde ich Jake zu dir schicken, um dich zum Mittagessen zu holen. Was sagst du dazu?«

Graham wartete nicht einmal Owens Antwort ab, sondern machte sich davon, um der Reichweite von Owens Faust zu entkommen. Nicht dass Owen dem Mann wirklich einen Schlag hätte versetzen können, da er noch nicht wieder hundertprozentig auf der Höhe war, aber verdammt, wenn Graham es verschieben konnte, Owen zu schlagen, dann konnte Owen auch warten, Graham eine zu verpassen. Owen war sich sicher, eine ganze Reihe Gründe sammeln zu können, um es seinem großen Bruder heimzuzahlen.

Er machte sich auf den Weg zu dem Container und stieg die alten, hölzernen Stufen hinauf, wobei er sich bemühte, nicht daran zu denken, was ihn erwartete. So schlimm konnte es doch nicht sein, oder? Er war doch nur ein paar Wochen fort gewesen.

Er öffnete die Tür und erstarrte.

Doch, es konnte so schlimm sein.

Und schlimmer.

Owens Notebooks waren auf zwei Schreibtischen verteilt, seine Tastatur lag schräg auf ein paar anderen, übereinandergestapelten. Unzählige Blätter mit Notizen in Tinte, Bleistift und etwas, das wie Malkreide aussah, bedeckten Tische und Schreibtische.

Der große Stapel Haftnotizen schien unberührt.

Owen zählte noch einmal bis zehn, bevor er die Tür hinter sich schloss und sich innerlich vorbereitete. Nun, zumindest würde er sich an seinem ersten Tag nicht langweilen.

Nein, er würde lediglich sauer sein.

Und er würde alles organisieren.

———

Und zur Mittagszeit hatte er zumindest alles in Stapeln geordnet. Gerade war er damit fertig geworden, einige Daten in den Computer einzugeben, als Jake hereinspazierte, mit unordentlichen Haaren und dunklen Ringen unter den Augen. Heute Morgen, als er Owen abgeholt hatte, hatte er genauso ausgesehen.

»Brauchst du mehr Kaffee?«, fragte er seinen älteren Bruder mit Besorgnis in der Stimme.

»Nur der lässt mich noch funktionieren«, erwiderte Jake gähnend. »Entschuldige, ich hatte ein großes Projekt laufen und Noah hat eine leichte Erkältung. Und da Maya ihren Schlaf brauchte, weil Austin wegen Urlaubs nicht im Studio ist, sind Border und ich mit Noah wach geblieben. Aber natürlich konnte Maya nicht einfach so durchschlafen, weil sie ständig ins Kinderzimmer kommen musste und ausgeflippt ist, also mussten Border und ich uns auch noch um Maya kümmern. Das alles hat zu einer sehr langen Nacht und nicht genügend Schlaf für jeden von uns geführt.«

Owen deutete mit dem gesunden Arm auf den Stuhl neben seinem. »Setz dich, Mann. Warum bist du überhaupt hier, wenn du so müde bist? Auch du darfst schlafen, weißt du.«

Jake ließ sich auf den Stuhl sinken und lehnte den Kopf zurück, sodass er sich ausruhen konnte. »Da Murphy dank des Unfalls eine Hand nicht benutzen kann und du auch ausfällst, brauchte Graham Ersatz. Ich weiß, normalerweise kümmere ich mich nur um die filigranen Arbeiten am Schluss, aber da Dad uns alle eingewiesen hat, weiß ich, wie ich bei den aktuellen Bauarbeiten helfen kann. Ich will euch Jungs doch nicht im Stich lassen.«

»Das hast du noch niemals getan, Jake. Und so wird es auch bleiben.«

Wenn Owen bedachte, dass er derjenige war, der in letzter Zeit am wenigsten mit seinen Händen arbeitete – und auch bereits vor dem Unfall –, so war er sich ziemlich sicher, dass er derjenige war, der die anderen im Stich ließ. Doch sobald das nächste Projekt anstünde, würde er dafür sorgen, dass dies der Vergangenheit angehörte. Er mochte zwar nicht so geschickt wie seine Brüder sein, doch das zumindest konnte er tun.

Und sobald er das Kundengespräch heute Nachmittag hinter sich hätte, wäre er wieder auf Kurs, da war er sich ganz sicher. Und weder ein Pick-up mit hellen Scheinwerfern noch der daraus folgende unendliche Schmerz konnten daran etwas ändern.

Jake stieß die Luft aus, bevor er sich vom Stuhl hochzog. »Okay, Graham hat mich geschickt, um dich unbedingt nach draußen zu holen, damit du mit den anderen zu Mittag essen kannst. Also lass uns losgehen, denn Graham bekommt schlechte Laune, wenn er hungrig ist.«

Owen schnaufte und erhob sich. Dann steckte er sein Handy ein und überzeugte sich davon, dass sein Tablet in der Umhängetasche verstaut war. »Graham wird ohnehin übellaunig, ob er nun den Magen voll hat oder nicht.«

Jake grinste über die Schulter. »Das stimmt, obwohl Blake und Rowan ihn aufheitern.«

Owen folgte seinem Bruder nach draußen, während er sich fragte, warum diese Worte ihn ein wenig eifersüchtig machten. Graham hatte seine neue Familie, die ihn bei Laune hielt, und Jake hatte alles, was er sich immer gewünscht hatte – obwohl Owen sich ziemlich sicher war, dass Jake sich niemals hatte vorstellen können, seine Zukunft in einer Dreierbeziehung zu finden.

Nun waren Owen und Murphy die einzigen übrig gebliebenen Singles und obwohl er das normalerweise für eine gute Sache hielt, da er noch nicht bereit war, sich häuslich niederzulassen, fühlte er sich ein bisschen zu einsam für seinen Geschmack. Vielleicht lag es nur daran, dass er zu lange auf der Couch hatte liegen müssen und nicht in seinem Element gewesen war. Sobald er jedoch ins Land der Lebenden und der Planer zurückgekehrt wäre, würde er sich wieder so fühlen, wie er es gewohnt war.

Jake führte ihn mehr als einen Block weiter die Straße hinunter zu dem Taco-Restaurant, in das die Mannschaft sich verliebt hatte, als sie mit dem Projekt begonnen hatten. Es war eine tiefe und beständige Liebe. Zuvor hatte jeder sein Mittagessen mitgebracht und basta, aber dieses Lokal verlangte einen relativ niedrigen Preis für verdammt großartige Mahlzeiten. Er war sich ziemlich sicher, dass die Gallaghers und ihre Mannschaft in den letzten Monaten ein Viertel der

Einkünfte des Restaurants bestritten hatten. Und Owen konnte wirklich niemandem einen Vorwurf daraus machen.

Sobald er seine vier Steak-Tacos und eine Cola auf dem Tablett hatte, kehrte er zum Tisch zurück. Eigentlich hätte er nicht einmal ein Tablett gebraucht, doch wenn ihn seine Brüder dabei erwischten, wie er versuchte, ohne Schlinge herumzulaufen, machten sie ihn fertig. Graham und Jake hatten bereits Platz genommen und schlangen ihre Tacos hinunter, ohne sich um ein Gespräch zu bemühen. Wer musste sich unterhalten, wenn man so gutes Essen vor sich hatte?

Owen hatte bereits ein *Carne asada* verspeist und hielt den zweiten Taco in der Hand, als endlich Murphy an den Tisch kam, mit verzogenem Gesicht und die bandagierte Hand an die Brust gepresst.

»Ist alles in Ordnung?«, fragt Jake mit einem Mund voller *Pork Taco* mit extra viel Zwiebeln.

»Meine verdammte Hand tut weh«, knurrte Murphy, bevor er mit der linken Hand zu essen begann. Wenn man bedachte, dass alle Rechtshänder waren, musste Murphy eigentlich sauer werden.

»Du bist erst vor Kurzem genäht worden«, wandte Graham ein. »Es ist noch nicht geheilt.«

»Das weiß ich«, stieß Murphy hervor. »Die Wunde beginnt gerade zu jucken und es macht mich verrückt, dass ich nichts dagegen tun kann. Liz sagte, ich würde schnell genesen, und der Arzt hat dem zugestimmt, aber ich will diesen verdammten Verband loswerden, damit ich mich wieder um meine Angelegenheiten kümmern kann.«

Owen verschluckte sich fast an seiner Cola und versuchte hustend, wieder zu Atem zu kommen. »Liz?«

Murphys Augen leuchteten auf. Er stellte sein Glas ab. »Oh, richtig. Ich habe noch nicht wirklich mit dir geredet, seit mir dies passiert ist. Ja, Liz war meine Krankenschwester.« Er grinste. »Zu dumm, dass ihre Schicht beendet war, bevor ich sie fragen konnte, ob sie Krankenschwester mit mir spielen wolle.«

Owen knurrte, doch dann beherrschte er sich. »Rede nicht auf diese Art über sie.«

Jake und Graham tauschten einen Blick, hielten sich jedoch aus der Sache heraus.

»Warum, großer Bruder? Hast du dich verliebt?«

»Murphy«, warnte Owen. »Pass auf, was du sagst.«

Murphy grinste nur. »Komm mal runter. Ich habe ihr nichts getan und habe nichts zu ihr gesagt, das ihr ein unbehagliches Gefühl gegeben hätte. Sie hat gearbeitet, um Gottes willen. Ich will damit nur sagen, lieber Bruder, dass du vielleicht an deiner eifersüchtigen Tendenz arbeiten solltest, wenn es um deine sexy Nachbarin geht, anstatt mich anzuknurren, nur weil ich sie in der Notaufnahme einen Blick auf meine Hand habe werfen lassen.«

Und wieder tauschten Jake und Graham einen Blick und Owen hätte am liebsten etwas nach ihnen geworfen. Er wusste nicht, warum Liz ihn so faszinierte, doch er wusste, dass er sie schon bald entweder vollkommen vergessen oder etwas dagegen unternehmen musste.

»Wenn du jetzt fertig bist, mich zu löchern, werde ich zu Ende essen, damit ich meine Arbeit wieder aufnehmen kann. Und glaubt nicht, dass ich das Chaos vergessen habe, das ihr Jungs mir hinterlassen habt.«

»Du liebst es doch zu organisieren«, bemerkte Graham. »Sieh es als Willkommensgeschenk.«

Owen zeigte ihm den Mittelfinger und aß weiter. Er ignorierte seine Brüder, die nicht aufhörten, ihn zu necken. Nun, zumindest war wieder eine gewisse Normalität eingekehrt. Seine Brüder benahmen sich wie Arschlöcher und er fertigte Listen an bezüglich dessen, was jeder von ihnen beizutragen hatte.

Die Folgen des Unfalls würden ihn nicht mehr lange einschränken, verdammt. Bald wäre er wieder in Kampfform ... und dann sähe er vielleicht, wie viel Freundlichkeit seine Nachbarin zuließe.

Kapitel Fünf

Über ihre Haut strömte Wasser und sie stöhnte. Sie wünschte sich, sie wäre mit ihrer Hand weit besser, als sie es gerade war. Liz brauchte einen Orgasmus und aus irgendeinem Grund gelang ihr das heute Morgen nicht.

Wahrscheinlich lag das an der Tatsache, dass sie jedes Mal, wenn ihr ein gewisser bärtiger, tätowierter Nachbar in den Sinn kam, den Gedanken beiseiteschob und damit auch die Erregung abnahm. Sie hatte sich bereits die Haare und den Rest ihres Körpers gewaschen und sogar die Beine rasiert – was sie hasste, wenn sie nur halb wach war – und dann beschlossen, sich selbst zu befriedigen, bevor sie den Tag begann. Heute war einer ihrer seltenen freien Tage und sie hatte sich vorgenommen, ein paar weitere Kartons auszupacken und vielleicht sogar noch etwas anderes zu tun, das man *Entspannen* nannte.

Doch bevor sie sich entspannen konnte, wollte sie sich zumindest ein wenig Wonne gönnen.

Wenn sie doch nur Owen aus dem Kopf bekommen könnte.

Und bei diesem Gedanken kamen ihr Bilder von ihm in den Sinn, wie er in der Dusche vor ihr kniete, und sie konnte sich nicht dagegen wehren. Mit seinen großen, schwieligen Händen umfasste er ihre Schenkel und kniff leicht in ihr Fleisch, bevor er ihre Beine vor seinem Gesicht spreizte. Er leckte die Innenseite eines Oberschenkels und die Stelle, an der ihr Bein in die Hüfte überging, um dann bis zu ihrer Muschi vorzudringen. Sein Bart schrammte auf diese sinnliche Art über ihre Haut, was ihr Schauder die Wirbelsäule hinunter sandte. Er leckte sie immer wieder, während er den Blick nicht von ihrem Gesicht ließ, um sie zu beobachten.

Sie fuhr mit der Hand durch sein Haar und presste ihn fester an sich, denn sie liebte es, wie er an ihrer Klitoris saugte, bevor er leicht hineinbiss. Sie warf den Kopf gegen die Fliesen zurück und hielt sich an der Seifenschale fest, sodass sie nicht zusammensackte, als sie kam.

Währenddessen rieb sie sich wie wild die Klitoris, dachte an Owens Mund an ihrer Muschi und seine Hände, die sich in ihr Fleisch gruben. Als ihre Beine zu zucken begannen, zwang sie sich, zu Boden zu sinken und sich hinzusetzen, um nicht hinzufallen und sich etwas zu brechen.

Denn dafür hätte sie ihren Kollegen in der Notaufnahme ungern eine Erklärung abgegeben.

Ungeschickt, aber nicht ohne eine gewisse Eleganz langte sie nach dem Wasserhahn, um das kühlende Wasser abzustellen. Ihre Brust hob und senkte sich, als sie versuchte, zu Atem zu kommen.

Gütiger Himmel.

Wie verdammt heftig sie gekommen war, nur weil sie an Owen Gallagher gedacht hatte – den Mann, an den sie eigentlich überhaupt nicht denken sollte. Er war nur ihr Nachbar und ehemaliger Patient. Nichts weiter. Sie kannte den Mann noch nicht einmal wirklich und aus irgendeinem Grund ärgerte er sie jedes Mal, wenn sie in seiner Nähe war. Sie hatte keine Ahnung warum, doch wenn ein Teil von ihr ihn zurückweisen wollte, so sollte sie sich daran halten und die Anziehungskraft ignorieren, die zwischen ihnen in der Luft lag.

Und das bedeutete, Schluss damit, sich selbst zu befriedigen bei Gedanken an seinen Mund an ihrer Muschi.

Ihre Klitoris pochte und sie blickte zwischen ihre Beine hinunter.

»Um Himmels willen. Du bist gerade befriedigt worden. Schluss jetzt. Das war's.«

Sie wurde wirklich langsam verrückt. Hatte sie gerade ihre Klitoris gescholten, weil sie sich wagte, sich zu wünschen, von einem Gallagher zum Orgasmus gebracht zu werden? Und nicht nur von irgendeinem Gallagher. Nein. Von Owen. Mit diesem traurigen Gedanken zog sie sich hoch und trat aus der Dusche. Sie stellte sich auf die Badematte und rieb sich trocken, damit sie nicht am Ende eine Pfütze auf dem Fußboden hinterließ und später darauf ausrutschte. Sie hatte in der Notaufnahme so viele Haushaltsunfälle gesehen, dass sie sich bemühte, nicht in diese Statistik zu fallen. Seufzend schob sie die ungesunden Gedanken beiseite und legte im Kopf eine Liste für den Tag an. Es gab immer noch unzählige Dinge im Haus zu erledigen, um es vollständig einzurichten und wie ein Zuhause wirken zu lassen. Und nackt im Badezimmer herumzustehen gehörte nicht dazu.

Als sie schließlich angekleidet war und sich auf den Weg in die Küche machte, um Kaffee zu kochen, war die Liste bereits über eine rein geistige Angelegenheit hinausgewachsen und in geordneter Reihenfolge in ihr Handy gewandert. Sie wusste nicht, was sie ohne die NoteApp getan hätte, die es ihr ermöglichte, einzelne Punkte nach Belieben zu verschieben. Während sie ihren Kaffee trank, blickte sie sich lächelnd in ihrer neuen Küche um. Sie mochten zwar noch nicht alles ausgepackt haben und Tessa und sie würden in einem Jahr oder so noch einige Möbel verrücken müssen, um die Wände zu streichen, aber das Haus gehörte ihnen.

Sie musste keine Miete mehr zahlen und sich nicht mehr mit Vermietern herumschlagen, die ihr lieber auf die Brüste als ins Gesicht schauten. Und es war ihr auch nicht mehr verboten, etwas zu verändern, weil es nicht ihr gehörte. Dies war Tessas erstes eigenes Zuhause und Liz hatte in ihrem Leben überhaupt noch niemals wirklich etwas besessen. Dieses Haus mit all seinen Schwächen gehörte ihr und sie konnte es kaum erwarten, ihm ihren eigenen Stempel aufzudrücken.

Tessa war früh am Morgen zur Arbeit aufgebrochen, also würde der heutige Tag Liz gehören, um Ordnung zu schaffen. Sie hatten eine Hauptliste angelegt, die sie abarbeiteten, sodass sie nichts zweimal machen mussten oder etwas Wichtiges vergaßen – glücklicherweise liebte Tessa es ebenso sehr wie Liz, bei manchen Dingen Ordnung zu halten.

Liz trug ihren Kaffee vors Haus, denn sie wollte etwas tun, das sie höchstwahrscheinlich noch nie in ihrem Leben getan hatte – auf ihrer vorderen Veranda sitzen und den Morgen genießen. Ihr war das stets als so … unproduktiv erschienen, und obwohl das wahrscheinlich immer noch galt, würde sie es einfach mal ausprobieren, auch wenn es nur für einen Morgen wäre.

Tessa hatte die hässlichsten Sessel für die vordere Veranda angeschleppt, die Liz je unter die Augen gekommen waren. Sie passten überhaupt nicht zueinander, geschweige denn zum Haus oder zu dem Set im Garten hinter dem Haus. Liz hätte sie am liebsten entweder neu gepolstert und gestrichen oder sie allesamt entsorgt, aber Tessa wollte nichts der Art hören. Offenbar war dies Tessas Projekt und Liz würde sich damit abfinden müssen.

So war es eben, wenn man mit einer Freundin ein Haus kaufte anstatt mit einem Ehemann.

Liz zuckte mit den Schultern und ließ sich in einen

der überraschend bequemen Sessel sinken. Sie würde zum Ausgleich ihren Willen bei etwas anderem im Haus bekommen, denn so war es abgesprochen. Seufzend trank sie einen weiteren Schluck Kaffee. Obwohl die Sessel hässlich waren, so waren sie doch nicht unbequem. Tatsächlich schien sich der, in dem sie sich gerade ausruhte, perfekt an ihren Hintern zu schmiegen. Und jetzt wollte sie nicht mehr aufstehen.

Tessa mochte sich vielleicht doch etwas dabei gedacht haben.

Der Morgen war gerade erst angebrochen und von ihrer Position auf der Veranda konnte sie sowohl die Schönheit der Rocky Mountains bewundern als auch das Vorgebirge, das hier so viel näher zu sein schien als von ihrer kleinen Wohnung aus, die sie sich zuvor geteilt hatten. Allein wegen des Ausblicks hatte sie das Haus unbedingt haben wollen und Tessa war es ebenso ergangen. Es gab wahrhaft nichts Majestätischeres und Schöneres als die Rockies an einem klaren Morgen.

Als ihr gerade diese Gedanken in den Sinn gekommen waren, trat plötzlich ein gewisser bärtiger Nachbar in ihr Blickfeld. Doch diesmal war er kein Fantasiegebilde. Er hatte die Schlinge abgenommen und trug ein enges T-Shirt und eine abgetragene Jeans, die seine sehr dicken und muskelbepackten Oberschenkel ebenso umschmeichelte wie seinen knackigen Hintern, der Liz das Wasser im Mund zusammenlaufen ließ. Sie war sich nicht sicher, ob er sie von seinem Standort aus sehen konnte, doch die Tatsache, dass er das wahrscheinlich nicht konnte, gab ihr das Gefühl, ein Lüstling zu sein.

Doch das hielt sie nicht davon ab, ihn weiterhin anzustarren.

Sie trank noch einen Schluck Kaffee, den Blick nicht länger auf die Berge, sondern auf den Mann gerichtet, an den sie eben noch gedacht hatte. Den Mann, an den sie eigentlich überhaupt nicht denken sollte. Er war zu nahe an ihrem Leben, zu rau, zu ... ach, einfach alles war zu viel. Wenn sie bereit wäre, eine Familie zu gründen, würde sie einen netten, ruhigen Mann finden, der sie nicht ohne irgendeinen Grund verrückt machte. Sie wollte nicht mit einem Mann mit großen Händen zusammen sein, die er für alles benutzen konnte, was er sich wünschte.

Liz schloss die Augen und stieß den Atem aus, während sie diese Gedanken beiseiteschob. Sie hatte nun schon seit einer Weile nicht mehr an jene vergangenen Tage gedacht, und das würde sie jetzt nicht ändern. Wusste sie nicht besser als alle anderen, dass es keinen Mann mit großen Händen brauchte, um die Schmerzen zu verursachen, an die sie versuchte, nicht zu denken?

Da reichten doch bereits kleinere Hände mit fester Gesinnung, wenn sie es wollten.

Besonders wenn die andere Person viel kleiner war.

Da der Kaffee nun einen bitteren Geschmack auf ihrer Zunge hinterließ, stellte sie ihren Becher auf dem kleinen Tischchen zwischen den beiden Sesseln ab.

Dieses war zwar nicht sehr stabil, aber solange sich die Tasse in der Mitte befand, würde nichts passieren.

Liz rieb sich die Schläfen und versuchte, sich zusammenzureißen und nicht mehr an die Vergangenheit zu denken, doch das war nicht so einfach. Sie wusste nicht, warum sie immer wieder daran dachte, besonders da schon so viel Zeit vergangen war, seitdem sie mit all dem hatte fertigwerden müssen, aber offensichtlich wollte ihr Verstand nicht so bald von diesem Weg abweichen.

Entschlossen, an etwas anderes zu denken, blickte sie auf und Owen ebenso, doch anstatt sie anzuschauen, sank er wie ein Sack Kartoffeln zu Boden. Ein unterdrückter Fluch drang an ihr Ohr und sie sprang auf, um zu ihm zu eilen.

»Owen?«, rief sie. Ihre nackten Füße hämmerten auf den Rasen und der Morgentau strich über ihre Haut.

»Alles in Ordnung«, stöhnte er, während er sich auf den Rücken rollte. »Ich bin lediglich über die Zeitung gestolpert, die ich zwar vor einem Jahr abbestellt habe, die mir aber immer noch regelmäßig zugestellt wird.« Er hatte die Augen geschlossen und hielt sich den unverletzten Arm vor die Stirn. Der andere Arm jedoch lag steif an seiner Seite. Er hatte ein Bein angewinkelt, das andere ausgestreckt und atmete tief die Luft ein.

Sie kniete sich kopfschüttelnd neben ihn. »Du solltest noch nicht draußen herumlaufen. Und wirklich nicht ohne Armschlinge.«

Owen öffnete ein Auge und blickte sie an. »Doch, ich darf beides in kleinen Schritten. Ich dachte mir, es wäre ein guter Zeitpunkt, hinauszugehen und nach der Post zu sehen, denn dafür blieb mir gestern keine Zeit, weil ich zu spät nach Hause zurückgekehrt bin. Aber da ich barfuß und dumm war, bin ich gestolpert.« Er stöhnte, als er den verletzten Arm hob, doch sie konnte keine Anzeichen von plötzlichem Schmerz auf seinem Gesicht entdecken.

»Beweg dich nicht«, befahl Liz. »Ich werde dich zuerst untersuchen.«

Da lächelte Owen. »Es ist mir eine Freude, mich von Ihnen untersuchen zu lassen, Schwester Liz.«

Sie verdrehte die Augen und versuchte, nicht zu lächeln. Dem verdammten Mann gelang es stets, sie zu verunsichern, und nicht immer auf schlechte Art. »Sag mir, ob dies wehtut.«

Sie kniff ihn und drückte an ihm herum, doch er zuckte nicht zurück. Im Gegenteil, er kam ihren Berührungen entgegen und sie zwang sich, ihre Hände nicht allzu lange auf ihm zu lassen. Verflucht, dies musste professionell bleiben. Es spielte keine Rolle, dass sie sich nicht im Krankenhaus befanden. Sie war ihrem Job verantwortlich und Owen abzutasten gehörte nicht dazu.

»Mir geht es gut, Liz«, sagte Owen leise. Er schlang eine Hand um ihr Handgelenk. »Es ist mir nur ein wenig peinlich, wie ich mich verhalten habe. Ich sah, wie du auf deine Veranda hinaustratst, daher nahm ich an, dass du beobachtet hast, dass ich gestürzt bin. Und nur deshalb habe ich mich auf diese Art hingelegt. Nicht weil ich mir tatsächlich wehgetan hätte, sondern weil ich ein Idiot bin.«

Sie musterte stirnrunzelnd sein Gesicht. »Du bist kein Idiot. Jeder kann stolpern.«

Owen verdrehte die Augen und setzte sich mühsam aufrecht hin. Sie versuchte, ihm zu helfen, doch er wehrte sie ab. »Seit Kurzem stolpere ich öfter als andere. Zumindest fühlt es sich so an. Trotzdem vielen Dank, dass du mich untersucht hast.« Er wackelte mit den Brauen. »Und nicht nur gerade eben.«

Sie hätte schwören können, dass sie fühlte, wie sie errötete, und sie hasste ihre blasse Haut. »Und nun sehen wir zu, dass wir dich wieder ins Haus bringen.«

»Alles, was Sie sagen, Schwester Liz.«

»Und hör auf, mich so zu nennen.«

»Aber du bist doch Schwester Liz«, erwiderte er mit einem Lächeln, als sie beide aufstanden. »Aber ich nehme an, dass du dich jedes Mal, wenn ich dich so nenne, daran erinnerst, dass du meine Krankenschwester warst, was bedeutet, dass es falsch wäre, meinen Hintern zu betrachten. Und deshalb werde ich damit aufhören.« Er drehte sich herum und wackelte mit dem Hintern, dabei blickte er sie über die Schulter hinweg an. »Was meinst du? Gefällt dir die Jeans? Sie ist ziemlich alt, gestattet dir jedoch einen netten Blick auf meine Ausstattung.«

Sie konnte nicht anders.

Sie lachte und betrachtete angelegentlich sein Hinterteil. »Ja, so ist es wohl. Doch dabei wird es wohl bleiben. Bei einem Blick.«

»Was immer du sagst«, gab Owen zurück und ergriff ihre Hand. Sie war so überrascht, dass sie sie nicht zurückzog. »Darf ich dir eine Tasse Kaffee anbieten? Um dir zu danken, dass du mir zu Hilfe geeilt bist?«

Sie dachte an das bittere Gebräu, das sie auf ihrer Veranda zurückgelassen hatte, doch aus irgendeinem Grund fiel ihre Antwort anders aus, als sie es hätte sein sollen. »Okay.«

In seinen Augen glomm Überraschung auf und das nahm ihr den Wind aus den Segeln. »Okay.« Er lächelte und zog sie zu seiner Vordertür und ins Haus hinein. Beim letzten Mal hatte sie sich nicht näher umschauen können, aber nun, da sie es tat, gefiel ihr, was sie sah. Klare Linien und Farben charakterisierten sein Heim und es wirkte, als räumte jemand täglich hier auf.

Tatsächlich war sie sich sicher, dass sein Haus sauberer war, als ihres jemals gewesen war, und angesichts dieser Tatsache mochte sie ein wenig neidisch sein.

»Milch und Zucker?«, erkundigte sich Owen, als er zwei Tassen Kaffee einschenkte.

»Beides bitte«, antwortete sie. »Ich kann ihn zwar schwarz trinken und auf der Arbeit tue ich das für gewöhnlich auch, aber ich habe einen süßen Zahn.«

In Owens Augen glomm ein Funke auf. »Gut zu wissen.«

Liz leckte sich die Lippen und er verfolgte mit dem Blick diese Bewegung. Dies war sicher keine gute Idee. Sie sollte nicht hier sein und ganz sicher sollte sie nicht der gewissen Anziehungskraft nachgeben, die sie füreinander empfinden mochten. Er war nicht gut für sie und sie wusste verdammt gut, dass sie nicht gut für ihn war.

Und doch, als er ihre Kaffeetasse neben ihre Hand auf die Kücheninsel stellte, machte sie keine Anstalten, danach zu greifen. Stattdessen stand sie still und er trat näher an sie heran, so nahe, dass sie seinen Atem auf ihren Lippen spüren konnte, die Wärme seines Körpers schmerzhaft nahe an ihrem.

»Sag, dass ich aufhören soll«, flüsterte Owen. Er kam ihr jetzt sogar noch näher und legte ihr eine Hand auf die Hüfte. Ihr Herz raste und sie versuchte, Nein zu sagen, versuchte, sich zu erinnern, dass sie dies nicht tun sollte.

Aber sie sagte nicht, er solle aufhören.

Er beugte sich vor, nahm ihren Mund mit seinem und sie ließ ihn gewähren. Ließ sich von ihm küssen, ließ ihn tun, was er wollte, obwohl sie es nicht hätte zulassen dürfen, wie sie sehr wohl wusste.

Und sie erwiderte seinen Kuss.

Es war kein sanfter Kuss, keiner aus den Märchen von schönen Jungfrauen und gut aussehenden Prinzen. Nein, es war eine Vereinigung ihrer Münder, schweres Atmen, Zähne und Zungen, die um Beherrschung kämpften. Er umfasste mit einer Hand ihre Hüfte und fuhr ihr mit den Fingern der anderen durchs Haar, um sie unmöglich nahe an sich zu ziehen.

Schon zuvor hatte sie sich seinen Mund auf ihren

Lippen und auf ihrer Haut vorgestellt und doch hatten diese Träume nichts mit dem realen Mann gemein. Sie schlang die Arme um ihn, denn sie brauchte ihn auf ihr, in ihr und bei ihr. Als sie bemerkte, dass sie gegen seinen harten Schaft stieß, hörte sie nicht auf. Stattdessen küsste sie ihn noch heftiger.

Owens Mund ließ sich mit nichts vergleichen, was sie bisher kennengelernt hatte, und sie wusste, wenn sie nicht sofort aufhörte, hätte sie auf der Stelle gleich hier in seiner Küche Sex mit ihm, und es hätte sie nicht einmal gekümmert.

Daher hätte es sie nicht überraschen sollen, dass es Owen war, der den Kuss beendete. Er löste sich mit abgehackten Atemstößen von ihr, bevor er seine Stirn an ihre legte.

»Gütiger Himmel«, keuchte er.

Sie brachte kein Wort heraus. Sie konnte kaum Atem schöpfen.

»Sag nicht, dass du es bereust. Sag nicht, dass wir es nicht hätten tun sollen«, bat Owen eilig. »Wenn du nicht weißt, was du sagen sollst, sag besser überhaupt nichts. Aber das sollst du verdammt noch mal wissen, Frau: Dieser Kuss? Dieser Kuss war alles. Wenn du also nicht weißt, was du als Nächstes tun sollst, kannst du davongehen, ohne ein Wort zu sagen. Ich kann das vollkommen verstehen, denn dies war eine Überraschung. Aber, Liz? Wenn du jetzt gehst, ohne etwas zu sagen, sagst du mir damit, dass ich dich wiedersehen kann. Bald. Du triffst die Entscheidung. Aber du musst wissen, dass ich dich will. Ich begehre dich. Aber ich werde dich nicht nehmen, mich nicht von dir nehmen lassen, außer du willst es. Verstanden?«

Sie schluckte heftig. Ihr Atem beruhigte sich langsam.

Und da sie ihn nicht aus dem Kopf bekommen und nicht aufhören konnte, daran zu denken, was sie gerade getan hatten, drehte sie sich herum und ging.

Aber sie sagte nichts.

Das bedeutete nur eines.

Sie wollte, dass er sie aufsuchte. Wollte, dass dies wieder geschah.

Sie hoffte nur, dass sie nicht den größten Fehler ihres Lebens beging.

Schon wieder.

———

»Du bist ein Idiot.«

Owen starrte Murphy an, sagte jedoch nichts. Stattdessen trank er einen Schluck Bier und bemühte sich, seinen jüngeren Bruder zu ignorieren. Eigentlich wollten sie sich nur einen netten Männerabend machen, ohne etwas Wichtiges besprechen zu müssen. Sie konnten sich einfach im Fernsehen Sportreportagen anschauen, was auch immer gerade gesendet werden mochte, Bier trinken, für Männer ihres Alters viel zu fettige Snacks essen und herumalbern.

Offensichtlich hatte Murphy jedoch anderes im Sinn.

»Ja, du hast ein bisschen was von einem Idioten«, stimmte Jake zu, der neben ihm saß. Owen beherrschte sich, den Kerl nicht zu boxen. Immerhin litt er noch unter Schmerzen am Schlüsselbein und wollte nicht mit noch etwas Schlimmerem als *Idiot* bezeichnet werden.

»Dass er mitten auf seinem Rasen über seine eigenen Füße gestolpert ist, während seine heiße Nachbarin ihn beobachtete, macht ihn noch lange nicht zu einem Idioten«, verteidigte Graham ihn. Obwohl Owen sich nicht sicher war, ob die Bemerkung überhaupt als Verteidigung gedacht war.

»Ich weiß nicht, warum ich euch die Geschichte überhaupt erzählt habe«, knurrte Owen.

»Weil ich die neue Schramme an deiner Seite entdeckt habe, als du nach den Crackern gegriffen hast«, erwiderte Murphy. »Ich meine, ehrlich, wenn du dich bereits in derselben Minute verletzt, in der wir dich allein lassen, solltest du vielleicht zu uns zurückkehren und bei einem von uns bleiben.«

Owen zeigte ihnen den Mittelfinger und trank einen weiteren Schluck Bier. »Halt den Mund. Ich habe euch Jungs zu mir eingeladen, um Sport anzuschauen, nicht, um mich von euch ärgern zu lassen.«

»Dich zu ärgern ist ein Nebeneffekt, den wir alle genießen«, erklärte Jake träge.

»Und du hast uns immer noch nicht erzählt, was geschehen ist, nachdem Liz dich nach deinem Sturz gerettet hatte.« Owen warf Graham wegen dieser Bemerkung einen Blick zu, bemühte sich jedoch, einen neutralen Gesichtsausdruck zu wahren.

»Du hattest Erfolg«, vermutete Murphy grinsend. »Du hast vielleicht nicht alles erreicht, aber etwas.«

Owen schloss die Augen und zählte bis zehn. Wenn er die Augen wieder öffnete, hätte er vielleicht eine neue Brüderschar, die ihn weniger ärgerte. Die Möglichkeit bestand immerhin.

»Ich würde sagen, er hat sie zumindest geküsst«, meinte Jake. »Nicht viel mehr, denn sonst wäre er jetzt viel entspannter.«

Graham lachte leise vor sich hin. »Ja, er ist zu schlecht gelaunt und strahlt nicht so, wie man es nach gutem Sex tut.«

»Ach, geht doch alle zum Teufel.«

»Ja, er hat nur etwas genascht, denke ich«, stellte Murphy fest, als wäre er ein besonders erfahrener Mann in Sachen Frauen. »Schon gut, Bruder. Du hast noch genügend Zeit für einen neuen Anlauf, bevor sie merkt, wie langweilig du in Wahrheit bist, und dich auslacht.«

»Ich sage es noch einmal: zum Teufel mit euch.« Owen kippte den Rest seines Biers hinunter und quälte sich von der Couch, wobei er die Stiche und den Schmerz in seiner Seite ignorierte. »Ich brauche noch ein Bier. Ihr könnt euch selbst bedienen, falls ihr noch mehr trinken wollt, denn ich habe genug von euch. Und wenn ich zurück bin, werden wir uns das verdammte Spiel ansehen und nicht mehr über mein Sexleben reden, verstanden?«

»Du sagst das, als hättest du ein Sexleben«, stichelte Jake grinsend weiter. »Ich meine, ich weiß, dass nicht jeder so ein Sexleben hat, wie ich es habe, aber ich dachte, mit der Zeit würdest du wenigstens die Hälfte von dem haben, was ich habe.«

Graham boxte Jake in die Schulter und Owen grinste. »Hör auf zu prahlen«, brummte Graham. »Um ehrlich zu sein, für mich ist Blake mehr als genug. Ich verzichte gern auf Dreierbeziehungen.«

»Blake würde wahrscheinlich jeden zurechtweisen, der dir zu nahe kommt und einen Dreier auch nur in Betracht zieht«, warf Murphy ein.

»Das stimmt«, erwiderte Graham lächelnd.

Owen schüttelte nur den Kopf und ging zum Kühlschrank, um weitere Bierflaschen zu holen. Er mochte vielleicht gesagt haben, dass sie sich selbst bedienen müssten, doch so ein Arschloch war er nun auch wieder nicht. Zumindest vorerst nicht. Doch falls sie ihn weiter mit seinem Mangel an Sexerlebnissen ärgerten, würde er sie vielleicht zwingen, Wasser zu trinken und sein Haus schon bald zu verlassen.

Denn für alles gab es eine Grenze des Erträglichen.

»Also, wann werden wir diesen neuen Kunden treffen?«, erkundigte Graham sich bei Owen, als dieser sich wieder auf die Couch sinken ließ und den anderen die Biere reichte.

Owen rieb sich mit der Hand über die Bartstoppeln, die er sich wahrscheinlich bald für die nächsten Kundenbesprechungen abrasieren sollte. Während ihm sein Bart, seine Tattoos und Piercings gefielen, so mochte doch nicht jeder, mit dem sie zusammenarbeiteten, diesen Anblick. Die Tattoos ließen sich leicht unter der Kleidung verbergen und für neue Kunden nahm er stets den Ring aus der Augenbraue. Seine anderen Piercings saßen ein wenig tiefer, sodass niemand sie bemerkte. Und was den Bart anbelangte, so versuchte er, ihn ab und an zu rasieren, denn manche Kunden schienen lieber mit einem saubereren, eleganteren Firmenvertreter arbeiten zu wollen. Owen würde alles für den Job tun, also musste er den verdammten Bart abrasieren, wenn es denn sein musste.

Doch er würde dafür sorgen, dass ihm wieder ein paar Stoppeln wüchsen, wenn er Liz befriedigen würde, denn er hatte das Gefühl, dass es ihr gefiele, wenn sein Gesichtshaar über die Innenseiten ihrer Schenkel kratzen würde, während sie auf seinem Gesicht ritt.

Owen schluckte heftig und bemühte sich, nicht auf der Couch hin und her zu rutschen. Für heute Abend war Schluss mit diesen Gedanken.

»Nun, wahrscheinlich in der nächsten Woche oder so. Da es um eine ganze Straße und nicht nur um ein einzelnes Hausprojekt geht, dauert es etwas, bis alles unter Dach und Fach ist. Meiner Einschätzung nach werde ich die ganze Mannschaft und noch weitere Arbeiter brauchen. Was gut ist, denn wir sollten den Job bekommen, solange wir den Zeitplan einhalten.« Sie waren von diesem Zeitplan etwas abgewichen wegen Owens Unfall und Murphys verletzter Hand, aber sie hatten sich alle zu Tode geschuftet, um die aktuellen Kunden bei Laune zu halten.

»Nun, ich bin froh, dass du daran arbeitest, da wir alle so beschäftigt waren«, erwiderte Murphy, während er in seinen Chip mit Salsa biss. »Obwohl dieser Kerl sich benimmt, als hätte er einen Stock im Hintern.«

Owen verbesserte ihn nicht. Clive Roland war ein Arschloch erster Klasse, dem nur das Beste vom Besten gefiel. Owens Job bestand darin, ihm zu beweisen, dass Gallagher Brothers Restoration genau das war, was er brauchte.

»Der endgültige Vertrag sollte in einigen Wochen unterzeichnet sein. Roland nimmt sich einfach Zeit.«

Graham schüttelte den Kopf. »Mit dem Haus von Blakes Familie haben wir doch schon den repräsentativen Bau, den wir brauchen. Jeder, der das Haus sieht, nachdem wir daran gearbeitet haben, sollte wissen, was wir leisten können. Nachdem wir die Arbeiten dort beendet hatten, bekamen wir doch auch qualitativ hochwertige Aufträge, und die Leute haben das bemerkt. Ich weiß nicht, warum Roland sich so viel Zeit lässt. Wenn er glaubt, wir wären nicht gut genug, dann weil er eine Idee von Perfektion hat, die nicht existiert. Wir sind die Besten in unserem Fach, und das sollte er wissen. Wenn es nicht so ist, brauchen wir ihn nicht. Wir können genügend andere Aufträge auftreiben.«

Owen biss sich auf die Zunge, um nicht etwas zu sagen, was er nicht so meinte. Bei diesem Job ging es nicht nur darum, dass Rolands Unternehmen die Gallaghers ein Leben lang mit Aufträgen versorgen würde. Er hatte diesen Job selbst aufgetrieben, weil die anderen beschäftigt waren. Es musste funktionieren, sodass er den anderen beweisen konnte, dass er mehr leistete, als nur ihre Schreibtische zu organisieren.

Er wusste nicht, warum ihm dieser Auftrag in mancher Beziehung mehr bedeutete als die anderen, aber er würde sein Bestes geben, damit es zum Vertragsabschluss käme. So wie es aussah, hatten sie bereits einigen Last-Minute-Kunden absagen müssen, um für Roland Platz im Terminkalender bereitzuhalten. Wenn sie diesen großen Auftrag nicht bekämen, wären sie in den dafür reservierten Monaten aufgeschmissen und müssten neue Kunden für die Firma finden, was ihnen vielleicht nicht gelänge. Wie dem auch sei, Owen wollte jetzt nicht daran denken, denn er musste positiv bleiben. Der Papierkram war beinahe unter Dach und Fach, und daran musste er sich einfach festhalten.

»Wir werden es schaffen«, sagte Owen ruhig. »Wir schaffen es doch immer.«

»Zur Hölle, das werden wir«, stimmte Murphy zu, der die Spannung im Raum ignorierte. Vielleicht hatte sein allzu sensibler Bruder aber auch nur die Stimmung aufgeschnappt und wollte sie in eine neue Richtung lenken. Wie dem auch sei, Owen war dankbar dafür. »Hey, Jake, warum ist Border eigentlich nicht hier bei uns?«

Jake lächelte, bevor er einen Schluck von seinem Bier trank. »Heute haben Maja und Border Ausgang und normalerweise würde ich heute Abend mit Noah zu Hause bleiben, aber ihr hattet ja stattdessen den Männerabend geplant.«

»Deshalb kümmert sich Blake heute Abend um Noah und Rowan«, wandte Graham ein und grinste. »Rowan versucht, uns zu beweisen, wie gut sie als große Schwester sein kann. Ich bin mir ziemlich sicher, dass es ihr gleichgültig ist, ob sie einen kleinen Bruder oder eine kleine Schwester bekommt, solange dies nur bald geschieht.«

Owen blickte seinem älteren Bruder prüfend ins Gesicht. »Dann ist es also schon bald so weit?«

Graham zuckte mit den Schultern, aber seine Augen lachten. »Vielleicht.«

Murphy und Jake beugten sich gleichzeitig vor. »Wir werden wieder Onkel?«

In seinem Tonfall lag ein Hauch Ernsthaftigkeit, den Owen spürte. Der älteste Gallagher war schon einmal verheiratet gewesen und hatte eine wunderschöne kleine Tochter gehabt. Als sie starb, war Grahams Ehe auseinandergebrochen und Graham am Boden zerstört gewesen. Die Tatsache, dass er nun für Rowan ein liebender Vater war und sie sogar rechtmäßig adoptiert hatte, als er und Blake heirateten, war eine große Sache. Und dass er jetzt von einem neuen Baby sprach, war noch großartiger, und Owen hätte ehrlich nicht glücklicher für seinen Bruder sein können. Wenn jemand diese Art von Glück verdiente, dann war es Graham.

»Noch nicht«, erwiderte Graham. »Wir üben noch.«

Owen verdrehte die Augen und die anderen lachten. »Und ich dachte, ihr beide wärt schon längst erschöpft von dem vielen Üben«, fügte er trocken hinzu.

»Zu viel Üben gibt es nicht«, sagte Graham lachend.

Owen schüttelte den Kopf und lehnte sich in der Couch zurück, während seine Brüder weiterhin herumalberten über Babys und andere Dinge, von denen er nie gedacht hätte, dass sie zusammen darüber reden würden. Alle vier waren in relativ kurzer Zeit wirklich erwachsen geworden und hatten die nächste Entwicklungsstufe erreicht. Und er konnte nicht umhin, sich ein wenig rückständig zu fühlen. Er hatte so viel für sein und das Leben seiner Brüder geplant und doch hatte er noch keine eigene Familie gegründet.

Als Liz' Gesicht vor seinem inneren Auge auftauchte, hielt er ein Stirnrunzeln zurück. Von einem Kuss, einem sehr heißen und erotischen Kuss, entstand noch keine Beziehung oder eine Familie. Sie verhielt sich immer noch zu scheu ihm gegenüber und er wusste, sie auch nur zu einer Verabredung zu bewegen, wäre eine Menge Arbeit. Aber das war Owens Ding. Er plante und ließ Ideen Realität werden. Mit dem richtigen Plan und der richtigen Liste würde er vielleicht einen Weg in Liz' Leben finden und sehen, was als Nächstes geschähe.

Aber er hatte viel unter einen Hut zu bringen. Da waren immer noch seine alten Kunden, der neue Auftrag und der Gedanke, dass irgendjemand da draußen ihn mit einem Pick-up angefahren hatte. Für manch einen wäre das ein bisschen viel gewesen, aber nicht für Owen. Er würde dafür sorgen, dass alles funktionierte. Und wenn das so wäre, vielleicht, nur vielleicht, würde er Liz wieder küssen.

Er lächelte in sein Bier hinein, während Jake und Murphy begannen, einander und das Fernsehgerät anzuschreien. Als Jake ihren kleinen Bruder andeutungsweise in die Seite boxte, rang Murphy ihn zu Boden. Owen nutzte die Zeit, um sich zu vergewissern, dass alle genügend mit Getränken versorgt waren, und beobachtete, wie Jake und Murphy sich am Boden balgten, wie sie es seit Jahrzehnten taten. Mochte sich auch manches in ihrem Leben verändern, so doch nicht alles. Sie waren eben durch und durch Gallagher-Brüder.

Kapitel Sechs

Liz wünschte sich nichts sehnlicher, als ein langes Bad zu nehmen und dann vierzehn Stunden zu schlafen, doch sie hatte das Gefühl, dies würde ihr heute nicht gelingen. Sie hatte eine Nachtschicht hinter sich, denn die Verwaltung änderte seit einem Monat ständig die Arbeitspläne, und ihr Körper hatte sich noch nicht daran gewöhnt. Und sie ahnte bereits, dass sie wieder zur Tagesschicht eingeteilt würde, sobald sie einen Weg gefunden hätte, mental mit der Nachtarbeit zurechtzukommen. Wenn sie bedachte, dass dies bereits zweimal geschehen war, wusste sie, sie würde von Kaffee leben müssen, bis die Krankenhausleitung sich mit dem Budget arrangiert hätte und darauf verzichtete, die Angestellten herumzuschieben. Immerhin hingen Menschenleben von ihr ab, daher durfte sie sich ein Gähnen während einer Untersuchung nicht erlauben.

Um die Mittagszeit schlurfte sie in die Küche und

steuerte direkt auf die Kaffeemaschine zu. Sie musste immer noch duschen und sich um das Rattennest kümmern, das sie als ihr Haar bezeichnete, aber zuerst brauchte sie Kaffee.

Tessa stand an der Kücheninsel, bekleidet mit einer Jeans, die ihr tief auf der Hüfte saß, und tanzte zu irgendeiner Musik aus ihren Kopfhörern. Sie hielt einen Löffel in der Hand und hatte die Augen geschlossen, während sie hin und her wackelte und sich schüttelte, etwas zwischen Tanzen und Kochen, wie auch immer sie diese Bewegungen nennen mochte.

Liz unterdrückte ein Lächeln, als sie auf dem Weg zur Kaffeemaschine Tessa im Vorbeigehen streifte. Tessa schrie auf. Liz schenkte sich eine Tasse Kaffee ein und lächelte.

»Guten Morgen.«

»Meine Güte, Frau«, keuchte Tessa und nahm die Stöpsel aus ihren Ohren. »Warn mich doch wenigstens, bevor du mich so erschreckst, wenn du so herumschleichst.«

Liz machte eine abwehrende Handbewegung und nahm einen Schluck von dem Göttertrank, der sie für den Rest des Tages lebendig aussehen lassen würde. »Ich schleiche nicht herum.«

»Du hast aber keinen Laut von dir gegeben, als du hereingekommen bist.«

Sie verdrehte die Augen. »Du hattest deine Musik so laut aufgedreht, dass du nicht einmal gehört hättest, wenn ich deinen Namen geschrien hätte. Aber ich weiß nicht, warum du deine Augen beim Tanzen geschlossen hattest. Vielleicht, um dich selbst nicht sehen zu müssen, hm?«

Diesmal war es Tessa, die abwinkte. »Ich hasse dich und ich tanze viel besser als du.« Sie deutete auf ihre Hüften. »Diese Hüften lügen nicht. Ich weiß mich zu bewegen. Du schiebst die Hüften vorwärts und versuchst, mit ihnen zu kreisen oder was auch immer, obwohl du viel bessere Kurven besitzt als ich.«

»Ich schiebe mich nicht vorwärts. Und ich *versuche* auch nicht zu kreisen«, Liz trank noch einen Schluck, »sondern ich kreise tatsächlich. Oder zumindest habe ich das getan, als ich früher getanzt habe.«

Tessa verdrehte die Augen. »Du musst dir endlich mehr Zeit für dich selbst nehmen, sonst schuftest du dich noch zu Tode.«

»So schlimm ist es nicht«, verteidigte Liz sich. »Außerdem müssen wir das Haus fertig einrichten und in den Garten habe ich noch nicht einmal einen Blick geworfen. Und schon bald kommen die Monate, in denen wir beginnen müssen, für den Frühling zu planen, jetzt, da die schweren Schneefälle aufgehört haben.«

»Erstens leben wir hier in Denver, Süße. Der Schnee wird nicht vor Juni aufhören, obwohl das Wetter uns vielleicht mit einem Monat Hitze oder so an der Nase herumführen wird. So funktioniert das hier. Da du dein ganzes Leben in der Gegend verbracht hast, weißt du das doch. Und zweitens musst du noch ein Leben haben, das über deine Arbeit und dieses Haus hinausreicht. Geh aus, wackle mit deinem Hintern und trink ein bisschen zu viel.«

»Willst du damit sagen, ich soll zum Tanzen ausgehen? Denn ich kenne hier in der Nähe nichts außer einigen Kneipen. Und außerdem sind wir nicht mehr einundzwanzig. Wir haben Verpflichtungen.«

Tessa verdrehte die Augen. »Ja, die haben wir. Und weil das so ist, müssen wir auch mal Dampf ablassen. Und deshalb gehen wir heute zu Owen hinüber, denn Murphy hat uns eingeladen.«

»Warum hat Murphy uns eingeladen und nicht Owen selbst?«

»Weil Owen eine Party gibt und uns dabeihaben will. Murphy war rein zufällig derjenige, der mich angerufen hat.«

Liz erstarrte. Sie hatte Owen nicht mehr gesehen seit jenem Kuss in seiner Küche, der besser nicht erwähnt werden sollte, und sie war sich nicht sicher, ob sie schon bereit war, ihm gegenüberzutreten. Sie konnte immer noch spüren, wie er ihre Hüfte umfasst, wie seine Zunge die ihre beherrscht und wie er mit den Zähnen in ihre Lippe beißt, sodass sie ihn am liebsten angesprungen und nie wieder losgelassen hätte.

Tessa warf ihr einen neugierigen Blick zu und Liz bemühte sich, nicht ihre Schenkel zusammenzupressen, denn sie wusste, sie war bereits feucht, nur weil sie an Owens Mund an ihr gedacht hatte.

Verdammter Gallagher.

»Woran denkst du, was deine Wangen rot anlaufen

lässt, hm?«, stichelte Tessa. »Denn wenn dich das so peinlich berührt und so erregt aussehen lässt, Süße, muss ich mehr Einzelheiten hören. Und dann musst du das beenden, was du begonnen hast, denn ich weiß, dass du vor Kurzem keinen Sex hattest.«

»Tessa!« Liz schloss die Augen und kniff sich in die Nase. »Hör auf damit.« Tessa hatte stets sagen können, wann Liz endlich Sex mit dem Mann gehabt hatte, mit dem sie ausging, und sie hasste das. Nicht dass es sie gestört hätte, dass Tessa wusste, dass sie in letzter Zeit mit niemandem geschlafen hatte, aber sie hasste es, dass sie Tessa andersherum niemals etwas im Gesicht ablesen konnte. Ihre Freundin war viel besser darin, eine Maske aufzusetzen als jeder andere, den Liz kannte.

»Was denn? Ich sage doch nur, was ich denke. Und lass mich raten, es war der Große und Organisierte, richtig? Hat Owen dich mit seinen großen Händen angefasst?« In Tessas Augen tanzten Funken, als sie dem Kartoffelsalat mit Senf den letzten Schliff gab. Liz erkannte erst jetzt, was Tessa da zubereitete. »Wie war es? Nein, sag es mir nicht. Ich kann es bereits an der Art erraten, wie du mich anschaust, als wolltest du mich umbringen. Er war heiß, fordernd und bereit, dich auf der Stelle zu befriedigen. Doch er hat es nicht getan, denn wenn es so wäre, wärst du jetzt viel entspannter. Also hat euch entweder etwas unterbrochen oder einer von euch beiden ist geflüchtet. Und ich würde sagen, du bist davongelaufen, weil du nicht darüber redest und gerade so aussiehst, als wolltest du mich ermorden.«

Liz stellte die leere Kaffeetasse ab und holte tief Luft. »Ich hasse deine Art. Du gehst vollkommen falsch an die Sache heran. Du könntest bei der Polizei arbeiten, so wie du die Dinge betrachtest.« Sie stieß den Atem wieder aus. »Egal, ja, Owen und ich haben uns geküsst. Das war's. Es war ein Fehler und wird nicht wieder passieren.«

»Warum nicht, zur Hölle?«, fragte Tessa, während sie den Kartoffelsalat in den Kühlschrank stellte. »Er ist Single. Du bist Single. Ihr strahlt beide diese *fick-mich* Signale aus, die den anderen anlocken. Und er ist heiß.«

Liz spülte die Tasse aus und stieß die Luft aus. »Wir strahlen keine *fick-mich* Signale aus. Und außerdem hast du uns nicht so oft zusammen gesehen, um das zu beurteilen.«

»So betrunken war ich in der Kneipe auch nicht, Liz. Ich kann mich noch genau daran erinnern, wie ihr beide euch an jenem Abend angeschaut habt. Sicher, du hast ihn angestarrt und er hat dich wie ein Fisch im Wasser stumm angegafft. Sein Mund hat sich zwar bewegt, aber er hat kein Wort hervorgebracht. Aber die Funken zwischen euch habe ich genau gespürt. Er ist heiß auf dich. Du bist heiß auf ihn. Leg ihn einfach flach.«

»Du bist eine Idiotin.«

»Nein, ich bin ein Mensch, der Sex mag. Und du warst auch einmal so, bis du begonnen hast, wie eine Wilde zu arbeiten.«

Liz starrte Tessa an. »Du arbeitest in letzter Zeit genauso viel.«

Tessa hob eine Braue. »Ja, aber ich lasse Dampf ab.«

Und das bis zu einem Grad, der manchmal Liz' Besorgnis erregte, doch das sagte sie nicht. Tessa war nur sich selbst gegenüber verantwortlich und konnte tun, was sie wollte, doch das bedeutete nicht, dass sie sich nicht weiterhin bei manchem davon unbehaglich fühlte.

»Er war mein Patient. Sein Bruder war mein Patient. Ich werde nicht mit ihm schlafen. Oder mit Murphy.«

Tessa schnaufte. »Ich weiß, dass du nicht mit Murphy schlafen wirst. Es gab keine Chemie zwischen euch. Aber du und Owen?« Sie fächelte sich Luft zu. »Oh Mann. Aber Liz, Liebling, sie waren nur für fünf Minuten deine Patienten und werden es nie wieder sein. Ich kenne dich. Falls sie aus irgendeinem Grund noch einmal in die Notaufnahme kämen, würdest du sie an eine andere Krankenschwester übergeben. Du würdest keine peinliche Situation entstehen lassen.«

»Und das wäre für Lisa und Nancy nur ein Grund mehr, über mich zu tratschen, da Lisa um dieselbe Stelle kämpft wie ich und es Nancy ebenso ergeht.« Liz ließ den Kopf in den Nacken fallen; ihre Schläfen pochten. »Wie kann es nur sein, dass ich wieder in der Highschool gelandet bin?«

»Die Menschen werden sich immer so benehmen wie unreife Dumpfbacken, die nicht wissen, wie man mit anderen umgeht. So ist das Leben. Aber du brauchst sie nicht gewinnen zu lassen. Du bist bei Weitem die beste Krankenschwester, und das weiß Lisa auch. Du wirst deinen Job nicht verlieren, nur weil du mit einem Mann schläfst, der zufällig dein Nachbar ist. Du bist nicht mehr seine Krankenschwester und wirst ihn in diesem Krankenhaus auch niemals mehr betreuen. Falls du dir Sorgen machst, es könnte peinlich werden, weil er dein Nachbar ist, vergiss es. Wir sehen ihn doch kaum jemals und die Gallaghers scheinen nette Leute zu sein. Sie werden uns nicht über den Tisch ziehen.«

Liz verengte die Augen zu Schlitzen. »Das sagst du so, aber ich sehe auch nicht, dass du mit Murphy schläfst.« Liz war nicht entgangen, wie die beiden miteinander flirteten, wenn sie sich unbeobachtet fühlten ... und auch, wenn sie wussten, andere sähen sie.

Tessa lachte spöttisch. »Wir flirten, weil es Spaß macht, aber ich leide nicht so unter Sexentzug wie du. Und ich weiß nicht, ob ich mit Murphy schlafen will. Ich mag ihn als Freund. Und du weißt doch, wie sehr ich dazu neige, alles zu vermasseln, sobald ich mit einem Mann ins Bett steige.«

»Warum hältst du es dann für in Ordnung, wenn ich mit Owen schlafe?«

»Weil das etwas anderes ist. Du bist anders. Und zur Hölle, du hast ihn bereits geküsst. Tu es einfach und hör auf, darüber nachzudenken. Du nervst mich.«

»Du kannst mich doch nicht einfach antreiben, mit einem Mann Sex zu haben, nur damit ich dich nicht mehr nerve.«

Tessa verdrehte die Augen. »Nein, das kann ich nicht und tue es auch nicht. Ich räume dir nur den ganzen Mist aus dem Weg, damit du tun kannst, was du willst, und dich nicht mit deinen Gedanken marterst. Wenn du mit ihm schlafen willst, verabrede dich mit ihm und gieße heißes Wachs über ihn, nachdem du ihn ans Bett gefesselt hast, mach schon. Lass es nicht bleiben, nur weil du Angst hast. Du musst ein bisschen leben, Liz. Das ist ganz in Ordnung.«

»Heißes Wachs?«, hakte Liz nach und ignorierte bewusst den Rest von Tessas Äußerung.

»Ich kenne deine Vorlieben nicht. Ich meine, einige schon, da die Wände in unseren Wohnungen ziemlich dünn waren, doch das Ding mit dem heißen Wachs könnte ein geheimer Fetisch sein.« Sie grinste und Liz schleuderte das Geschirrtuch nach ihr.

»Ich hasse dich.«

»Nein, das tust du nicht. Du liebst mich. Und jetzt geh duschen und zieh die hautenge Jeans an, die ich dir gekauft habe. Du wirst zum Vernaschen aussehen und wirst vielleicht auch vernascht.«

»Erstens bist du grob und aufdringlich. Und zweitens werde ich meinen dicken Hintern nicht in diese Jeans zwängen. Ich weiß nicht, warum du sie mir gekauft hast.«

Tessa war gerade dabei, mit dem Geschirrtuch die Arbeitsplatte von den Resten der Salatsoße zu säubern. »Du liebst mich. Und du musst dich lediglich aufs Bett legen und dich wackelnd in sie hineinzwängen. Ich werde dir helfen, wenn es nötig ist, aber dein Hintern sieht wirklich umwerfend darin aus. Owen wird nicht aufhören können, darauf zu starren.« Sie runzelte die

Stirn. »Obwohl, eigentlich solltest du eine andere Jeans tragen, weil du dich dieser wahrscheinlich nicht so leicht entledigen kannst, wenn du es eilig hast. Obwohl, weißt du, das könnte ihm gefallen. Wenn er daran zerren muss, während ihr beide keuchend versucht, an die intimen Stellen des anderen zu gelangen.«

Liz hob abwehrend die Hand. »Bitte, hör auf damit. Ich hasse dich.«

Tessa grinste. »Du liebst mich«, wiederholte sie. »Und jetzt dusch dich, zieh dich an und bürste dir die Haare. Denn gleich gehen wir zu Owen hinüber. Alle Gallaghers werden dort sein und sie wollen uns dort haben.«

»Murphy will uns dort haben«, verbesserte Liz. »Ob die anderen das auch wollen, wissen wir nicht.«

»Beweg dich!«

Seufzend kehrte sie in ihr Schlafzimmer zurück und zog die Jeans aus dem Schrank, von der sie nicht glaubte, dass sie tatsächlich hineinpassen würde. Sie würde heute Abend nicht mit Owen schlafen und auch in Zukunft würde das nicht geschehen. Vielleicht, wenn sie eine Jeans trug, die sie nur schwer ausziehen konnte, wäre dafür gesorgt, dass sie sich auch daran hielt.

Hoffentlich.

———

»Ihr seid wirklich gekommen«, sagte Murphy, als er Owens Haustür öffnete. Sie wusste, dass der Mann hier nicht wohnte, aber trotzdem verhielt er sich, als ob es so wäre. »Ich habe schon befürchtet, Tessa könnte dich nicht überzeugen hierherzukommen.«

Tessa stieß sie mit der Hüfte an, während sie dem großen Gallagher, der in der Haustür stand, den Kartoffelsalat überreichte. »Natürlich habe ich sie überzeugt. Darin bin ich gut. Ich kann jeden überzeugen, alles Mögliche zu tun.«

Murphy zwinkerte Tessa zu und Liz hätte am liebsten den Kopf gegen den Türrahmen geschlagen. Und die Leute glaubten, Liz und Owen flirteten. Gütiger Himmel.

»Gut zu wissen, Tessa. Wirklich gut zu wissen.«

Liz räusperte sich und Murphy wandte sich ihr mit einem Lächeln auf dem Gesicht zu. Nichts schien ihn in Verlegenheit zu bringen, und das gefiel ihr irgendwie.

»Kommt herein«, sagte Murphy und trat beiseite. »Sie sind alle draußen hinter dem Haus, Owen hat uns eine Heizung dort aufstellen lassen. Es ist daher nicht allzu kalt, aber da er sich immer noch im Heilungsprozess befindet und Rowan draußen spielen wollte, wollten wir lieber vorsichtig sein. Ich werde den Salat in den Kühlschrank stellen, da wir immer noch mit dem Käse und dem Gemüse und so weiter beschäftigt sind. Die Getränke sind schon draußen, also sorgt dafür, dass die anderen euch zeigen, wo sie sind.« Dann eilte er davon und Liz beobachtete, wie Tessa seine Bewegungen verfolgte.

»Bist du sicher, dass du ihn nicht flachlegen willst?«, flüsterte Liz.

»Wer ist nun diejenige, die schmutzige Wörter in den Mund nimmt?«, fragte Tessa lachend. »Und so sehr ich es auch liebe, den Mann dabei zu beobachten, wie er sich bewegt, macht es mir doch mehr Spaß, mit ihm zu flirten.« Sie hob eine Hand in die Höhe, bevor sie in den hinteren Teil des Hauses gingen, wo Glasflügeltüren zum Garten führten. »Es ist nicht so wie bei dir und Owen. Das habe ich dir doch schon erklärt. Und nun lächle und bereite dich darauf vor, Spaß zu haben. Denn den brauchst du.«

»Ich weiß wirklich nicht, wie du es geschafft hast, mich davor zu überzeugen, hier aufzutauchen, während ich zu Hause noch so vieles zu tun habe. Außerdem darf ich nichts trinken, weil ich heute Abend Bereitschaft habe. Und ich weiß wirklich nicht, warum ich am Ende diese Jeans angezogen habe. Ich kann darin kaum atmen.«

»Und mir raubt es den Atem zu sehen, wie du dich darin bewegst.«

Liz erstarrte, als sie Owens Stimme hörte, und Tessa grinste. »Hey, Owen. Danke, dass du uns eingeladen hast.«

Liz drehte sich herum, allein aufgrund von Owens Anwesenheit stand ihr Körper in Flammen.

»Danke, dass ihr gekommen seid«, sagte Owen, der nur Augen für Liz hatte und Tessa kaum wahrnahm.

»Komm schon, Tessa«, warf Murphy ein, der an

ihnen vorbeiging. »Ich glaube, ich sehe ein Getränk mit deinem Namen darauf.«

»Zur Hölle, ja«, erwiderte Tessa, als sie sich an Liz vorbeidrängte. »Viel Spaß euch beiden!«

Damit schlossen sich die Flügeltüren und Liz blieb im Flur allein mit dem Mann zurück, von dem sie sich hatte fernhalten wollen, wie sie sich eingeredet hatte. Dort, wo sie standen, konnte niemand sie sehen und Owens Türen schienen dick genug zu sein, denn sie hörte nichts von draußen hereindringen. Es war, als wären sie die einzigen Menschen auf der Welt, und sie wusste nicht, wie sie sich verhalten sollte. Sie hatte den anderen Gästen noch nicht einmal Hallo gesagt und doch wollte sie nichts lieber, als diesem ganz bestimmten Gallagher näherzukommen.

»Also ... Murphy hat uns eingeladen. Ich hoffe, das ist okay.«

Owen trat einen Schritt vor und sie spürte nun die Hitze, die von ihm ausstrahlte, so stark, dass sie glaubte, sich verbrennen zu müssen, wenn sie ihn berührte. »Murphy schien Pläne für uns zu haben und ich hätte ihn gewiss nicht davon abgehalten, dich und Tessa einzuladen.«

Er hob die Hand und strich eine Haarsträhne hinter ihr Ohr und sie leckte sich über ihre plötzlich trockenen Lippen. Wie konnte dieser Mann ihr das nur antun? Sie kannte ihn doch noch nicht einmal und doch wollte sie ihn kennenlernen, wollte wissen, wie er sich anfühlte, wie er schmeckte, wie er sich bewegte.

»Wo ist deine Armschlinge?«, erkundigt sie sich mit ärgerlich atemloser Stimme. »Solltest du dich nicht schonen?«

Er fuhr mit dem Finger über ihr Kinn und ihr stockte der Atem. »Ich darf ohne sie herumlaufen. Es sieht so aus, als wäre ich beinahe vollständig geheilt, außer den Abschürfungen und kleineren Beschwerden und Schmerzen. Und was das Schonen anbelangt bist du gerade die Richtige, mich zu tadeln.«

Sie blinzelte. Sie nahm nicht bewusst wahr, dass er sich ihr noch weiter genähert hatte, sodass ihre Hüften sich nun streiften und sein langer, dicker Schwanz sich gegen ihren Unterleib presste.

Gütiger Himmel, sie wusste nicht, was sie tat, und doch war es ihr scheinbar gleichgültig.

»Was tun wir hier?«

Er umfasste ihr Gesicht und neigte den Kopf. »Ich weiß es nicht, Liz. Ich weiß es verdammt noch mal nicht.«

Als seine Lippen die ihren berührten, schlossen sich ihre Augen und ihr Mund öffnete sich. Er schmeckte nach Cola und Owen, süß und salzig. Sie hätte ihn am liebsten verschlungen, aber so wie er sie küsste, wusste sie, es würde andersherum laufen.

Bevor sie sichs versah, hatte er sie in Richtung der offenen Tür hinter ihnen gezogen und sie auf der anderen Seite dagegen gepresst, seine Hände auf ihrem Körper, ihre Hände auf seinem Rücken. Das Schnappen des Schlosses verriet ihr, dass er sie im Zimmer eingeschlossen hatte, und sie verschwendete keinen weiteren Gedanken daran. Stattdessen fuhr sie ihm mit den Händen den Rücken hinauf und unter das dünne Strickgewebe seines Pullovers. Sie stöhnte an seiner Haut, die so heiß, so weich war. Sie wollte mehr.

Owen löste sich von ihr. Keuchend langte er unter ihr T-Shirt und umfasste ihre Brüste über dem BH. »Du bist so verdammt sexy, Liz. War dir überhaupt bewusst, was du mir antun würdest, in dieser Jeans hier aufzutauchen? Ich will sie dir langsam hinunterziehen, damit ich deinen prallen Hintern umfassen kann, während ich dich ficke. Wirst du mir das erlauben? Wirst du mir gestatten, meinen Schwanz in deiner Muschi zu versenken, sodass wir beide heftig gegen diese Tür kommen können?«

Sie schauderte in seinen Armen und schnappte nach Luft, als er in eine ihrer Brustwarzen kniff. »Das sollten wir nicht tun.«

Seine Augen verdunkelten sich. »Sag mir, warum nicht.«

»Weil ... weil ...« Nun, zur Hölle, in diesem Augenblick fiel ihr kein guter Grund ein. »Wir sind Nachbarn«, stieß sie hervor. »Es würde alles verkomplizieren.«

Er leckte über ihre Lippe, bevor er hineinbiss. »Wir können dafür sorgen, dass wir nichts verkomplizieren. Ich mag dich, Liz. Ich möchte dich kennenlernen. Ich möchte dich spüren.«

»Das sagst du so, aber die Menschen verkomplizieren immer alles. So ist es eben.«

Er biss ihr ins Ohrläppchen und ihre Beine wurden schwach. »Dann werden wir eben vorsichtig sein. Küss mich, Liz. Erwidere meinen Kuss.«

Und weil sie schwach war, küsste auch sie ihn. Sie wanderte wieder mit ihren Händen seinen Rücken hinauf und zitterte am ganzen Körper, als er dahinschmolz und ihre Brüste umfasste. Als sie den Kopf in den Nacken legte, stürzte er sich auf ihren Hals und küsste und leckte ihn, bis sie beinahe bereits gekommen wäre, ohne dass er ihren Unterleib auch nur berührt hätte.

Gerade als ihr dieser Gedanke kam, fuhr er mit der Hand an den Knopf ihrer Jeans und versuchte, ihr diese auszuziehen »Die ist aber verdammt eng, Baby. Kein Wunder, dass du so heiß darin aussiehst.«

Sie stöhnte und streckte die Hand aus, um seinen Schwanz durch den Stoff hindurch zu umfassen. Als er den Atem ausstieß, grinste sie. »Ich habe sie mit Absicht angezogen, weißt du.«

»Um mich anzumachen?«, stöhnte er und pumpte in ihre Hand.

»Vielleicht ... aber wohl eher, um sicherzugehen, dass ich sie auch anbehalte, wenn du in der Nähe bist.«

Seine Augen verdunkelten sich. »Das wird nicht funktionieren, Baby. Ich werde sie dir vom Leib zerren, wenn es sein muss. Aber zu glauben, diese enge Hose könnte mich davon abhalten, dich ficken zu wollen? Süße, du hast keine Ahnung.«

Sie beugte sich vor und biss ihm in die Lippe. »Hilft

es dir zu wissen, dass ich von dir gefickt werden will? Dass *deine* Jeans sich so eng an deinen Hintern schmiegt, dass ich für Wochen mit Fantasien von deinen muskulösen Schenkeln und deinem dicken Schwanz versorgt bin?«

Liz hatte nichts gegen schmutziges Gerede, aber ihren vorherigen Liebhabern hatte es nicht gefallen, wenn sie während des Sex geredet hatte. Owen jedoch stöhnte und zupfte an einer Gürtelschlaufe ihrer Jeans.

»Rede nur weiter so und ich flippe aus und ficke dich gegen die Tür.«

Sie lachte; sie war erregt und nicht einmal beschämt. Sie mochte zwar ihre Bedenken haben und wusste, dies war wahrscheinlich ein Fehler, doch in diesem Augenblick scherte sie sich nicht darum. So wie mit allem anderen, was ihr Sorgen bereitete, würde sie sich später damit befassen.

Er glitt mit den Händen zwischen ihre Beine und presste die Naht ihrer Jeans gegen ihre Klitoris. »Hilf mir, dir diese Jeans auszuziehen, Lizzie. Ich will dir nicht wehtun.«

»Nur wenn du dasselbe tust«, keuchte sie.

Er lachte und wirkte noch heißer als zuvor. Dann nickte er. »Abgemacht. Ich mag deine Denkweise.« Er löste sich von ihr, um den Reißverschluss ihrer Jeans zu öffnen, während sie an seinem herumfummelte. Sie wanden sich stöhnend und bewegten sich hin und her, um ihre Hosen zumindest bis unter die Hüften zu ziehen. Das bot wahrscheinlich nicht den heißesten

Anblick der Welt, aber zur Hölle, sie war niemals erregter gewesen.

Sie erstarrte, als sie seinen Schwanz erblickte. »Gütiger Himmel. Du bist gepierct?«

Owen spielte mit der Spitze seines Schaftes und rieb mit den Fingern über die beiden Metallringe. »Das ist ein Dydoe Piercing. Ist das ein Problem? Ich kann sie auf der Stelle herausnehmen, wenn du es willst.«

Sie schüttelte den Kopf und starrte weiter auf seinen Schwanz. »Ich möchte wissen, wie sich das in mir anfühlt.«

Sie blickte auf. Owen lächelte breit. Das Licht, das durch die Fensterrollos hinter ihnen drang, glänzte nicht nur auf seinem Augenbrauenpiercing, sondern auch auf dem Metall an seinem Schwanz. Bis jetzt hatte sie sich nicht vorstellen können, einen so stark gepiercten Mann zu begehren, aber jetzt musste sie wissen, was ihr entgangen war.

»Da ich annehme, dass du noch niemals einen Mann mit solchen Piercings hattest, werde ich vorsichtig sein. Ich habe Kondome, die auch über den Ringen gut funktionieren und nicht reißen. Aber wenn du mich oral befriedigen solltest, werde ich sie beim ersten Mal herausnehmen, um deine Zähne zu schützen.«

Sie leckte sich die Lippen, während sie sich vorstellte, wie sein Schwanz ihre Kehle entlangglitt. Sie neckte ihn: »Okay.« Sie war sich nicht sicher, ob sie in diesem Moment noch über genügend Hirnzellen verfügte, um an etwas anderes zu denken.

Owen schob wieder eine Hand zwischen sie und sie wimmerte. »Du bist so feucht für mich«, knurrte Owen. »Ich kann den Fleck auf deinem Höschen sehen.« Er presste seine Knöchel auf den feuchten Stoff und sie keuchte. »Du wirst mich zum Kommen bringen, nur wenn ich dich betrachte.« Er zerrte ihre Hose aus dem Weg und drang mit zwei Fingern in sie ein, bevor sie antworten konnte. Mit einer Hand in ihrem Nacken hielt er sie in Position und küsste sie brutal. Ihr Körper zuckte. Dann schob auch sie eine Hand zwischen ihre Körper, um seinen Schwanz zu ergreifen, wobei sie das Sperma, das von der Spitze tropfte, benutzte, um ihn nicht zu stark zu reiben.

Sie pressten sich eng aneinander; ihre Lippen ließen einander nicht los. So brachte sie ihn zum Kommen, wobei ihre Hand nicht groß genug war, um seinen Schaft voll zu umfassen, und er fickte sie heftig mit seinen Fingern. Mit jeder Bewegung schlug ihr Rücken gegen die Tür und das Geräusch hallte durch das kleine Zimmer. Sie wusste, ein jeder, der draußen stand, würde wissen, was sie taten, doch es kümmerte sie nicht. Sie wollte Owen haben.

Als er seinen Daumen fest gegen ihre Klitoris drückte, kam sie. Sie verdrehte die Augen und ihre Hüften ritten wie von selbst seine Hand. Währenddessen hielt sie seinen Schwanz fest umklammert, denn sie wollte, dass er mit ihr zusammen zum Orgasmus kam. Doch er zog sich im letzten Augenblick zurück, während er am ganzen Körper zitterte.

»Ich muss in dir kommen, nicht auf deinen Bauch.«
Er küsste sie, diesmal sanfter, als könnte er nicht genug
von ihr bekommen. »Lass mich das Kondom aus der
Kommode holen. Rühr dich nicht von der Stelle.«

Sie zitterte immer noch von dem Orgasmus und
wusste nicht, was sie denken sollte, außer dass sie ihn
brauchte. Er ließ sie so dort stehen; die Jeans hing ihr
immer noch an den Beinen hinunter und ihr T-Shirt war
hochgeschoben, sodass die Unterseite ihrer Brüste nackt
war. Sie wusste, sie konnte sich zurechtmachen, damit es
nicht so wirkte, als wäre sie so gierig auf ihn, doch ihr
war alles egal. Stattdessen ließ sie eine Hand zwischen
ihre Beine gleiten, um mit sich zu spielen, denn sie
wollte wieder einem Orgasmus nahekommen. Wenn
Owen dies nicht gefiel, nun, so sollte er sich selbst
befriedigen

Als er sich wieder zu ihr herumdrehte – sein Schwanz
zuckte gegen seinen Bauch, da er sich an einem gewissen
Punkt den Rest seiner Kleidung ausgezogen hatte –,
erstarrte er.

»Du bist zu der heißesten Frau geworden, die ich je
in meinem Leben gesehen habe«, keuchte er. »Bringst
du dich oft selbst zum Kommen? Denkst du gerade an
mich?« Er ergriff seinen Schwanz an der Wurzel, um das
Kondom überzustreifen, doch dabei blickte er ihr
beständig in die Augen. »Gut so, Lizzie. Gleite mit den
Fingern durch deine feuchten Falten.«

»Owen « Sie atmete schwer, ihre Hand bewegte sich
langsam. »Ich brauche dich.«

»Du brauchst mich, Lizzie? Meinen Schwanz?« Er biss sich auf die Lippe und umfasste seine Hoden.

»Mach, dass du in mich hineinkommst, bevor ich mich selbst zum Kommen bringe«, befahl sie. Er lächelte breit.

»Nun, da du mich so nett darum bittest.« Schnell trat er an sie heran und umfasste ihr Gesicht mit einer Hand, während er die andere über ihre legte, um ihr dabei zu helfen, zum Orgasmus zu kommen. Er küsste sie eilig und ihre Zungen wickelten sich umeinander, während er seinen Schwanz gegen ihren Körper stieß. »Du schmeckst so verdammt gut. Und beim nächsten Mal werde ich probieren, wie du zwischen den Beinen schmeckst. Ich würde es auf der Stelle tun, aber ich kann nicht warten. Es tut mir leid, dass ich so egoistisch bin.«

Beim nächsten Mal?

Sie zog sich keuchend zurück. »Du hast mich befriedigt und ich konnte mich nicht revanchieren. Das ist doch nicht egoistisch.«

Er grinste und stieß den Atem aus. Er war so wunderschön; das war nicht fair. »Dreh dich herum für mich.«

Sie zog eine Braue in die Höhe. »Wie bitte?«

»Ich habe dir doch gesagt, dass ich dich in dieser Jeans ficken will. Wirst du mich lassen?«

Liz lächelte; ihr Herz raste. »Oh, ja. Das habe ich vergessen.«

»So etwas kann ein Orgasmus anrichten.« Als sie sich herumdrehte, gab er ihr einen Klaps auf den Hintern. Sie stöhnte. »Oh ja, dein Hintern ist bereits verdammt sexy, wenn du die Jeans richtig angezogen hast, aber wenn sie so wie jetzt unter deinen Pobacken hängt? Ich werde nur vom Hinschauen kommen.«

Sie blickte über die Schulter, während sie die Hände gegen die Holztür stützte. »Aber du fickst mich jetzt nicht in den Hintern, Owen. Nicht bei unserer ersten Verabredung.« Sie zwinkerte und seine Augen weiteten sich. Sie sah, dass er seinen Schwanz an der Wurzel ergriff und so fest drückte, dass sie wusste, er hielt den Orgasmus zurück.

»Ich denke, du bist mein neuer Lieblingsmensch.« Er drängte sich näher an sie heran und sein Schwanz glitt zwischen ihre Pobacken, dann weiter hinunter. »Ich werde dich diesmal noch nicht einmal mit den Fingern dort berühren.« Er machte eine Pause. »Okay, gut, vielleicht doch mit den Fingern, falls ich mich nicht beherrschen kann und du darauf stehst. Aber bei diesem ersten Mal kein Analsex. Das verspreche ich dir.«

Sie lachte, wobei ihr nicht auffiel, dass sie tatsächlich lachen konnte, obwohl sie so erregt war. Owen rief Reaktionen bei ihr hervor, die sie sich nicht erklären konnte, und doch wollte sie mehr davon. Er brachte sie zum Lachen, zum Nachdenken, dazu, sich zu ärgern, und ja, sich einen Orgasmus zu wünschen wie niemals zuvor. Er war ein komplizierter Mann und sie wusste, das war gefährlich, doch in diesem Augenblick konnte sie sich nicht darüber sorgen.

Dafür begehrte sie ihn zu sehr.

Er hing über ihr, mit seiner Brust an ihrem Rücken,

und so nahm er ihren Mund, während sie den Kopf zu ihm wandte. Sie krümmte sich ihm entgegen und sein Schwanz glitt näher an ihre Muschi heran; die Spitze spielte gefährlich mit ihren Falten. Sie konnte das Piercing unter dem Kondom spüren und allein der Gedanke daran erregte sie noch mehr.

»Fick mich, Owen. Bitte.«

Er biss in ihre Lippe. »Wie du wünschst.« Im nächsten Moment stieß er in sie hinein und beide schrien auf, erstarrten jedoch, als er bis zu den Hoden in ihr war.

»Gütiger Himmel.«

Sie war sich nicht sicher, wer von ihnen beiden dies gesagt hatte, doch sie hatte das Gefühl, sie beide wären es gewesen.

»Du bist so verdammt eng, Liz. Ich werde mich nicht lange beherrschen können.«

Sie langte hinter sich, ergriff seine Pobacken und grub ihre Fingernägel in seine Haut. »Ist mir egal. Bring mich einfach zum Kommen.«

Er stieß ein raues Lachen aus, bevor er begann, sich zu bewegen. Sie kam ihm mit jedem Stoß entgegen, drückte sich an sein Fleisch und presste ihren Hintern an seine Hüften. Er war so groß, dass er sie ausfüllte, bis sie kaum noch atmen konnte, doch das war ihr gleichgültig.

Als er eine Hand um sie herum führte, um ihre Klitoris zu reiben, kam sie und ihre inneren Wände schlossen sich um ihn. Er fing ihre Lippen und ihren Schrei ein, als sie zusammen kamen. Sein Körper pumpte in sie hinein und seine Wärme erschuf ein Inferno zwischen ihnen.

Und als er seine Bewegungen verlangsamte und sie beide am ganzen Körper zitterten, zog er eine Linie von Küssen über ihren Hals, hoch zu ihrem Mund, sanft, fürsorglich, als hätten sie nicht gerade wie Tiere gegen die Tür gefickt.

»Ich ...« Seine Stimme brach und sie stieß die Luft aus. Auch sie wusste nicht, was sie sagen sollte.

»Hey, ihr beiden. Wenn ihr fertig seid, solltet ihr euch vielleicht frisch machen. Graham ist gerade dabei, das Fleisch zu grillen.« Murphy lachte auf der anderen Seite der Tür und Liz erstarrte. »Es hört sich allerdings so an, als hättet ihr beide schon die Mahlzeit, die ihr braucht.«

»Du bist ein Idiot«, rief Tessa und Liz schloss peinlich berührt die Augen. »Macht euch keine Sorgen, obwohl alle Erwachsenen wussten, was ihr beide im Sinn hattet, haben nur Murphy und ich das Ende gehört. Gute Arbeit, Owen! Sie brauchte das.«

»Ich werde dich umbringen!«, rief Liz zurück.

Owen war immer noch bis zu den Hoden in ihr vergraben und lachte an ihrer Haut. Wenn sie nicht beide gleichzeitig erregt, gesättigt und beschämt gewesen wären, hätte sie vielleicht mit ihm gelacht.

»Du liebst mich«, rief Tessa. »Aber ich glaube, du liebst es noch mehr, Owens Schwanz zu reiten.«

»Murphy«, sagte Owen mit gefährlich leiser Stimme.

»Verstanden«, erwiderte der jüngere Gallagher langsam. »Komm schon, Tessa. Lass uns rausgehen und den beiden eine Minute geben, um sich frisch zu machen. Lasst euch nicht zu lange Zeit, ihr beiden. Blake und Maya werden als Nächstes auftauchen und verglichen mit ihnen sind wir die Netteren.«

Liz schlug mit dem Kopf gegen die Tür. Owen gab ihr einen Kuss hinters Ohr. Sie hasste sich dafür, vor Entzücken zu zittern, lehnte sich jedoch an ihn, als er sie erneut küsste.

»Ich kann kaum glauben, dass ich gerade Sex mit dir hatte, während deine ganze Familie sich da draußen aufhält.«

Owen zog sich aus ihr zurück und sie zuckte zusammen. Als er sie herumdrehte, ihr Gesicht in beide Hände nahm und sie zärtlich küsste, schmiegte sie sich an ihn. »Ich kann es ehrlich gesagt auch nicht glauben, aber nur Tessa und Murphy haben es gehört und wenn sie mehr mitbekommen hätten als nur den Schluss, hätten sie etwas gesagt. Jeder einzelne Erwachsene dort draußen hatte auch schon einmal Sex, Liz. Es ist in Ordnung, dass wir unseren Spaß hatten. Es ist wirklich okay. Wir konnten einfach nicht warten und ja, ich werde dafür gehänselt werden, aber ich werde immer mit irgendetwas geärgert.«

Liz hielt die Augen geschlossen. »Aber da draußen sind Kinder.«

»Die nichts gesehen oder gehört haben und höchstwahrscheinlich von Süßigkeiten abgelenkt wurden. Und nun richten wir uns her und ich werde das Kondom entsorgen. Dann werden wir nach draußen gehen, uns ein Getränk und einen Burger holen und den Rest des Abends genießen, okay?« Er küsste sie wieder und als er sich diesmal von ihr löste, öffnete sie die Augen. »Bitte bereue dies nicht, Liz. Zieh dich nicht zurück, weil du dich schämst. Ich werde ihnen in den Hintern treten, falls sie dir das Gefühl geben, wir hätten etwas Falsches getan.«

Sie presste die Lippen aufeinander und bemühte sich, nichts zu sagen, was sie bereuen würde, aber sie wusste, es war zu spät. Er hatte es in ihren Augen gesehen. Er ließ die Hände fallen und trat einen Schritt zurück.

»Ich sehe es.«

Sie schüttelte den Kopf. »Nein, du siehst nichts. Weil ich es selbst nicht sehe. Ich ... dies war zu schnell für mich, Owen. Ich brauche Zeit, um nachzudenken.« Sie zog die Jeans hoch und verzog das Gesicht bei dem Gedanken, wie wund sie später sein würde. »Ich gehe nach Hause. Ich laufe nicht vor dir weg, aber vor den anderen. Ich möchte nicht, dass eine peinliche Situation entsteht.«

Owen schüttelte den Kopf. »Jetzt wird es noch peinlicher, aber ich werde dich nicht zu etwas zwingen, was du nicht willst.« Er beugte sich vor, als wollte er sie küssen, doch dann überlegte er es sich anders. »Komm zu mir, wenn du bereit bist zu reden.« Und damit ging er wieder in das Badezimmer, das sich an sein Schlafzimmer anschloss. Liz zog sich das T-Shirt hinunter.

Sie wusste, sie war eine Idiotin und beging einen Fehler, aber sie konnte jetzt nicht nachdenken. Sie brauchte Raum, um sich bewusst zu werden, was gerade geschehen war, und mit seiner Familie zusammenzusitzen wäre dabei nicht gerade hilfreich.

Sie hoffte nur, dass Owen sie nicht hassen würde, sobald sie über alles nachgedacht hätte.

KAPITEL SIEBEN

Nun wussten es alle, Owen war ein verdammter Idiot. Er war sich ziemlich sicher, dass er sich schon zuvor so bezeichnet hatte, wenn es um eine gewisse blonde Nachbarin ging, doch das änderte nichts an der Tatsache, dass er wahrhaftig beschissen dran war.

Er hätte nicht so schnell vorgehen dürfen, und sie beide wussten das. Es waren erst zwei Tage vergangen, seitdem Liz' warmer Körper ihn umschlungen und er sie mit seinen Fingern zum Kommen gebracht hatte, bevor er sie mit ihren hübschen Brüsten gegen die Tür gedrückt und von hinten gefickt hatte. Noch niemals hatte er so etwas Erotisches gesehen wie sie in der Gewalt der Leidenschaft, und doch wusste er, sie hätten nicht so weit und so schnell vorgehen sollen.

Wenn sie sich lediglich geküsst hätten, stände jetzt nicht diese Peinlichkeit zwischen ihnen – zumindest nicht in diesem hohen Maße. Doch so war sie geradewegs aus seinem Haus geflüchtet, bevor er auch nur seinen Schwanz wieder in die Hose hatte zurückstecken können – wenn er denn eine getragen hätte. Jeder einzelne Erwachsene in seinem Garten hatte gewusst, was geschehen war, und hatte ihn entweder mit humorvollen oder vorwurfsvollen Blicken bedacht. Und dabei war nicht nur er allein aktiv gewesen. Sie hatte ihre Hände ebenso gierig auf ihm gehabt und hatte dann nicht damit zurechtkommen können.

Doch auch ihm selbst ging es nicht besser.

Owen konnte nicht vergessen, wie sie sich angefühlt hatte unter seiner Berührung und wie sehr es sie gedrängt hatte, das Gleiche mit ihm zu tun, was er mit ihr gemacht hatte.

Sie hatte zwar erklärt, sie würde nicht vor ihm, sondern vor den Zuhörern flüchten, doch so gern er auch daran geglaubt hätte, es gelang ihm nicht. Sie hatte ihm gesagt, sie wären zu schnell vorgegangen, und dem stimmte er zu, da der Ausgang der Sache dies bewies. Doch er bereute das gemeinsame Erlebnis nicht. Auf keinen Fall hätte er die Erinnerung an diese Leidenschaft, diesen Hunger mit Reue verdorben.

Doch was auch immer als Nächstes geschehen würde, sie musste den nächsten Schritt tun. Er selbst würde nichts mehr riskieren, denn im Gegensatz zu dem, was die anderen vielleicht denken mochten, hatte er Gefühle. Er war keine Drohne hinter einem Schreibtisch, kein Roboter, der lediglich den Arbeitstag hinter sich brachte.

Er war ein Mann mit Gefühlen und würde Liz nicht einfach sorglos zu heftig bedrängen.

Wenn sie bereit wäre – falls das jemals der Fall wäre –, käme sie zu ihm und dann würden sie sehen, was der nächste Schritt wäre. Owen hatte ehrlich keine Ahnung, ob sie sich jemals dazu entschließen würde, und zur Hölle, er wusste auch nicht, was als Nächstes zu tun wäre. Trotz all seiner Fähigkeiten des Planens und Organisierens hatte er niemals einen Gedanken daran verschwendet, für diese Situation einen Plan zu entwerfen, und jetzt wusste er nicht, wo er beginnen sollte.

Während ein Teil von ihm sie nicht hatte gehen lassen wollen, so wusste er doch, dass es ein Fehler gewesen wäre, sie zu etwas zu zwingen. Und nun saß er also mit einem Stock im Hintern hier herum, an einem Wochenende, an dem er sich in der Vergangenheit auf der Baustelle aufgehalten hatte, um den Montag vorzubereiten. Es musste doch einen besseren Weg geben, seine Zeit zu verbringen, als darüber zu grübeln, was mit Liz geschehen war.

Stirnrunzelnd zog er sein Handy hervor und scrollte durch seine Haushaltspflichtenliste. Da gab es ein paar Grundsäuberungsaktionen, die er hätte anpacken können, da der Frühling im Anmarsch war, doch dazu war er nicht in der richtigen Stimmung. Und obwohl er sich beinahe hundertprozentig von dem Unfall erholt hatte, war er sich nicht sicher, ob es eine gute Idee war, sich zu bücken und gründlich reinezumachen.

Da gab es auch ein paar Sachen auf der Liste, die er

einkaufen musste, aber das klang im Augenblick auch nicht allzu interessant. Als er den nächsten Punkt auf der Liste sah, nickte er. Gartenarbeit wäre das Richtige. Er könnte in der sauberen Bergluft durchatmen und die Sonne auf dem Gesicht genießen, denn nun kam die Jahreszeit, in der es an einem einzigen Tag warm, kalt und kühl sein konnte. Und er könnte den Rasen und seinen Garten für den Frühling und Sommer vorbereiten.

Obwohl er nicht gerade einen grünen Daumen besaß, war er auch nicht allzu schlecht in Gartenarbeiten. Mit ein wenig Recherche und Übung konnte er etwas einem Garten Ähnliches erschaffen, der beinahe sich selbst überlassen werden konnte. Zumindest redete er sich das ein. Im ersten Jahr hatte er nur einige wenige Pflanzen umgebracht, weil er ein Idiot gewesen war und den Ratschlag der falschen Person befolgt hatte, was die Einrichtung eines Gartens betraf, anstatt sich selbst zu informieren. So sehr einige Leute sich auch als erfahren und wissend verkauften, so wusste Owen doch, dass er nicht alles für bare Münze nehmen durfte. Nur mit Recherche und sorgfältiger Organisation konnte seiner Meinung nach etwas funktionieren.

Seufzend legte er sein Handy beiseite, bevor er in sein Schlafzimmer zurückkehrte, um Gartenkleidung anzulegen, die schmutzig werden durfte. Während er gelegentlich Anzüge oder zumindest etwas elegantere Kleidung als seine Brüder trug, weil er sich öfter mit Kunden traf als diese, so besaß er doch auch die Jeans und T-Shirts, die von der Arbeit auf den Baustellen voller Löcher und Flecke waren. Vor dem Unfall hatte er zumindest die Hälfte seiner Arbeitstage Seite an Seite mit der Belegschaft gearbeitet und Schweiß und Schmutz tropften nur so von ihnen herunter, wenn sie Fliesen legten oder Wände setzten. Hoffentlich würde er bald wieder mitarbeiten können, denn er war beinahe vollkommen genesen. Er musste lediglich seine Brüder überzeugen, aber das schien nicht leicht zu sein. Und obwohl er ihnen das eigentlich nicht vorwerfen konnte, da er sich ebenso verhalten hätte – und sich in einigen Fällen definitiv bereits so verhalten hatte –, wenn einer von ihnen an seiner Stelle gewesen wäre, so ärgerte es ihn trotzdem immer noch. Er hätte gern die Arbeit wieder aufgenommen, als wäre nichts geschehen, als wäre er nicht von einem Pick-up auf einem Parkplatz angefahren worden.

Wie immer schüttelte er diese Gedanken ab und zog sich eilig um. Auf dem Weg zur Hintertür sammelte er sein Handy wieder ein. Er bemühte sich, nicht daran zu denken, wie er Liz in seinem Schlafzimmer an sich gepresst hatte, denn diese Erinnerungen würden ihm heute nicht helfen. Doch es gelang ihm nicht so recht.

Er entschloss sich, vor dem Haus mit der Arbeit zu beginnen. Daher holte er zuerst die Werkzeuge aus dem Schuppen hinter dem Haus und schlenderte dann nach vorn. Im hinteren Garten gab es mehr zu tun, aber der Vorgarten lag morgens im Sonnenschein und außerdem sahen die Leute ihn, wenn sie vorbeigingen. Wenn er also hier arbeitete, würde er den Eindruck erwecken, sich um seine Pflanzen zu kümmern.

Er musste all seine Kraft aufbringen, nicht zu den Nachbarn hinüberzuspähen, um zu sehen, ob Liz' Wagen in der Einfahrt parkte. Weder sie noch Tessa schienen in der Garage parken zu wollen, die zwei Fahrzeuge aufnahm, doch er hatte das Gefühl, dass der Grund hierfür darin lag, dass sie dort gerade die Kartons lagerten, die sie noch nicht ausgepackt hatten. Ihn hätte es bis zum Gehtrichtmehr geärgert, solche Dinge liegen zu lassen, und er wusste, bis zu einem gewissen Grad nervte es Liz auch. Sie und Tessa waren beide tatkräftige Frauen – ein Charakterzug, den er bewunderte – und sie arbeiteten sogar länger als er selbst. Owen wusste nicht, wie die beiden neben ihrer Arbeit, dem Restaurieren von Teilen des Hauses und dem Befriedigen ihres Schlafbedürfnisses überhaupt noch Energie übrig hatten.

Kein Wunder, dass Liz nichts mit ihm anfangen wollte.

Er schloss die Augen und stieß ein leises Knurren aus. Zur Hölle, nun war er hier draußen, auf Händen und Knien, und grub das Beet im Vorgarten für den Frühling um, sodass er nicht an sie denken musste, und doch hatte er bis jetzt nichts getan außer ebendies. Immerhin hatte es einen Grund, warum Owen normalerweise mit Frauen schlief, die nichts mit den anderen Ebenen seines Lebens zu tun hatten und die er fein säuberlich in Schubladen einsortieren konnte. Sie waren stets lässig und beherrscht und gingen gesättigt, aber nicht verletzt davon, wenn

Owen nichts mehr von ihnen wollte. Allerdings kam er sich dabei wie ein Arschloch vor und wieder einmal schob er diese Gedanken beiseite.

Resigniert grub er den alten Mulch aus, sammelte Blätter ein, die er im letzten Herbst übersehen hatte, und zupfte die Unkräuter aus, die es wagten, sich zu zeigen. Hinten im Schuppen lagerte er einige Säcke frischen Mulch, die er mit der Schubkarre transportieren wollte, anstatt sich die Säcke wie gewöhnlich einfach über die Schulter zu werfen. Er mochte zwar gesund sein, aber er war nicht dumm. Auf keinen Fall wollte er einen Rückfall erleiden, nur um sich selbst zu beweisen.

»Verflucht.«

Er wandte so schnell den Kopf, dass ihm beinahe schwindelig wurde. Dort stand Liz mit den Händen in den Hüften und starrte auf einen gelben Busch vor ihrem Haus. Und da er zufällig wusste, dass dieser ganzjährig grün sein sollte, so hatte er wohl seine letzten Tage gesehen.

Nachdem er sich die Hände an der Jeans abgewischt hatte, erhob er sich und ging zu Liz hinüber, in dem Bewusstsein, sein Leben in die Hand zu nehmen. Er mochte zwar versprochen haben, ihr sexuell fernzubleiben, aber schließlich war sie seine Nachbarin und da musste man sich gegenseitig helfen.

Genau, Owen, rede dir das nur immer wieder ein.

»Verflucht«, wiederholte sie und sofort stand sein Schwanz in Alarmbereitschaft.

Runter mit dir, Junge.

»Ich würde sagen, ich biete dir meine Hilfe an, aber ich bin mir sicher, das hatten wir bereits.«

Sachte, Owen. Sachte.

Sie drehte sich herum und starrte ihn an, ihre Wangen röteten sich leicht. Ob aus Verlegenheit oder Erregung wusste er nicht, aber er wünschte sich das Letztere.

»Ich wusste nicht, dass jemand hier draußen war.«

Er wies mit dem Kopf auf seinen Vorgarten. »Ich habe dort gekniet und im Beet gearbeitet, daher hast du mich wahrscheinlich nicht sehen können, als du dich umgeschaut hast.« Während er sprach, kam ihm ein Bild von Liz in den Sinn, die vor ihm kniete und an seinem Schwanz saugte, und er tat sein Bestes, um es zu verdrängen. Gütiger Himmel, dies war eine Fantasie, die er gern verwirklicht hätte, aber nur, wenn sie den ersten Schritt tat.

Nur dann.

Er würde sie nicht drängen, nicht schon wieder, aber verdammt, er wollte sie, und nicht nur wegen ihres umwerfenden Körpers.

Gefahr, Owen Gallagher, Gefahr.

Manchmal geriet sein Verstand ein wenig aus dem Ruder.

»Nun, es tut mir leid, dass mein Ausbruch dich abgelenkt hat«, bemerkte Liz nach einem Augenblick. Ihre Augen wurden immer dunkler, je länger die beiden einander anstarrten. Er hatte sich bemüht, einen gewissen Abstand zu wahren, aber es bedurfte nur eines

Schrittes, einer Berührung von Haut auf Haut, und sie hätten praktisch aneinandergeklebt.

»Du hast mich nicht gestört«, erwiderte er schulterzuckend. »Ich arbeite langsam vor mich hin, denn ich habe mich im Haus einfach zu Tode gelangweilt.« Er wies mit dem Kopf auf die Pflanze. »Gibt es ein Problem?«

Sie verengte die Augen zu Schlitzen. »Der geht es gut.«

Er warf der gelben Pflanze einen traurigen Blick zu. »Die ist tot.«

Sie stieß die Luft aus. »Das kann nicht sein. Wir sind doch gerade erst eingezogen. Ich kann in so kurzer Zeit keine Pflanze umgebracht haben. Das ist unmöglich.«

Er schob die Hände in die Taschen, um keinen Fehler zu begehen, indem er sie anfasste. »Sie kann sich bereits auf dem Weg ins Jenseits befunden haben, bevor ihr eingezogen seid. Pflanzen sterben aus allen möglichen Gründen und die Leute, die vor euch das Haus gemietet hatten, haben sich eigentlich nicht wirklich um etwas gekümmert.«

Sie schloss die Augen und stöhnte. »Ich weiß. Deshalb haben Tessa und ich das Haus auch so günstig kaufen können. Die letzten Mieter und wahrscheinlich auch die vor ihnen haben das Haus schlecht gepflegt. Tessa und ich hatten vor, es zu säubern und im Laufe der Zeit zu renovieren, aber es scheint eine größere Herausforderung zu sein, als wir dachten, in Anbetracht dessen, dass die Pflanzen hier Selbstmord begehen, bevor ich überhaupt die Chance hatte herauszufinden, wie man sie pflegt.«

Verflucht, sie und Tessa hatten sogar noch mehr um die Ohren, als er gedacht hatte. Und obwohl er bald schon jeden Abend an dem neuen Projekt arbeiten würde, so wusste er doch, er konnte da nicht einfach tatenlos zusehen.

»Dir ist doch bewusst, dass meine Brüder und ich eine Firma besitzen, die sich um solche Dinge kümmert, richtig? Wir können helfen.«

In ihren Augen glomm es auf und er wusste, er hatte das Falsche gesagt. »Wir können das allein. Das haben wir immer allein geschafft.«

»Aber das heißt nicht, dass ihr es unbedingt müsst.«

»Ich bezahle euch nicht für etwas, das wir selbst tun können, Owen.«

Er zog die Brauen zusammen. »Ich habe nichts von Vergütung erwähnt.«

Nun wirkte sie sogar noch wütender. »Und ich werde niemanden kostenlos arbeiten lassen, verdammt. Für was für eine Art Frau hältst du mich?«

»Du hast gesagt, ihr schafft es nicht. Und es gibt andere Wege, unsere Hilfe zu bezahlen.«

Er hätte den Schlag in die Magengrube erwarten sollen, nur dass es ihm stärker den Atem verschlug, als er gedacht hatte.

»Mist! Ich habe es vergessen. Oh mein Gott. Ich habe noch niemals in meinem Leben jemanden geschlagen und doch habe ich gerade einem Mann mit einer offenen Wunde einen Schlag versetzt.«

Owen winkte abwehrend mit der Hand. Aber sie zupfte an seinem T-Shirt. Er konnte inzwischen besser atmen. »Ich blute ja nicht oder so. Und du hast die andere Seite getroffen, wo ich keine Prellungen hatte. Und die Operationsnarbe ist auch auf der anderen Seite. Alles in Ordnung. Und so, wie meine Worte geklungen haben, hatte ich es definitiv verdient.«

»Ich habe dich geschlagen.« Ihre Augen waren geweitet und ihr Gesicht blass. Er nahm ihre Hände in seine, um sie davon abzuhalten, ihm bei hellem Tageslicht das T-Shirt auszuziehen.

»Und falls du geglaubt hast, ich hätte von Bezahlung mit deinem Körper gesprochen, dann hatte ich es verdient. Ich wollte eigentlich sagen, wir könnten über den Preis verhandeln oder euch einen Nachlass geben, da ihr meine Nachbarn seid. Oder wir könnten euch zeigen, was ihr zu tun habt, sodass ihr es selbst tun könnt. Ich weiß, dass du unabhängig bist, Liz, und das würde ich dir niemals nehmen.«

Sie sah immer noch blass aus und er war sich nicht sicher, ob sie verstand, was er zu sagen versuchte. Er hasste sich dafür, dass er sich so ausgedrückt hatte, und obwohl ihn die Seite von ihrem ziemlich schwachen Schlag nicht schmerzte, hatte er wahrscheinlich heftigere Schläge verdient.

»Komm mit ins Haus und lass dich von mir untersuchen.«

Er zog eine Braue in die Höhe, sagte aber nichts, als sie ihn hinter sich her in ihr Haus zog. Es ging ihm wirklich gut, aber wenn sie so besorgt war, würde er sie nicht aufhalten, nicht, wenn dies bedeutete, dass er ihre Hände auf sich spüren würde.

Manchmal war er wirklich ein Hurensohn.

»Hemd ausziehen«, befahl sie, als sie in ihrer Küche angelangt waren. Der Raum brauchte eine neue Farbschicht, ein wenig Flickarbeit und wahrscheinlich eine komplett neue Einrichtung, nachdem jemand sie entkernt hatte, aber Liz und Tessa hatten mit dem, was sie bis jetzt ausgepackt hatten, eine heimische Atmosphäre geschaffen. Wenn Liz ihm grünes Licht gäbe, so wusste er, würden er und seine Brüder ihr dabei helfen können, dieses Haus zu einem wahren Zuhause zu machen, auf das sie stolz sein könnte. Doch da sie so auf ihrer Unabhängigkeit bestand, war er unsicher, ob dies jemals geschehen würde, nicht mit ihrer Art, ihn ständig abzuweisen.

Sicher, im Augenblick, da er sich ohne Oberteil in ihrer Küche befand und sie mit den Händen an ihm herumfummelte, fühlte er sich keineswegs abgewiesen. Tatsächlich fühlte er sich ihr nahe, gemessen an der Art, wie sein Schwanz sich gegen den Reißverschluss seiner Jeans drängte. Sehr nahe.

»Deine Prellungen und Abschürfungen heilen gut«, stellte sie fest, wobei ihre Stimme leise und so gar nicht nach der klang, die sie benutzte, wenn sie im Dienst war. Einander so nahe zu sein ging auch ihr unter die Haut.

»Ich habe dir doch gesagt, dass du mich nicht sehr fest geschlagen hast«, sagte er sanft und legte seine Hände über ihre. »Es geht mir gut, Liz. Ich habe den Schlag verdient, so wie meine Worte geklungen haben.«

Endlich blickte sie zu ihm auf, die Lippen aufeinandergepresst. »Trotzdem hätte ich dich nicht schlagen sollen. Ich pflege Menschen. Ich schlage nicht um mich.«

Obwohl er wusste, dass er vielleicht etwas Dummes tat, nahm er ihr Gesicht in beide Hände und leckte sich über die Lippen. »Du musst manchmal etwas Druck ablassen, Babe. Das müssen wir alle.«

Ihr Mund öffnete sich und sie stieß zitternd den Atem aus. Wäre er nicht bereits steinhart gewesen, so wäre er es jetzt geworden.

»Was machst du nur mit mir?«, keuchte sie. »Ich sollte dies nicht tun. Ich sollte dir fernbleiben und an mir arbeiten. Und mich nicht mit dir einlassen.«

Er rieb mit dem Daumen über ihren Wangenknochen. »Warum nicht?«

»Weil ich das nicht sollte.«

»Tust du immer nur das, was du tun solltest?«

Sie ließ ihre Hand über seine nackte Brust gleiten und ein wenig weiter nach unten. Ihre Haut war weich und sandte Schockwellen geradewegs bis zu seinem Schwanz hinunter. »Normalerweise ja. Aber an dir gibt es nichts Normales, oder, Owen Gallagher?«

Sein Mund verzog sich zu einem Grinsen. »Vielleicht. Aber du wirst mir näher kommen müssen, um das herauszufinden.«

Da beugte sie sich vor; ihre Hand an dem Bund seiner Jeans spannte sich an. Sie strich mit den Lippen über seine. Sie hatte den ersten Schritt getan und dafür war er dankbar. Und wenn sie sich nun noch ein wenig weiter gen Süden bewegen würde, dann wäre er sicher, dass nicht er es war, der zu sehr drängte.

Sie schmeckte nach Zucker und Kaffee und er wusste, er könnte in ihr ertrinken, wenn er nicht vorsichtig wäre. Es hatte zwar mit einem zögerlichen Kuss begonnen, doch daraus wurde einiges mehr, als sie sich von ihm löste und vor ihm in die Knie ging.

»Das musst du nicht. Nicht dieses Mal. Du wirst dir die Knie wehtun auf den Fliesen.« Er fuhr mit der Hand durch ihr langes, blondes Haar, während sie den Knopf seiner Jeans öffnete und dann den Reißverschluss hinunterzog.

»Ich will es aber. Und mach dir keine Sorgen um meine Knie, Owen. Sorge dich nur darum, was ich mit deinem Schwanz anstellen werde.«

Angesichts dieser Aussage riss er die Augen auf, dann verdrehte er sie. Sie rieb mit der Hand über seinen Schaft, der noch in den Boxershorts steckte. Ein leichtes Lächeln umspielte ihren Mund. Verdammt, er hätte nur zu gern gewusst, was sie in diesem Augenblick dachte, doch alle Gedanken verflüchtigten sich, als sie die Spitze seines Schwanzes durch den Stoff hindurch küsste.

»Es gefällt mir, dass ich dein Piercing unter den

Shorts spüren kann«, bemerkte sie leise, bevor sie zu ihm aufblickte. Sie sah aus wie ein unanständiger Engel, wie sie da vor ihm kniete, und er wusste, er musste vorsichtig sein, um sich nicht zu früh zu ergießen. »Natürlich hat es mir auch gefallen, dein Piercing in mir zu spüren, als du mich gefickt hast. Ich stehe also offensichtlich darauf.«

Mit der Hand in ihrem Haar griff er fester zu. »Ach ja?«

Sie leckte sich die Lippen. »Und das Tattoo an deiner Seite? Ich liebe es. Ich bin froh, dass die Narbe nicht daran heranreicht. Und mittlerweile verlieren die Prellungen ihre Farbe, sodass ich es besser erkennen kann. Oh, und wie du die Braue hochziehst, mit dem Ring darin, sieht verdammt sexy aus. Allein davon könnte ich kommen. Nur um es mal zu erwähnen.«

Owen schluckte heftig und versuchte, sich zu beherrschen. Er liebte schmutziges Gerede im Bett – oder wie diesmal in der Küche –, aber er war noch niemals mit einer Frau zusammen gewesen, die darauf einging. Das hatte ihm gefehlt, gütiger Himmel.

»Ich liebe deinen Mund«, sagte er plötzlich. »Nicht nur, weil er jetzt meinem Schwanz so nahe ist, sondern weil ich liebe, was du sagst. Du könntest mich wahrscheinlich allein mit Worten zum Orgasmus bringen.«

»Dito, Owen. Dito.« Dann griff sie in seine Shorts und zog seine Männlichkeit hervor, sodass sie die Spitze lecken konnte.

»Mist.« Er holte tief Luft und umklammerte die

Wurzel seines Schaftes, bevor er sich zurückzog. »Ich muss das Piercing herausnehmen, wenn du mir einen blasen willst, Baby. Ich will nicht, dass du dir deine Zähne verletzt.«

Sie schüttelte den Kopf. »Solange du stillhältst und nicht mein Gesicht fickst, werde ich vorsichtig sein. Ich verspreche es.«

Seine Knie zitterten wie bei einem Schulmädchen. Er lehnte sich gegen die Kücheninsel, sodass er nicht in die Versuchung käme, in ihren Mund zu stoßen. Er wollte ihr nicht wehtun, aber wenn sie ihn wie ein Eis am Stiel lecken wolle, würde er ihr nicht im Weg stehen.

Sie fuhr mit der Zunge an der Seite seines Schaftes hinauf, dabei lag eine ihrer Hände auf seiner am Ansatz, mit der anderen umfasste sie seine Hoden. Sein Rücken kribbelte, als sie drückte und saugte. Als sie die Spitze erreichte, nahm sie sich Zeit, um mit den Zähnen nicht an die Piercings zu stoßen. Er stieß keuchend den Atem aus. Dann nahm sie mehr von seinem Schwanz in ihren Mund auf, während sie mit der Zunge auf teuflische Art dessen Unterseite bearbeitete. Als sie sich zurückzog, benutzte er die andere Hand, um mit ihren Haaren zu spielen, und beherrschte sich, nicht in ihren Mund zu stoßen, aber verdammt, er war dem Orgasmus zu nahe.

Sie spielte weiter mit ihm, leckte und saugte, und er schwitzte am ganzen Körper von der Anstrengung, sich nicht zu bewegen. Aber viel länger konnte er es nicht mehr aushalten. Als sie ihn freigab, um Atem zu schöpfen, stellte er sich gerade hin und griff ihr unter die Arme, sodass sie schließlich vor ihm stand.

»Ich war noch nicht fertig.«

Er küsste sie heftig, bevor er sich von ihr löste. »Und ich muss dich schmecken.« Er zog sich Schuhe und Hose aus, dann hob er sie auf seine Arme und presste seinen Mund auf ihren. Sie schlang die Beine um ihn und drückte sich mit ihrer Jeans gegen seinen Schwanz. Er stieß schaudernd die Luft aus. Er wusste, er musste bald in ihr sein oder er würde zu früh kommen. »Schlafzimmer?«

Sie deutete hinter sich. »Das letzte Zimmer links.«

»Von mir oder von dir aus gesehen?«, fragte er grinsend und zog eine Linie von Küssen über ihr Kinn.

»Von dir aus gesehen. Und jetzt beweg dich. Ich möchte deinen Mund auf mir haben.«

Er küsste sie wieder leidenschaftlich und tat, wie ihm geheißen. Er legte sie auf ihr Bett, wobei er bemerkte, dass überall Möbel und nicht ausgepackte Kartons herumstanden. Später würde er sich um Anstrich und Möbel kümmern. Doch jetzt musste er unbedingt seinen Kopf zwischen ihre Beine bringen.

»Du sagst die heißesten Dinge«, erwiderte er, bevor er sich zwischen ihre Beine kniete. Irgendwie zog er ihr Schuhe und Jeans aus, bevor er an ihrem Höschen zerrte. Schnell hatte er sie beide nackt ausgezogen, sodass es später keine Hindernisse gäbe. Er holte sogar ein Kondom aus seiner Tasche, dessen Haltbarkeitsdatum noch nicht abgelaufen war, wie er wusste, da er es überprüft hatte, nachdem er zum ersten Mal mit ihr geschlafen hatte.

»Ich liebe es, wenn du Baumwollhöschen trägst«, keuchte er, während er seine Hände ihre Schenkel hinaufgleiten ließ. »Dann bleibst du schön weich für mich.«

Sie errötete und presste die Knie zusammen. »Ich hatte nicht hiermit gerechnet, sonst hätte ich etwas Heißeres angezogen.«

»Es gibt nichts Heißeres, als wenn du mit gespreizten Beinen vor mir liegst«, erklärte er ehrlich. »Und jetzt zieh deine Knie bis an den Kopf hoch, Lizzie. Ich werde deine Muschi verschlingen, bis du an meinem Gesicht kommst. Wie klingt das?«

Diesmal errötete sie nicht. Stattdessen umklammerte sie ihre Knie und spreizte sich für ihn. »Dann leg mal los, Gallagher. Mal sehen, was du zu bieten hast.«

Gütiger Himmel, wie sehr er mit dieser Frau darauf stand. »Eins musst du über mich wissen, Liz.«

»Hm?«, fragte sie mit hochgezogener Braue.

»Ich liebe es, eine Frau oral zu befriedigen. Ich liebe es sehr.«

Sie lächelte wie eine Katze vor der Sahneschüssel. »Gut, denn wenn du es so sehr liebst, solltest du gut darin sein. Sei ein lieber Junge, Gallagher, und bring mich zum Kommen.«

Er lachte, denn ihm gefiel die unverblümte Art, wie sie redete. Dann umfasste er die Rückseiten ihrer Oberschenkel und senkte sein Gesicht. Er hatte nicht gelogen, es gefiel ihm wirklich, Muschis zu verschlingen. Er sehnte sich danach, musste den Geschmack auf seiner Zunge haben. Es gab nichts, was sich damit vergleichen ließ, eine Frau oral zu befriedigen und zu wissen, sie würde geradewegs an seinem Gesicht kommen, weil er es war, der ihr diese Lust bereitete. Ja, er liebte allen anderen Sex auch, besonders wenn sie seinen Schwanz leer saugte, aber eine Frau oral zu befriedigen war sogar noch besser. Denn dann hatte er die Kontrolle, er war derjenige, der schmeckte, leckte, sie berührte und nach dem richtigen Punkt in ihr suchte, mit dem er spielen konnte, bis sie einen leidenschaftlichen Orgasmus bekam. Am Ende wäre er härter als Stahl und dann könnte er in ihr geschwollenes Fleisch pumpen, bis sie beide zusammen kämen.

Ehrlich, Oralsex war das Beste überhaupt.

Er leckte über ihre Spalte. Wie er es liebte, dass sie bereits feucht für ihn war! Mit den Händen massierte er die Rückseite ihrer Schenkel, während er leckte und saugte. Ihre Klitoris war schon angeschwollen und lugte zwischen den Schamlippen hervor, also saugte er auch an ihr. Sie schrie seinen Namen und versuchte, sich hin und her zu winden, aber da er sie festhielt, konnte sie sich nicht bewegen. Er ließ seine Zunge über ihre Klitoris schnellen, bis sie keuchte, bevor er ihre inneren Scham-lippen eine nach der anderen in seinen Mund saugte und die Innenseiten mit seiner Zunge erkundete. Sie schmeckte so verdammt gut und er wusste, dieses eine Mal war nicht genug.

»Halt die Knie am Kopf, Lizzie«, knurrte er und presste Küsse auf die Innenseiten ihrer Schenkel. »Ich werde jetzt meine Hände für dies hier benutzen.«

»Oh Gott ... äh ...«

Offensichtlich hatte es ihr die Sprache verschlagen und er konnte nicht umhin, sich etwas darauf einzubilden.

Er spreizte sie mit einer Hand, dann tauchte er seine Zunge tief in sie hinein. Sie wölbte sich ihm entgegen. Dann biss er sie in die Innenseite ihres Oberschenkels.

»Halt still, Baby.« Ein Befehl.

»Ich kann nicht.« Ein Keuchen.

»Ich weiß.« Ein Stöhnen.

Er führte drei Fingern in sie ein und krümmte sie, um ihren G-Punkt zu finden. Sobald ihm dies gelungen war, rieb er grob darüber, während er gleichzeitig ihre Klitoris mit seinem Mund bearbeitete, saugte und leckte, bis sie unter ihm zuckte und seinen Namen schrie.

Sie kam heftig. Ihre Säfte liefen ihm über die Hand und den Arm hinunter. Es kümmerte ihn nicht. Er leckte sie einfach immer weiter, bis sie von Neuem zuckte und gleich noch einmal kam. Es gefiel ihm, wie sehr sie auf ihn reagierte, und er konnte es kaum erwarten, sie noch einmal zum Orgasmus zu bringen, dann jedoch um seinen Schwanz herum. Er küsste ihre Muschi, dann zog er sich zurück. Während er ihr tief in die Augen blickte, leckte er sich die Finger ab.

»Owen ...« Sie versuchte zu blinzeln, aber sie war zu weit weg, um auch nur ein zärtliches Wort zu finden.

Eilig öffnete er die Kondomverpackung und streifte sich das Kondom über den Schaft. Er brauchte einen Orgasmus, der heftiger wäre, als er es für möglich hielt. Als er sich an ihrem Körper hinaufarbeitete und dabei unterwegs Küsse über ihre Seite und ihre Brüste verteilte, zog sie an seinen Armen, um ihn näher bei sich zu haben.

»Das war ...« Ihre Stimme versagte, ihre Augen waren weit aufgerissen. »Gütiger Himmel, Owen. Das wirst du wiederholen müssen.«

Er grinste, dann erschlich er sich einen Kuss. »Was immer du sagst, Baby. Was immer du sagst.« Dann stieß er mit einer einzigen Bewegung in sie hinein. Sie schrie auf. Sie war so angeschwollen, dass er wusste, er würde es nicht lange aushalten, aber das kümmerte ihn nicht. Hatte er nicht schon die höchste Lust genossen, als er beobachtet hatte, wie sie kam?

Er zog sich langsam zurück, dann stieß er wieder in sie hinein. Sie schlang ihm ein Bein um die Taille und legte das andere auf seine Schulter.

Angesichts seines geschockten Gesichtsausdrucks lachte sie. »Pilates.«

»Ich habe mir noch niemals zuvor gewünscht, vor Glück zu weinen, Mann. Ich glaube, dies wird großartig.« Er lachte, bevor er sie noch einmal küsste.

Dann bewegte er sich.

Und sie kam ihm bei jedem Stoß und jedem Rollen seiner Hüften entgegen.

Und als sie beide kamen, raste sein Herz und sein ganzer Körper war glitschig vor Schweiß. Er rief ihren

Namen und nahm ihre Lippen zwischen seine. Er wusste, dies war mehr als Sex gewesen … weit mehr als der beste Sex, den er jemals im Leben erlebt hatte.

Und das hatte etwas zu bedeuten.

Und gemessen an dem panischen Ausdruck in ihren Augen wusste sie es auch.

Vollkommen verausgabt rollte er sich auf die Seite, ließ jedoch seinen Schwanz in ihr. Er hielt sie fest in den Armen und fuhr mit den Händen über ihren Rücken. Sie sprach nicht, aber er auch nicht. Das hatte er nicht geplant, er hatte nicht mit ihr gerechnet.

Und für jemanden wie ihn konnte das nicht gut enden.

Er hoffte nur, dass er irgendwie trotz all seiner Pläne einen Weg fände, damit dies funktionierte.

Irgendwie.

KAPITEL ACHT

Liz warf den Kopf in den Nacken und versuchte, zu Atem zu kommen, was nicht leicht war mit einem Schwanz in ihrem Mund und Owens Gesicht fest zwischen ihre Beine gepresst. Ihr Körper war zu glitschig vor Schweiß, um lange auf ihm liegen bleiben zu können, daher hatten sie sich auf die Seite gerollt, wobei sie immer noch irgendwie halb auf ihm lag. Sie hatte schon zuvor in der Position Neunundsechzig Sex gehabt, aber mit Owen fiel es ihr stets schwer, ihren Verstand zu benutzen. Und normalerweise konnte sie das Denken vergessen, sobald sie sich ihrer Hosen entledigt hatten. Während der letzten zwei Wochen, in denen sie jede Möglichkeit ausprobiert hatten, einander zum Kommen zu bringen, hatte sie das schnell herausgefunden.

»Ich kann nicht weitermachen, wenn du weiter deine Zunge so über meine Klitoris rollen lässt.« Sie schluckte, seinen Geschmack auf der Zunge. Es sollte sie nicht so erregen, aber zur Hölle, es gefiel ihr zu wissen, dass er sie gleichzeitig auch schmeckte.

Er brummte und sie schloss die Augen, um nicht zu kommen. »Mein Schwanz fühlt sich einsam, Liz. Er braucht deinen Mund.«

Sie verdrehte die Augen und versuchte, nicht zu lächeln. Doch der Versuch schlug fehl. Er war solch ein Idiot im Bett, ein sexy Idiot, der sie in nur zwei Sekunden mit diesem seinem Mund zum Kommen bringen konnte. Ganz zu schweigen davon, dass er dies mit seinem Schwanz in drei Sekunden schaffte. Sie war so leichtfertig mit Owen im Bett und ihr Körper schien sich um nichts zu sorgen. Allerdings war sie weniger leichtherzig in Bezug auf alles, was außerhalb des Bettes lag. Jeden Tag wies sie ihn ab und er kehrte immer wieder zurück, um sich mehr zu holen. Sie wusste, sie reagierte aus Angst und dem Bedürfnis, sich zu schützen, aber zur Hölle, er verfolgte sie weiter und sie erlaubte sich immer wieder, eingefangen zu werden.

Gerade tat er etwas besonders Geniales mit seinem Mund und sie kam. Alle sorgenvollen Gedanken und Fragen, was zum Teufel sie da gerade machte, wehten zum Fenster hinaus. Er rollte sie auf den Rücken und schob sich auf sie, noch bevor sie mit ihm fertig war. Dann küsste er sie und das Aroma ihrer Säfte vermischte sich.

»Scheinbar schaffe ich es nicht, dir einen bis zum Ende zu blasen«, beschwerte sie sich, während ihre Beine sich wie von selbst um ihn schlangen. »Da war dieses eine Mal, aber nur weil ich dich an die Bettpfosten binden durfte.« Er hatte sie am Abend zuvor gefesselt. Daher hatte er eingewilligt, sich von ihr mit Seidenschals erregen zu lassen.

Wenn sie nur daran dachte, wäre sie beinahe noch einmal gekommen.

Er zuckte mit den Schultern und seine Augen leuchteten auf. »Ich werde langsam gierig und brauche deine Muschi.« Er langte zwischen sie und umfasste ihren Venushügel, woraufhin sie wieder die Augen verdrehte. Der Mann war ein Genie mit seinen Fingern und das war einfach nicht fair. »Zumindest werde ich diesmal die Piercings herausnehmen, damit du freie Bahn hast.«

Sie liebkoste träge mit den Händen seinen Rücken. Er mochte zwar der schlankste der Brüder sein, doch seine Muskeln waren glatt, hart und kräftig. »Ich werde sie in mir vermissen«, erwiderte sie ehrlich. Schon immer war sie im Bett recht kühn gewesen, aber Owen brachte diese Seite noch mehr zum Vorschein.

Owen küsste sie sanft. »Nächstes Mal. Du kannst eine ganze Studie bezüglich der Unterschiede durchführen, wenn du willst.«

Trotz ihrer Position kicherte sie. »Sie sind derjenige, dem so etwas gefällt, Herr Organisator.«

Er knabberte an ihrem Kinn, um daraufhin mit der Zunge die Stellen zu liebkosen, in die er gebissen hatte. »Du bist Krankenschwester, Lizzie. Die Wissenschaft ist dein Gebiet. Warum probieren wir nicht eine neue Stellung aus, um zu sehen, welche dir am besten gefällt? Dann wiederholen wir sie, denn dies ist der Schlüssel zur Lust.«

»Du bist ein Idiot.«

»Aber ich bin dein Idiot. Und dein Idiot wird dich jetzt ficken, also such dir eine Stellung aus.«

Dein Idiot.

Sie schliefen erst seit zwei Wochen miteinander und schon sagte er solche Dinge. Wie konnte das in Ordnung sein? Wie hatte sie sich in eine solche Lage bringen lassen können? Mit zitternder Hand drückte sie gegen seine Schulter, sodass er auf dem Rücken lag und sie auf ihm. Er ließ sich leicht von ihr bewegen. Seine Hände ruhten auf ihren Hüften, als gehörten sie dorthin.

Wenn sie oben blieb, hätte sie vielleicht ein wenig Kontrolle, da sie auf allen anderen Gebieten ihres Lebens keine zu haben schien.

Gemessen an dem Blick, den Owen ihr zuwarf, hatte er nur zu gut verstanden, was sie dachte.

Noch ein Grund, warum er sie in Angst versetzte.

»Wirst du dich bewegen oder soll ich nach oben in dich hineinstoßen?«

Sie schüttelte den Kopf, obwohl der Gedanke, wie er sie fickt, während sie auf ihm lag, seine Reize hatte. Wie dem auch sei, sie musste die Zügel ergreifen, damit sie wusste, dass sie gehen konnte, wenn sie wollte. Dies war die letzte Illusion von geistiger Gesundheit. »Ich werde mich bewegen.«

Owen umfasste ihre Hüften fester. »Eine Sekunde.«

Er langte über sie und tastete nach dem Kondom, das sie bereitgelegt hatten. Sie hatten sich beide in der letzten Woche testen lassen, denn Oralsex zählte als Sex und dabei konnten Krankheiten übertragen werden, doch sie benutzten immer noch Kondome, da Liz keine Verhütungsmittel verwenden konnte. Sie war anfällig für Blutgerinnsel und alles, was sie in der Vergangenheit ausprobiert hatte, einschließlich eines Diaphragmas, hatte zu Komplikationen und in einem Fall sogar zur Einweisung ins Krankenhaus geführt.

Also musste sie mit jedem Partner jedes Mal, wenn sie Sex hatte, Kondome benutzen, außer sie hätte schwanger werden wollen – was niemals geschehen würde, wenn es nach ihr gegangen wäre. Noch nie hatte sie Sex ohne ein Kondom gehabt, daher wusste sie glücklicherweise nicht, was sie, laut Tessa, verpasste, doch sie hielt sich an dieses Prinzip. Wenn sie eines Tages ein gewisses Alter erreicht hätte, würde ihre Versicherung für sie als alleinstehende Frau eine Sterilisation bezahlen, sodass sie die Wahl hätte, aber vorerst blieb sie bei Kondomen.

Und jetzt hätte sie es beinahe vergessen.

Owen war wirklich schlecht für ihre geistige Gesundheit.

»Ziehst du es mir über?«, fragte Owen, während er mit der freien Hand über ihr Handgelenk fuhr. »Ist alles in Ordnung, Baby? Willst du aufhören?« Die Besorgnis in seinen Augen versetzte ihr einen Stich. Sie schüttelte den Kopf. Dies hier war nur Spaß, verschwitzter Sex.

Nichts zu Persönliches. Sie wurde nicht persönlich. *Konnte* nicht persönlich werden.

»Gib es mir«, sagte sie etwas schnippisch.

Er zog eine Braue in die Höhe, wobei der Ring darin viel zu sexy aussah. »Das werde ich, aber zuerst muss ich das Kondom überziehen.«

Sie streckte die Hand aus. »Ich meinte doch das Kondom, du Idiot.«

Er grinste. »Es gefällt mir, wenn du mich einen Idioten nennst, denn ich bin mir ziemlich sicher, dass du insgeheim schlimmere Wörter für mich hast. Aber du versuchst, mein kleines Ego zu schützen, da mein Schwanz neben deiner Muschi ruht. Du bist so süß, Liz.«

Sie verdrehte die Augen. Ein kleines Lächeln umspielte ihre Lippen, als sie ihm das Kondom aus der Hand nahm und die Verpackung öffnete. Als sie es über seinen Schaft zog und gleichzeitig seine Hoden umfasste, stöhnte Owen auf.

»Ich liebe deine Hände, Baby. Du kannst mich berühren, wann immer du willst.«

Sie grinste. »Ach ja?« Sie griff nach dem Gleitmittel, das sie zuvor benutzt hatten, als Owen ein wenig mit ihrem Anus hatte spielen wollen, und drückte sich etwas davon in die Hand. »Und wenn ich dies benutze?«

Sie legte ihre Hände auf seine Pobacken und spreizte sie ein wenig, wobei sie ihre glitschigen Finger gegen sein Loch presste.

»Gütiger Himmel«, keuchte er. »Nun, das hatte ich nicht im Sinn, aber wenn du willst, bin ich dabei.«

Sie erstarrte. »Ernsthaft?«

Er stützte sich auf die Unterarme und blickte sie ernst an. »Das ist doch nur gerecht. Du hast mir erlaubt, mit einem Finger mit dir zu spielen, warum soll ich dir nicht das Gleiche gestatten? Ich habe gehört, dass es sich wunderbar anfühlt, wenn du meine Prostata reibst. Und da wir beide gerade geduscht haben, um dich vorzubereiten, bin ich dabei.«

Sie stieß den Atem aus. Sie hatte ihn nur leicht necken wollen, doch jetzt erschien ihr die Vorstellung, dies zu tun, als wahnsinnig sexy. »Okay, also dann, Owen. Leg dich zurück, dreh den Kopf und huste.«

Er lachte leise vor sich hin, bevor er aufstöhnte, als sie langsam mit dem Finger in ihn eindrang. Sie hätte niemals gedacht, dass dies sexy sein könnte, doch sie würde niemals das Bild vergessen, wie er eine Hand um den Ansatz seines Schaftes legte und wie die Venen seines angespannten Armes hervortraten.

Sie rieb ihn leicht, als sie die Stelle gefunden hatte, die seinen Körper aufs Äußerste erregte. »Hier?«, fragte sie.

Er hatte den Kopf in den Nacken gelegt, sodass sie seine Augen nicht sehen konnte, aber aus irgendeinem Grund wollte sie das. »Gott, ich bin kurz vorm Orgasmus, allein davon, aber ich würde lieber in dir kommen«, keuchte er. Sie biss sich auf die Lippe und zog ihren Finger langsam aus ihm zurück.

Als er die Hand ausstreckte und an ihrem Arm zog,

ließ sie sich von ihm hochziehen, sodass sie über ihm schwebte.

»Dein Mund, ich brauche deinen Mund.«

Sie gab ihm, was er verlangte. Ihre Zungen wanden sich umeinander und sie atmeten im gleichen Rhythmus, als sie ihn küsste. Er ließ seine Hände über sie wandern, eine legte er auf ihren Hintern, mit der anderen glitt er langsam zu einer ihrer Brüste, um sie zu umfangen.

»Reite mich, Cowgirl. Zeig mir, was du draufhast.« Er gab ihr einen kräftigen Klaps auf den Hintern und sie stöhnte vor Schmerz auf. Warum gefiel ihr das? Das sollte eigentlich nicht sein. »Komm schon Liz. Ich will dich sehen.«

Sie wackelte leicht hin und her, dann griff sie zwischen ihre Körper, um ihn in sich einzuführen. Ihre Blicke trafen sich, als sie sich langsam niedersinken ließ. Ihr stockte der Atem. Als sich Tränen in ihren Augen sammelten, blinzelte sie sie weg. Sie ärgerte sich über sich selbst, dass sie ihm zu nahekam, dass sie zu viel fühlte.

Dies war nur eine Affäre.

Mehr nicht.

Es durfte nicht *mehr* sein.

Er umfasste ihre Hüften, um sie im Gleichgewicht zu halten, sobald sie sich ganz auf ihn gesetzt hatte. »Alles in Ordnung, Lizzie?«, ächzte er.

Sie nickte und belog damit sowohl ihn als auch sich selbst. »Ich muss mich bewegen.« Das war keine Lüge.

Er umfasste ihre Brust mit einer Hand und spielte mit den Fingern mit ihrem Nippel. »Dann beweg dich,

Liebling. Bring dich auf meinem Schwanz zum Orgasmus.«

Da lächelte sie. »Oh, und was wirst du tun, du fauler Sack?«

»Nun, ich werde einfach hier liegen und an irgendetwas denken, aber ich habe das Gefühl, dass deine Brüste viel zu verlockend sein werden, um sie zu ignorieren.«

Sie verdrehte die Augen, dann bewegte sie die Hüften. Als sie beide keuchten, wusste sie, sie waren dem Höhepunkt nahe. Sie hob ihren Körper nicht an, sondern rollte ihre Hüften über ihn, während sein Schwanz zur Gänze in ihr blieb.

Wieder trafen sich ihre Blicke und obwohl sie versuchte, die Verbindung zu unterbrechen, gelang es ihr nicht. Er streichelte sie, die Liebkosung war so voller Gefühl, dass sie es nicht hätte benennen können. Und obwohl sie gern die Augen geschlossen und vergessen hätte, was da gerade geschah, tat sie es nicht.

Und als sie kam und ihre inneren Muskeln sich verkrampften, folgte er ihr. Seine rauen Schreie waren wie Balsam für ihre Seele, obwohl sie es nicht hätten sein sollen. Nichts war so, wie es sein sollte, verdammt, und sie wusste nicht, was tun.

Sie brach auf ihm zusammen und versuchte, zu Atem zu kommen. Ihr war vollkommen bewusst, dass sie das Unsagbare tun und weinen würde, falls sie jetzt etwas gesagt hätte. Sie durfte keine Träne vergießen, nicht für ihn und gewiss nicht für sich selbst.

Plötzlich schlangen sich starke Arme um sie und Owen küsste sie auf den Scheitel. »Was ist los, Liz? Rede mit mir.«

Liz schüttelte den Kopf und rollte sich immer mehr in sich selbst zusammen, obwohl er noch bis zur Gänze in ihr war. Sie musste hier heraus, heraus aus dem Zimmer, heraus aus seinen Armen, und in ihre Kleider schlüpfen, um die stählerne Selbstkontrolle wiederfinden zu können, die sie nun schon so lange, wie sie sich erinnern konnte, wie eine Rüstung getragen hatte.

Owen Gallagher war dabei, sie zu brechen, und das durfte sie nicht zulassen.

Als er ihren Rücken streichelte, um sie ohne Worte zu trösten, wusste sie, es war zu viel. Sie zog sich zurück, ließ ihn aus sich herausgleiten und kroch aus dem Bett. Sie schnappte sich ihre Jeans und suchte vergeblich nach ihrer Unterwäsche. Sie hatten sich gegenseitig nach dem Abendessen die Kleider vom Leib gerissen und sie wusste nicht, ob sie in ihrer Panik ihr Höschen finden würde.

»Mist«, knurrte Owen und griff nach der Schachtel mit Papiertüchern auf dem Nachttisch. »Nun warte doch mal eine Minute. Was ist los?« Er säuberte sich und entfernte das Kondom. Dann versuchte er, nach ihr zu greifen.

Am ganzen Körper zitternd wich sie seiner Berührung aus. »Ich muss gehen.«

»Dies ist dein Haus, Baby. Wo musst du abends um zehn Uhr hingehen?«

Sie schlüpfte in ihre Jeans und verzichtete auf Unterwäsche. »Ich muss einfach gehen. Gott. Lass mich doch einfach, Owen. Der Sex war großartig. Geh einfach, okay? Ich will … ich will einfach, dass du gehst.«

So stand sie da in ihrem verdunkelten Schlafzimmer – nur eine kleine Lampe warf etwas Licht auf sie und ihn –, nur mit der Jeans und sonst nichts bekleidet, mit brennenden Augen. Sie stieß abgehackt den Atem aus. Sie wusste, sie sah aus wie eine Frau, die gleich den Verstand verliert, aber das kümmerte sie nicht. Sie musste einfach nur atmen und nichts fühlen. Denn wenn sie etwas fühlte … nun, sie wusste, was dann geschah.

Owen hielt die Hände hoch, als wehrte er einen verrückt gewordenen Stier ab. »Lizzie. Setz dich und erzähl mir, was geschehen ist. Habe ich dir wehgetan? War das Analspiel zu viel für dich? Erzähl es mir, damit ich das in Ordnung bringen kann.«

Sie verengte die Augen zu Schlitzen. »Du hast mir nicht wehgetan. Nicht wirklich. Du kannst nicht alles in Ordnung bringen, Owen, auch wenn du das scheinbar liebend gern tust.«

Er ließ sich wieder aufs Bett zurücksinken, als er das Gift in ihrer Stimme wahrnahm, rührte sich jedoch nicht von der Stelle. »Ich weiß nicht, was ich getan habe, um das zu verdienen, aber ja, ich bringe gern Dinge in Ordnung. Damit beschäftige ich mich.«

»Mich kannst du nicht in Ordnung bringen.« Zu ihrem Entsetzen spürte sie, dass ihr eine Träne über die Wange lief. Sie hob die Hand, um sie wegzuwischen.

»Ich habe nicht gesagt, dass ich das will«, sagte

Owen langsam, als wollte er ihr einen Sprung vom Fensterbrett ausreden. Vielleicht war sie bereits so weit und hatte es nur noch nicht erkannt. Jedenfalls musste er gehen, damit sie ihre Selbstbeherrschung zurückerlangen konnte. »Lass uns den Rest deiner Kleidung zusammensuchen, okay?«

»Warum? Glaubst du, ich brauche eine Art Schutzschild?« Das brauchte sie allerdings. »Geh einfach. Ich kann nicht nachdenken, wenn du hier bist, und jetzt kannst du nicht hierbleiben. Es hat Spaß gemacht, solange es gedauert hat, Owen. Aber ich habe genug. Wir sind beide befriedigt, also lass uns die Dinge beim Namen nennen. Vorbei.«

Sie wusste, sie benahm sich wie ein Miststück, aber sie konnte nichts dagegen tun, die Worte sprudelten einfach aus ihr hervor. Mit jedem Wort hasste sie sich selbst mehr und mehr, doch sie konnte sie nicht aufhalten, nachdem sie einmal begonnen hatte. Wenn sie ihm jetzt wehtat, wenn sie ihn jetzt davonjagen konnte, würde sie ihn später vielleicht nicht schlimmer verletzen. Vielleicht würde sie nicht in Schmerzen daliegen, mit tausend kleinen Schnitten am ganzen Körper, und sie wünschte sich, dies würde niemals auf sie zukommen.

Owen schlüpfte in seine Jeans und reichte ihr sein T-Shirt. »Deins kann ich gerade nicht finden.«

Sie riss es an sich und wurde sofort in seinen Duft getaucht, als sie es überzog. Das ließ ihre Tränen nur noch schneller rollen. »Geh.«

Er schüttelte den Kopf und trat näher an sie heran.

Sie konnte nicht zurückweichen, denn das Bett stand ihr im Weg, daher konnte sie ihn nicht davon abhalten, ihr sanft die Hände auf die Arme zu legen. »Liebes, Liz. Rede mit mir. Warum hast du solche Angst? Wenn ich dir beim Sex nicht wehgetan habe, muss ich irgendetwas anderes getan haben, dass du mich auf diese Art wegstößt. Ja, ich weiß, du hast von Anfang an nichts mit mir anfangen wollen, seitdem wir begonnen haben, einander zu treffen, und ich verstehe das. Wir sind einander noch neu, aber du hast mich noch niemals zuvor geradewegs weggeschickt. Was ist geschehen, Liz? Du kannst mit mir reden. Ich verspreche es. Gleichgültig, was im Bett oder in unserer Beziehung zwischen uns geschehen mag, ich möchte, dass wir Freunde sind.«

Sie hob das Kinn. »Wir haben keine Beziehung.«

Der Schmerz in seinen Augen schnitt ihr ins Herz und sie hätte sich am liebsten in einem Loch verkrochen und sich dort versteckt. »Rede mit mir.«

Sie stieß den Atem aus. »Gut. Du willst mich kennenlernen? Willst wissen, warum ich vollkommen verloren bin und nichts richtig machen kann? Gut. Setz dich und lausche der Geschichte von dem einsamen und traurigen Leben der Liz McKinley.«

»Liz.«

»Ich sagte, setz dich.« Sie kniff die Augen fest zusammen und zwang die Tränen zurück. »Bitte.«

Das Knarren der Matratze brachte sie dazu, die Augen zu öffnen. Sie stieß die Luft aus, als sie Owen auf der Bettkante sitzen sah, beide Hände fest um ihre geschlungen. »Rede mit mir«, wiederholte er.

»Ich habe niemals eine Beziehung.«

»Das habe ich verstanden«, sagte Owen langsam.

Sie schüttelte den Kopf. »Ich muss all das in einem Zug herausbringen, also unterbrich mich nicht.«

Er zog eine Braue in die Höhe, ging aber wieder nicht auf ihre Unhöflichkeit ein. Zur Hölle, sie war wirklich und wahrhaftig ein Miststück und er war bis jetzt nicht davongelaufen. Sie verdiente ihn nicht.

Und sie würde ihn nicht haben.

»Ich habe keine Beziehung, weil sie nicht funktionieren. Ich habe gesehen, wie meine Familie auseinandergefallen ist, und das hat mich zerbrochen. Und als ich endlich glaubte, glücklich zu sein und ein einziges Mal eine Beziehung zu haben, ist alles den Bach runtergegangen.«

Sie zog die Hand weg und er ließ sie los, damit sie auf und ab schreiten konnte. »Meine Mutter war ... ist ... Alkoholikerin, allerdings eine versteckte, sodass niemand wirklich entdeckte, dass sie den größten Teil des Tages eher betrunken als nüchtern war. Sie fuhr mich zur Schule, mit einer Flasche Wodka in der Handtasche, aber niemanden kümmerte es. Niemand bemerkte, dass sie beim Elternabend ein wenig zu strahlend lächelte oder dass sie niemals ihre Versprechen hielt, etwas zum Verkaufen zu backen und so, weil sie viel zu betrunken war.«

Wieder stieß sie den Atem aus und schlang die Arme

um sich. Nur der Geruch von Owens T-Shirt verlieh ihr Halt, und das beunruhigte sie. Aber bald wäre er gegangen. Bald wüsste er, was für eine Art Mensch sie war und aus was für einer Familie sie kam, und dann würde sie sich keine Sorgen mehr machen müssen, dass sie ihm so gern nahe sein wollte. Sie würde sich nicht mehr darum sorgen müssen, dass sie sich in solch ein Ungeheuer wie ihre Mutter ... und Owen in eine solch leere Hülle wie ihr Vater verwandeln würde.

Sie fing Owens Blick ein, doch er hielt Wort und sagte nichts. Sie sah jedoch den Zorn in seinen Augen. Den Ärger. Doch Mitleid sah sie nicht. Sie hatte Mitleid erwartet. Mitleid hätte sie zurückweisen können. Den Zorn? Sie hatte keine Ahnung, wie sie damit umgehen sollte.

»Zu Hause hat sie mich immer angeschrien. Und wenn sie nicht geschrien hat, dann benutzte sie diese lallende, ruhige Stimme, die mir sagte, dass Schlimmes auf mich zukam. Zum ersten Mal hat sie mich geschlagen, als ich sechs oder sieben Jahre alt war. Direkt ins Gesicht, denn ich bat sie darum, mir einen Erlaubnisschein zu unterschreiben, und sie war nicht in der Stimmung dazu. Sie hat niemals aufgehört, mich zu schlagen, bis ich ausgezogen bin. Jedes Mal wenn ich versuchte, mich zu wehren, wurde es nur noch schlimmer. Und niemand hat irgendetwas unternommen.«

Als er schließlich sprach, überraschte er sie. »Und wo war dein Vater?«

Sie schnaufte. Dieser hohle Schmerz, diese Qual, die

niemals zu heilen schien. War sie nicht eine Krankenschwester, eine Heilerin, und doch schien sie sich selbst nicht heilen zu können. Wollte es auch nicht. »Mein lieber Vater war die ganze Zeit dabei. Es hat ihn einfach nicht gekümmert. Er sah dabei zu, wie sie mich zu Tode prügelte, nachdem sie mich als Hure und faules Stück Abfall beschimpft hatte, und er hat keinen Finger gekrümmt. Es interessierte ihn einfach nicht mehr. Sie hatte ihn lange zuvor gebrochen, bevor sie sich mir zuwandte. Und doch hätte es ihn interessieren müssen. Er hätte etwas tun müssen. Aber er hat nichts getan. Niemals. Dann, als ich vierzehn Jahre alt war, hat er einfach seine Sachen gepackt und ist gegangen. Er hat mich mit ihr allein zurückgelassen. Im darauffolgenden Jahr hat Mom unseren Namen in ihren alten Mädchennamen geändert. Ich habe nie wieder etwas von ihm gehört. Er könnte tot sein, aber zur Hölle, er hat niemals einen Weg gefunden, mir mitzuteilen, ob er noch lebt. Also ja, so enden nun einmal Beziehungen, Owen. Zumindest bei meinem Blut.«

»Lizzie, das war ihre Schuld. Ich könnte sie umbringen für das, was sie dir angetan haben, aber es lag allein an ihnen.«

»Aber sie waren einst glücklich. Dann kam ich und Mom begann zu trinken. Sie hasste es, wie sie nach dem Kaiserschnitt aussah. Hasste die verdammte Narbe, und das hat sie mir oft genug unter die Nase gerieben. Ihre Brüste wurden schlaff, nachdem sie mich gestillt hatte, obwohl sie nur eine Woche durchgehalten hat, bis sie meinte, es tue ihr zu weh. Danach wurde ich offensichtlich direkt auf Babynahrung gesetzt. Sie warf mir vor, sie hätte niemals Zeit für irgendetwas gehabt, weil sie an einen kleinen, blonden Blutsauger gefesselt gewesen wäre. Und dann, natürlich, wollte mein Vater sie augenscheinlich nicht mehr, nachdem sie ein Baby zur Welt gebracht hatte, so sagte sie zumindest. Also schrie sie herum, sie müsse sich Männer suchen, die sie tatsächlich wollten, da mein Vater ein nutzloses Stück Dreck sei.«

»Mein Gott«, knurrte Owen. »Das hat sie dir alles erzählt? Wie alt warst du?«

Liz zuckte mit den Schultern und zupfte Flusen von seinem T-Shirt. »Beim ersten Mal sieben oder so. Ich erinnere mich nicht mehr, da sie es mir immer wieder erzählt hat. Sie war eine Alkoholikerin, die es liebte, Dad und mir böse Worte an den Kopf zu werfen. Als Worte nicht mehr reichten, warf sie mit Gegenständen nach Dad, da dieser sich nicht wehrte. Weißt du, er war so erzogen worden, Frauen nicht zu schlagen. Aber beschützt hat er mich nicht. Er hat einfach dabei zugesehen, wie sie mich mit dem Gürtel oder mit der Hand geschlagen hat. Ich glaube, er ist nur ein einziges Mal eingeschritten, nämlich als er ihr verbot, mich mit einem Kristallglas zu schlagen, aus dem sie Wodka getrunken hatte. Aber wahrscheinlich nur, entweder weil ich im Krankenhaus gelandet wäre oder weil das Kristallglas seiner Mutter gehört hatte und sie es ihnen zur Hochzeit geschenkt hatte. Ich weiß es nicht.«

Owen stand auf und näherte sich ihr. Sie streckte

kopfschüttelnd die Hände aus. »Lizzie, nichts davon ist deine Schuld. Sie hätten bereits im Gefängnis sitzen müssen, bevor sie die Chance hatten, dich ein zweites Mal zu schlagen. Auch dein Dad, Liz.«

Sie presste die Lippen zusammen; ihr Körper fühlte sich merkwürdig taub an. »Doch das ist noch nicht das Ende der Geschichte. Ich kann keine Beziehung haben, Owen. Es endet immer böse, wenn ich es versuche.«

Er trat einen weiteren Schritt vor, sie einen zurück. »Aber wir sind nicht sie. Weder du noch ich.«

»Aber ich bin die Tochter meiner Mutter. Die Tochter meines Vaters. Siehst du? Mit siebzehn ging ich aufs College, denn ich hatte mir den Hintern aufgerissen, um früh den Abschluss zu machen. Ich war klug, aber nicht klug genug, aus der Stadt herauszukommen, in der wir aufgewachsen sind. Ich fand einen neunzehnjährigen Jungen und dachte, er liebte mich. Es stellte sich heraus, dass er nur meine Titten liebte oder was auch immer. Ich überraschte meine Mutter in *meinem* Schlafzimmer, wie sie ihn fickte, nur zwei Tage, nachdem ich ihm meine Jungfräulichkeit geschenkt hatte. Ich sagte dem Jungen, er solle verschwinden, doch meine Mutter gab ihm einen Klaps auf die Pobacken und sagte ihm, er wäre ein guter Junge, der nach besseren Muschis Ausschau halten müsse. Sie war bereits so betrunken, dass sie wahrscheinlich kaum mehr als diesen Satz herausbringen konnte.«

»Dieses verdammte kleine Arschloch«, knurrte Owen. Er trat so schnell auf sie zu, dass sie keine Chance hatte zurückzuweichen. Als er ihr Gesicht umfasste, weinte sie nicht, denn sie hatte keine Tränen mehr, wie es schien. »Lizzie, das ist die Schuld dieses kleinen Bleistiftschwanzes, nicht deine. Nichts davon ist dein Fehler.«

Sie blinzelte, unfähig, ihn wirklich zu hören, nicht wenn sie sich in der Vergangenheit bei ihrer Mutter befand. Allein, so allein. So kalt. »An jenem Tag hat sie mich wie wahnsinnig verprügelt. Ich weiß nicht einmal warum.« In ihren Ohren klang ihre Stimme hohl, vielleicht weil sie so weit weg war. »Am nächsten Tag verließ ich das College und zog mit meinen wenigen Habseligkeiten in eine andere Stadt, wo ich stattdessen das College besuchte. Die Schule war zwar nicht so gut wie die andere, aber ohne die Zuschüsse und finanzielle Unterstützung, die ich aufgrund des mangelnden Einkommens meiner Mutter bezogen hatte, konnte ich mir nichts Besseres leisten. Aber dann lernte ich Tessa kennen und am Ende entwickelte sich alles ganz gut, finde ich.«

Er fuhr ihr mit dem Daumen über die Wange. »Und seitdem bist du mit niemandem mehr zusammen gewesen?«

»Nicht in einer Beziehung. Ich hatte Sex, weil das für mich alles ist, Owen. Mehr kann es für mich nicht geben. Meine Mutter war früher ein nettes, süßes Mädchen, bevor sie meinen Vater traf. Und mein Vater war offensichtlich ein Gentleman, bevor meine Mutter aus dem Ruder lief. Sie haben einander zerstört und ich weigere mich, das jemandem anzutun.« Sie trat zurück. »Ich weigere mich, dir das anzutun.«

Er schüttelte den Kopf. In seinen Augen las sie Traurigkeit, jedoch kein Mitleid für sie. »Lizzie, so funktioniert das nicht. Wir sind nicht deine Eltern.«

»Aber deine Eltern waren großartig. Du kannst also nicht mitreden.«

»Meine Eltern haben sich für uns bis auf die Knochen abgearbeitet und sich selbst vernachlässigt. Ich will nicht wie meine Eltern sein.«

»Vergleiche unsere Eltern nicht miteinander«, sagte sie leise. Sie hatte ihn anfahren wollen, konnte aber die Energie nicht mehr aufbringen. »Geh einfach. Bitte. Ich will, dass du gehst.«

In der Ferne hörte sie, wie sich die Haustür öffnete. Sie wusste, das musste Tessa sein, die von der Arbeit heimkehrte. Sie konnte also mit Tessa reden, wenn sie es brauchte, aber jetzt wollte sie einfach nur allein sein.

Owen musterte ihr Gesicht, bevor er die Hände sinken ließ. »Ich gehe.« Ihr brach das Herz. »Aber ich gehe nicht für immer. Ich werde dich nicht verlassen, Liz. Ich lasse dich Atem schöpfen. Aber ich komme zurück, verdammt noch mal. Ich komme zurück.«

Dann küsste er sie sanft auf die Stirn, bevor er sie in ihrem Schlafzimmer zurückließ und nur mit der Jeans bekleidet zur Tür hinausging.

Sie hörte, wie er murmelnd etwas zu Tessa sagte, konnte aber die Worte nicht verstehen. Langsam ließ sie sich auf die Knie sinken, mit blinden Augen und betäubten Sinnen. Sie hörte kaum, wie Tessa ins Zimmer trat, spürte kaum die Hände der anderen Frau auf ihren Schultern.

Doch als ihre beste Freundin sie in die Arme schloss, tat Liz schließlich das Einzige, das sie sich versprochen hatte, niemals zu tun.

Sie weinte.

KAPITEL NEUN

»Zeitpunkt des Todes siebzehn Uhr zweiundvierzig.«

Liz erstarrte, als sie Dr. Wilders Worte hörte; deren Bedeutung traf sie viel stärker, als sie es hätten tun dürfen. Sie kannte diesen Patienten nicht. Sie hatte nur sieben Minuten an dem Mann gearbeitet, da sie erst spät als zusätzliche Unterstützung in den Raum gerufen worden war, und doch zerbrach sie beinahe daran.

Sie hatte gewusst, dass ihr Job dies beinhalten würde, als sie sich für die Krankenpflegeschule eingetragen hatte. Bereits als Schülerin hatte man ihr die dunklen Seiten ihrer Arbeit nicht verschwiegen. Doch sie hatte auch gewusst, dass das Retten von Menschenleben es wert war. Das musste so sein. Sie hatte unzähligen Menschen das Leben gerettet und wieder andere in der Notaufnahme versorgt, auch wenn sie geglaubt hatte, es nicht schaffen zu können, und doch hatten sie heute versagt.

Die Ärzte, Techniker, Pfleger und Helfer hatten diesem Mann nicht helfen können. Der Autounfall war zu viel für seinen Körper gewesen.

Es war der zweite Patient, der heute während ihrer Anwesenheit in diesem Raum gestorben war. Zweimal war der Todeszeitpunkt festgehalten worden. Zweimal hatten sie versagt. Zweimal hatten andere in den Raum kommen müssen, um hinter ihnen aufzuräumen und den einzigen Beweis zu beseitigen, dass einst ein Mensch in diesem Raum um sein Leben gekämpft hatte und sich nun für immer den Mächten ergeben musste, die weit stärker waren als die Macht, die in den Händen der Ärzte, Pfleger und dem restlichen Personal lag, die versucht hatten, ihn zu retten. Es war zwar nicht ungewöhnlich, mehr als einen Menschen am Tag zu verlieren, besonders nicht in einer Notaufnahme, aber der heutige Tag erschien ihr als besonders hart. Würde es je leichter werden?

Verflucht.

Verflucht sei alles.

Zur Hölle mit allem.

Einfach allem.

Nachdem sie am Abend zuvor beinahe eine Stunde ununterbrochen geweint hatte, war sie schließlich vollkommen verausgabt in Tessas Armen eingeschlafen. Glücklicherweise hatte sie heute die Schicht gewechselt, daher hatte sie etwas schlafen können. Ihr Körper war schwer vom Schluchzen und den vielen Gefühlen, die ihr auf Geist und Seele lasteten. Sie hatte Owen nicht alles erzählen wollen, um ehrlich zu sein, eigentlich überhaupt nichts. Ihn abzuweisen war der einzige Weg gewesen, auf Nummer sicher zu gehen, und doch war sie sich nicht sicher, ob dies gut gewesen war. Er hatte gesagt, er würde zurückkehren, aber würde er das? Er kannte nun ihre dunkelsten Seiten, die Seiten, die sie verbergen wollte, aber überstürzt herausgeplappert hatte.

Verdammt. Es spielte keine Rolle. Sie musste jetzt arbeiten und durfte nicht an Owen oder irgendetwas denken, was mit ihm zu tun hatte. Sie musste sich waschen und versuchen, den nächsten Patienten am Leben zu erhalten. Denn wenn sie den auch verlöre ... Sie unterdrückte ein Schaudern. Sie durfte so nicht denken. Das nutzte niemandem.

»Liz? Kann ich dich für eine Minute sprechen?«

Liz zuckte zusammen, als sie Nancys Stimme hörte, und nickte knapp. »Sicher. Wo?«

»Im Aufenthaltsraum bitte«, erwiderte Nancy schnippisch, bevor sie mit Lisa im Schlepptau eilig davonrauschte.

Liz seufzte, dann folgte sie den beiden. Der Knoten in ihrem Magen ballte sich mit jedem Schritt mehr zusammen. Nancy hatte zwar nicht die Macht, sie zu feuern, aber sie war diejenige, die alle informieren würde, wer bei den kommenden finanziellen Kürzungen gehen musste. Liz betete, heute möge nicht der gewisse Tag sein, denn sie war sich nicht sicher, ob sie das durchstehen würde.

Auf dem Weg zum Aufenthaltsraum wurde Liz von

zwei Ärzten aufgehalten, die ihr Fragen stellten, daher kam sie beinahe zehn Minuten zu spät. Und obwohl ihre Verspätung arbeitstechnisch bedingt war, musste sie eine Kardinalssünde begangen haben, gemessen an Nancys Gesichtsausdruck.

»Entschuldige, ich bin zu spät. Ich musste Dr. Mendez und Dr. Johnson ein paar Fragen beantworten.« Sie ging geradewegs zur Kaffeemaschine und goss sich einen Kaffee ein, da sie sah, dass Nancy und Lisa sich bereits bedient hatten.

»Hm«, sagte Nancy unwillig.

Gott, manchmal hasste Liz ihren Job und heute war so ein Tag der dieses Gefühl zum Vorschein brachte. Normalerweise musste sie nur an die Patienten denken, denen sie helfen konnte, um konzentriert weiterzuarbeiten, doch heute fiel ihr das ein wenig schwerer, und das ärgerte sie.

Wenn sie doch nur Owen gegenüber den Mund gehalten und sich einfach davongemacht hätte, solange sie noch die Chance gehabt hatte, den Kopf oben zu halten. Denn dann wäre sie nicht auf diesen absteigenden Pfad des Selbstmitleids und der Zweifel geraten.

Wieder einmal schob sie die Gedanken an Owen beiseite und konzentrierte sich auf das, was ihr bevorstand, namentlich *wer* vor ihr stand.

»Setz dich, Liz«, sagte Nancy nach einer Weile. »Dank deiner Verspätung haben wir nicht genügend Zeit zum Reden.«

Liz wollte antworten, dass ihre Verspätung mit der

Arbeit zu tun hätte und sie alle drei nur wenig Zeit und unzählige Dinge zu erledigen hätten, doch sie hielt sich zurück. Sie setzte sich den beiden gegenüber, wobei sie das Gefühl hatte, sich ihrer eigenen Hinrichtung zu stellen.

»Ja?«

»Wie du weißt, wird Ende nächster Woche das endgültige Budget festgelegt. Die Auswirkungen werden wir alle zu spüren bekommen und wie wir alle wissen, werden in unserer Abteilung die Kürzungen ohne Gnade vorgenommen.«

Liz umklammerte fest ihre Tasse. »In unserer Abteilung werden also wirklich Kürzungen vorgenommen.« Obwohl es während der letzten paar Monate nur Gerüchte gegeben hatte, so beinhalteten sie doch so viel Wahrheit, dass jeder sie als Tatsache betrachtete.

Nancy nickte und warf Liz einen Blick zu, den diese nicht interpretieren konnte. »Ja, wir werden mindestens eine Pflegerstelle verlieren und vielleicht sogar eine zweite, wenn die Dinge sich so entwickeln, wie es den Anschein hat.«

Zwei Stellen? Gütiger Himmel. Liz hatte keine Ahnung, wie die Notaufnahme zurechtkommen sollte, wenn sie eine Krankenschwester verlöre, geschweige denn zwei.

»Sind die da oben sich bewusst, dass wir bereits Überstunden machen und nicht genügend Personal haben?«, fragte Liz. Ihr schwirrte der Kopf.

Nancy zuckte mit den Schultern. »Wir sind nur die

Befehlsempfänger, Liz. Gewöhn dich daran. Aber ich habe euch beide zu mir gerufen, weil ihr die beiden leitenden Schwestern unter mir seid. Ich kann für keine eurer beiden Stellen garantieren, denn das liegt nicht in meiner Macht, aber höchstwahrscheinlich wird die Beurteilung eurer Leistung in die Entscheidung einfließen. Eine von euch oder euch beide zu verlieren wird wehtun, würde aber laut meiner Quellen dem Budget helfen. Wir haben einfach nicht die finanziellen Mittel.« Sie blickte Liz in die Augen, aber diese zuckte nicht mit der Wimper.

Ihre Leistungsbeurteilungen waren glänzend, weit besser als die von Lisa, und jeder im Raum wusste das. Doch die Gerüchte über Owen and Murphy waren nicht versiegt, da Lisa das Feuer stets schürte.

Liz würde jedoch nicht zulassen, dass dieser Schwachsinn sie den Job kosten würde. Sie schob ihren Stuhl zurück. Das kratzende Geräusch hallte in dem beinahe leeren Raum wider. »Nun gut. Wenn du konkrete Informationen hast, lass es mich wissen. Ich muss wieder an die Arbeit, da diese sich nicht von selbst erledigt.«

Lisa verdrehte die Augen, sagte aber nichts. Noch so ein Augenverdrehen und Liz hätte der anderen Frau eine Ohrfeige verpasst, daher wandte sie sich ab und spazierte hinaus. Sie war keine gewalttätige Person. Jedes Mal wenn sie auch nur annähernd an so etwas dachte, wurde sie ihrer Mutter ähnlicher. Und sie sollte verflucht sein, wenn sie das zuließe. Und deshalb hatte sie auch so entsetzt reagiert, als sie Owen geschlagen hatte. Das war nicht Liz, gleichgültig, welche Gemeinheiten ihre Mutter ihr auch in den Kopf gepflanzt haben mochte. Wenn sie sich doch nur immer daran erinnern könnte.

Eine weitere Stunde ihrer Schicht verging und die Spannung, die in ihren Schläfen pulsierte, hatte immer noch nicht nachgelassen. Sie hatte noch eine weitere Stunde vor sich, bevor sie nach Hause fahren konnte, aber ihre Füße waren ziemlich erledigt. Seufzend blickte sie auf ihre orthopädischen Schuhe. Es sah so aus, als benötigte sie ein neues Paar, das sie einlaufen musste, denn wenn ihre Füße bereits jetzt so sehr schmerzten, hatten die alten Schuhe ihren Dienst getan.

Sie konzentrierte sich auf ihre Patienten – die einzigen Menschen, die heute wichtig waren – und ignorierte das Geflüster um sie herum. Offensichtlich gab Lisa ihr Bestes, um die Kampagne *Sorgen wir dafür, dass Liz gefeuert wird* anzuheizen.

Liz hatte nichts falsch gemacht und daran musste sie sich stets erinnern. Lisa fürchtete lediglich um ihren Job und wollte auf unreife und dreckige Art dafür sorgen, ihn zu behalten. Es war nicht Liz' Fehler, dass Lisa so unsicher war und Gerüchte über Liz und ihre Patienten verbreitete. Aber dennoch, die Tatsache, dass Kolleginnen, die sie für Freundinnen gehalten hatte, über sie redeten, brachte sie um.

»Ja, ich weiß nicht, mit welchem Patienten sie zusammen ist, aber vielleicht sogar mit beiden, weißt du?«, sagte eine andere Krankenschwester namens Freddie. »Wie ich gehört habe, ist sie nicht sehr wählerisch, wenn es darum geht, sich nach der Arbeit zu vergnügen. Ich meine, wenn sie so viel Zeit hat, es mit den Patienten zu treiben, die sie behandelt, sollte sie vielleicht nicht hier sein.«

»Ja, wir sind ein gutes Krankenhaus. Wir können uns diese Art von schlechtem Ruf nicht leisten.«

Liz, die sich auf dem Weg zu ihrem nächsten Patienten befand, blieb wie angewurzelt stehen; ihr Blut kochte und ihr drehte sich der Magen um. Gütiger Gott. Dachten die Leute so über sie? Dass sie irgendeine Schlampe war, die von Bett zu Bett hüpfte und sich nicht um ihre Arbeit kümmerte?

Nun, wenn sie in ihrer Freizeit innerhalb von zwanzig Tagen mit zwanzig verschiedenen Männern schlafen wollte, so konnte sie das tun, wenn sie gewollt hätte. Sie war eine alleinstehende Frau, die sich nicht dafür schämen musste, mit wem sie schlief. Owen und Murphy waren nicht mehr ihre Patienten und sie hatte sich selbst bereits versprochen, sie nicht mehr zu behandeln, falls das Schicksal sie aus irgendeinem Grund noch einmal in die Notaufnahme schicken würde. Diese Leute waren einfach so dumme Idioten, dass sie hätte schreien mögen.

Und es gab nichts, was sie dagegen hätte tun können.

Sie schloss die Augen und holte tief Luft. Es gab doch etwas, das sie dagegen tun konnte. Sie war hier nicht auf der Highschool und sie war nicht mehr der einsame Teenager, der zu ängstlich und zu schüchtern war, um den Mund aufzumachen.

Sie zog den Vorhang beiseite, hinter dem die beiden Krankenschwestern aufräumten, und zog eine Braue in die Höhe. »Vielleicht solltet ihr euch vergewissern, dass die Person, über die ihr klatscht, nicht direkt hinter euch steht.«

Lydia, die jüngere Schwester, besaß den Anstand zu erröten. Freddie, eine von Lisas Freundinnen, verdrehte nur die Augen. Ehrlich, hatten diese Frauen keine Selbstachtung oder irgendeine andere Möglichkeit zu reagieren?

»Erstens befinden wir uns auf der Arbeit. Konzentriert euch auf eure Patienten und nicht auf die Gerüchte, was auch immer über mich geredet werden mag. Zweitens, wenn ich mich mit jemandem außerhalb des Krankenhauses verabreden möchte, hat das keinen Einfluss auf meine Leistungen. Drittens, und wenn ich mit einer gesamten Footballmannschaft schlafen wollte, vorausgesetzt es handelt sich um Singles, so ginge euch das nichts an. Also vielleicht hört ihr jetzt mal auf, nach Wegen zu suchen, eine andere Frau zu mobben, und macht euch an die Arbeit. Denn wenn ihr so viel Zeit damit verschwendet, euch darum zu sorgen, mit wem ich vielleicht schlafe, ignoriert ihr die Menschen, die eure Hilfe brauchen.«

Mit einem Schnaufen stürmte Liz davon zu ihrem nächsten Patienten. Sie war sich bewusst, dass das Personal sie anstarrte. Glücklicherweise war es in der

Notaufnahme heute nicht allzu voll und sie hatte sich in einem Bereich aufgehalten, in dem sie noch keine neuen Patienten erwartet hatten. Sie hatte so leise gesprochen, dass niemand sie hatte hören können, außer dem Hausmeister und ein paar neuen Mitarbeitern.

Zur Hölle, sie hatte sich zur Närrin gemacht, aber es kümmerte sie längst nicht mehr. Sie musste einfach nur für die Gesundheit der Patienten sorgen, Blutungen stoppen, ihre Körper intakt halten und hinter sich lassen, was auch immer sie gerade angerichtet haben mochte.

Sie war einfach alles so leid.

Eine Stunde später, nachdem sie ihre Patienten versorgt, sich vergewissert hatte, dass ihre Ablösung wusste, was zu tun war, und sich ihre Sachen geschnappt hatte, hätte sie also nicht überrascht sein dürfen, dass ihr Arbeitstag nicht so endete, wie sie es gern gehabt hätte.

Owen stand neben der Eingangstür an die Wand gelehnt und hielt zwei Pappbecher mit Kaffee in der Hand. Er trug eine sexy Lederjacke über seiner üblichen Freizeithose und einem netten T-Shirt und sie hätte ihn am liebsten verspeist.

Aber sie befanden sich auf ihrer Arbeitsstelle.

Derselbe Ort, der ihr das Gefühl gab, ein Nichts zu sein.

Der Ort, der ihr das Gefühl gab, dass alles falsch war, was sie tat – einschließlich dessen, dass sie Owen und Murphy kannte.

Und als sie Owen das letzte Mal gesehen hatte, war

sie vor ihm zusammengebrochen, nachdem sie alles vor ihm auf dem Tisch ausgebreitet hatte.

Dies war so überhaupt nicht ihr Tag.

»Tessa sagte, deine Schicht sei beendet«, erklärte er, als er ihr den Becher reichte, auf dem ein L geschrieben stand.

Sie wollte auf keinen Fall lächeln und sich dem warmen Gefühl hingeben, das sie angesichts seiner netten Geste plötzlich erfüllte.

Liz ignorierte die Blicke der anderen Krankenschwestern und Pfleger im Raum. »Ach ja? Sie hat heute Spätschicht, also muss sie sich auf dem Weg hierher befinden.«

Owen nickte. »Sie hat an meine Tür geklopft, als ich gerade von der Arbeit nach Hause gekommen war, da ihre Autobatterie offensichtlich den Geist aufgegeben hatte.«

»Mann. Ich habe ihr immer wieder gesagt, sie müsse das alte Ding austauschen lassen.«

»Und das hätte sie wahrscheinlich auch getan, wenn sie nicht gerade ein Haus gekauft hätte«, erwiderte er. »Was sie mir in allen Einzelheiten erklärt hat, nachdem sie ihren Wagen mit allen möglichen Schimpfwörtern belegt hatte, die man sich in der Öffentlichkeit verkneifen sollte. Ich habe ihr angeboten, sie hier abzusetzen. Sie sagte, sie hätte einen Schlüssel für deinen Wagen, also könnte sie nach ihrer Schicht deinen nehmen, während ich dich jetzt mitnehmen könnte.«

Liz zog eine Braue in die Höhe. Wie schön, dass alle

ihr Leben für sie organisierten. Nancy, Lisa, Tessa und nun auch noch Owen.

»Sie hat dir all dies als SMS geschickt, aber sie wusste, dass du während der Schicht nur Nachrichten annimmst, die die Arbeit betreffen.«

»Ich hätte den Bus nehmen können«, erwiderte sie.

»Aber das musst du nicht. Also sag *Danke, Owen* und komm mit mir.« Er beugte sich vor, sodass nur sie ihn hören konnte. Gott allein wusste, was die anderen jetzt dachten, aber das war ihr inzwischen vollkommen gleichgültig. Sie hatte ihren Teil gesagt. »Ich weiß, ich bin der letzte Mensch, den du jetzt sehen willst, aber ich habe dir gesagt, du würdest mich nicht so leicht los. Also komm schon, Liz. Lass dich von mir nach Hause bringen.«

Sie stieß die Luft aus. »Okay.« Er warf ihr einen bedeutungsvollen Blick zu. »Danke, dass du mich mitnimmst.«

Owen lächelte breit und sie war sich ziemlich sicher, dass Lisa und Freddie hinter ihr leise nach Luft schnappten. Ja, Owen war sexy in der Lederjacke. Und ein lächelnder Owen in einer Lederjacke war etwas ganz Besonderes.

Und offensichtlich hatte er sie in Besitz genommen.

Und nun musste Liz herausfinden, wie sie damit umgehen würde.

———

Owen fühlte sich erschöpft und gleichzeitig beschwingt. Nun, da er allein war in dem kleinen Hotelzimmer, mit dem leise gestellten Fernseher, der die Nachrichten sendete, konnte er die Krawatte losbinden und versuchen, sich ein wenig zu entspannen, bevor es spannend wurde. Er hatte den ganzen Tag mit der Roland Group Besprechungen gehabt und war die abschließenden Details des anstehenden Projektes durchgegangen. Er hatte ein großartiges Gefühl bei der Sache. Sie schienen wahrhaft begeistert über die Vorschläge, die Owen ihnen unterbreitet hatte. Der abschließende Plan lag noch nicht vor, da er hierfür Graham und Murphy brauchte, doch was er hatte, reichte, um zu wissen, dass niemand einen Rückzieher machen konnte, außer es ginge um unsinnige Loyalitäten. Zwar konnte er heute Nacht nicht in seinem eigenen Bett schlafen und vermisste Liz heftig, aber sobald er nach Hause zurückgekehrt wäre, würde er feiern.

Nun, sobald Clive Roland den Vertrag unterzeichnet hätte.

Gallagher Brothers Restoration arbeitete übers Jahr an verschiedenen Projekten. Manchmal handelte es ich um Privathäuser, manchmal um größere Immobilien oder Firmengebäude, wobei sie sich bemühten, die historischen Aspekte eines Gebäudes zu erhalten und zu respektieren, während sie gleichzeitig zugunsten von Sicherheit und Bequemlichkeit aufrüsteten und modernisierten. Das Gleichgewicht zwischen beidem zu halten war eine delikate Angelegenheit, aber darin waren sie ausgezeichnet. Alle vier Gallaghers trugen ihren Teil dazu bei und hatten sich langsam, aber sicher einen hervorragenden Ruf sowohl für gute, solide Arbeit als auch für Einhaltung der Fristen errungen.

Genau das war ihr Ziel in der ersten und zweiten Phase ihres Firmenplans gewesen. Okay, es mochte zwar Owens Plan sein, aber die anderen waren mit an Bord gewesen, da er ihnen farbige Tafeln und Grafiken erstellt hatte. Owen war derjenige, der plante und Dinge ans Laufen brachte, Murphy sorgte dafür, dass am Ende alles funktionierte und mit ihren Zielen im Einklang blieb, und Graham kümmerte sich darum, dass alles ausgeführt wurde. Und am Ende kam Jake ins Spiel, der sicherstellte, dass die anderen drei wussten, was sie taten und sich koordinierten.

Bei jedem Schritt arbeiteten sie als Team, was sich daher hier für Owen, der nun allein auf sich gestellt war, etwas anders gestaltete. Aber die anderen waren so mit ihren anderen Projekten beschäftigt, dass sie Owen gedrängt hatten, die anfänglichen Geschäftsvorschläge zu übernehmen und die Verträge unterzeichnen zu lassen. Später kämen sie ins Spiel, um sowohl die Modelle anzufertigen als auch die schweren Arbeiten zu übernehmen, sobald erst einmal alles unterschrieben war. Natürlich hatte er den anderen die Pläne gezeigt und sie hatten allem zugestimmt, aber diesmal lastete alles wahrhaftig auf Owens Schultern. Normalerweise arbeiteten sie nicht so, aber Owen hatte es wirklich nichts ausgemacht. Ihm gefiel es, die Verantwortung zu tragen und zu wissen, dass er etwas produzierte, mit dem man arbeiten konnte. Jeder von ihnen konnte den Job des anderen übernehmen, falls dies nötig war, und trotzdem hatte jeder seine Spezialität.

Es war schön, von Anfang an bei diesem Projekt die Hände im Spiel gehabt zu haben und zu wissen, dass er Teil von etwas sein würde, das auf seiner Idee beruhte, und dass seine Brüder tatsächlich mit allem einverstanden waren. Es war nicht immer leicht, in einem Familienbetrieb zu arbeiten – besonders nicht, wenn es sich um seine Familie handelte, da sie alle laut waren und Bärte trugen und dazu neigten, zuerst zuzuschlagen und dann zu fragen –, aber sie erledigten ihre Arbeit gut.

Und nach den Besprechungen des heutigen Tages würde Owen noch mehr Arbeit erledigt haben.

Dieses Projekt war etwas ganz Spezielles, allein wegen des Grundstücks, auf dem es lag. Es handelte sich nicht nur um ein Haus oder eine Immobilie, sondern um eine ganze Innenstadt, die restauriert werden musste. Eine ganze Hauptstraße in einem kleinen, schmucken Bergdorf außerhalb von Denver, das auf dem konkurrenzstarken Markt mehr Touristen anziehen wollte. Owens Plan war, zu nutzen, was vorhanden war, und den historischen Wert des Ortes zu erhöhen und ihn gleichzeitig klarer zu gestalten. Er wusste, manch einer würde ganz von vorn beginnen und es aussehen lassen, als wäre der Ort eine neu restaurierte, historische Sehenswürdigkeit. Was bedeutete, alles platt zu walzen und neu zu bauen und es dabei aussehen zu lassen, als wäre es schon immer dort gewesen. Das war der schnellere Weg, der Owen aber nicht gefiel. Er wollte den Gebäuden im Kern treu bleiben und der reichen Geschichte der Gegend gerecht werden.

Die Roland Group schien mit ihm einverstanden zu sein und jetzt musste er nur noch auf Clives Anruf warten, der ihm mitteilen würde, welche Richtung die Gruppe einschlagen würde.

Sicher, das bedeutete, dass Owen sich allein in einem Hotelzimmer befand, weit weg von seiner Familie und der Frau, mit der er Zeit verbringen wollte. Er hätte Liz als seine feste Freundin bezeichnet, doch diese Worte hätten sie geängstigt, daher wollte er ein wenig vorsichtiger sein. Zumindest hatte sie ihn in letzter Zeit nicht abgewiesen. Tatsächlich hatten sie sich beinahe wie ein eingespieltes, echtes Paar verhalten, waren miteinander ausgegangen und hatten Zeit zusammen verbracht, ohne zu verheimlichen, was sie aneinander hatten und was sie einander im Schlafzimmer bedeuteten.

Vielleicht sollte er sie einfach seine feste Freundin nennen, nur um zu sehen, wie sie reagierte.

Und vielleicht sollte er aufhören, so zu denken, als ginge er noch zur Highschool, und sich selbst überwinden.

Sein Telefon auf dem Nachttisch klingelte und er rutschte an die Bettkante, um es zur Hand zu nehmen, nur um dann enttäuscht festzustellen, dass es Murphy war.

»Was ist los?«, meldete er sich.

»Ich arbeite so spät noch an dem Jefferson Projekt und wurde ein wenig übermütig. Ich dachte, ich rufe dich an und höre, wie es bei dir gelaufen ist.«

Owen setzte sich ein weinig aufrechter hin, um zu versuchen, es sich bequemer zu machen. Hotelbetten waren seiner Meinung nach niemals so gut wie das eigene. Dazu kam, dass er sich stets bemühte, nicht daran zu denken, welche Bakterien auf dem verdammten Ding lebten.

Er unterdrückte ein Schaudern, bevor er sprach. »Wie sehen die Pläne aus? Ich weiß, du wolltest diesen Anbau hinter dem Haus gestalten, aber das Paar wusste nicht, wie groß sie ihn haben wollten.«

Murphy murmelte etwas, das Owen nicht verstand. Er lächelte. Murphy mochte aussehen wie der Gallagher mit dem Babygesicht, dabei fluchte er mehr als irgendein anderer von ihnen. »Diese verdammten Leute ändern ständig ihre Meinung und deshalb arbeite ich auch so spät noch. Am Ende habe ich mir gedacht, ich zeichne fünf verschiedene Entwürfe und werde dann sehen, welcher ihnen gefällt.«

»Und wenn sie sich für keinen davon entscheiden?«

»Sie werden sich für einen entscheiden, verdammt noch mal. Auch wenn du dann Farbtafeln hinzufügen musst, die erklären, wie genial meine Arbeit ist.«

Owen schnaufte. »Ich kann Farbtafeln für alles anfertigen, was du willst. Du musst mich nur bitten.«

Murphy seufzte. »Vielleicht werde ich darauf zurückkommen. Dieses Paar verbringt mehr Zeit damit, miteinander zu diskutieren, als mit mir, und ich weiß nicht, was dabei herauskommen wird.«

Owen fuhr sich mit der Hand durchs Haar und bemerkte, dass er bald einen Haarschnitt brauchte. »Sie streiten miteinander, aber dann sehen sie einander an und du weißt, sie knurren einander nur an, um sich später im Bett zu versöhnen. Graham und Blake machen es genauso.«

»Und Maya, Jake und Border«, fügte Murphy lachend hinzu. »Ja, und du und Liz, ihr auch.«

Owen konnte nicht umhin zu lächeln. »Die Versöhnung ist es wert.« Normalerweise, aber darauf wollte er nicht näher eingehen. Liz und er arbeiteten bedächtig an dem, was sie hatten, und er würde warten, bis sie ihre Beziehung auf die nächste Ebene bringen konnten.

»Was immer du sagst, Mann. Aber du hast mir meine Frage noch nicht beantwortet. Wie laufen die Verhandlungen?«

»Gut bis jetzt. Es hat ihnen wirklich gefallen, was ich ihnen bezüglich unserer Entwürfe zu sagen hatte. Da es sich um ein Gremium und nicht um nur eine Person handelt, müssen sie eine Entscheidung innerhalb der Gruppe fällen, daher dauert es ein wenig.« Länger, als er gehofft hatte, aber immerhin arbeiteten sie zum ersten Mal mit solch einem großen Investor außerhalb der Stadt.

»Das hört sich plausibel an. Hey, Owen? Ich weiß nicht, ob ich es bereits erwähnt habe, aber Graham und ich wissen es wirklich zu schätzen, dass du all das übernommen hast. Ich weiß, diesen Teil bewältigen wir drei normalerweise zusammen, aber die letzten Monate waren ziemlich verrückt. Wir werden dich nicht noch einmal in diese Position zwingen, denn ich weiß, du arbeitest doppelt so viel wie gewöhnlich, und das ist nicht gerade fair.«

Owen runzelte die Stirn. »Wir sind eine Einheit, Murphy. Wenn jemand eine Sache in die Hand nehmen muss, tut er es. Und du weißt, dass es mir nichts ausmacht, etwas zu organisieren.«

Sein kleiner Bruder lachte. »Das weiß ich. Ich schwöre, du hast meine Stofftiere der Größe nach geordnet, bevor ich laufen konnte.«

»Nun, natürlich. Sie mussten fein säuberlich aufgereiht sein, damit du mehr Zeit hattest, mit ihnen zu spielen.«

»Du bist ein Idiot, aber wir lieben dich. Okay. Ich muss mich wieder an dieses furchtbare Projekt machen. Schick uns eine SMS, sobald es Neuigkeiten gibt.«

»Das werde ich.«

Sie beendeten das Gespräch und Owen lehnte den Kopf gegen das Kopfende. Er wäre gern zu Bett gegangen, aber es blieben noch ein paar Stunden, in denen Clive anrufen konnte. Er stieß den Atem aus und starrte auf sein Handy. Vielleicht sollte er Liz anrufen, um zu fragen, was sie von Telefonsex hielt, bevor er sich schlafen legte. Das war etwas, das sie bis jetzt noch nicht ausprobiert hatten.

Doch als er gerade die Hand nach dem Handy

ausstrecken wollte, leuchtete der Bildschirm auf und Clive Rolands Name erschien. Mit rasendem Herzen nahm er den Anruf entgegen und bemühte sich, seine Stimme lässig klingen zu lassen.

»Hey, Clive. Schön, dass Sie sich melden.«

»Owen. Gut, gut. Nun, es tut mir leid, dass ich Ihnen dies am Telefon sagen muss, da das normalerweise nicht meine Art ist, aber Sie sind noch jung und werden es verstehen. Der Vorstand hat sich entschlossen, eine andere Richtung einzuschlagen, die kostengünstiger für uns ist. Die andere Firma kennen wir besser und da sie Verbindungen zu unserem Vorstand hat, haben wir das Gefühl, dass dies die bessere Lösung ist. Danke, dass Sie uns Ihre Entwürfe vorgestellt haben, aber wie Sie wissen, mein Junge, Geschäft ist Geschäft und Sie können nicht immer gewinnen.«

Clive beendete das Gespräch, bevor Owen ein einziges Wort sagen konnte.

Geschah dies wirklich? Hatte Owen tatsächlich den Auftrag verloren, der die Gallaghers durch das nächste Jahr gebracht hätte? Verfluchter Mist. Er hatte verloren. Er hatte, verdammt noch mal, verloren. Gegen eine Firma, die niedrigere Standards hatte, billigere Produkte, aber Verbindungen zum Vorstand.

Seine Handflächen begannen zu schwitzen und er versuchte, zu Atem zu kommen, doch es gelang ihm nicht. Schweiß rann ihm den Rücken hinunter. Er zwang sich, sich zu bewegen, seine Füße vom Bett zu nehmen und presste sie auf den Boden, als versuchte er, sich zu erden.

Er hatte versagt.

Wie konnte er seinen Brüdern erklären, dass all seine harte Arbeit, die er allein und ohne sie in das Projekt gesteckt hatte, umsonst gewesen war? Sie mussten andere Projekte auftreiben, um die zeitliche Lücke zu füllen, die sie für diesen großen Auftrag frei gehalten hatten, und er war sich nicht sicher, ob ihnen das gelänge. Sie hatten das Risiko einkalkuliert und alle waren einverstanden gewesen.

Und er hatte versagt.

Wieder klingelte sein Telefon und er schlucke heftig, bevor er auf den Bildschirm blickte. Mit zitternden Händen nahm er das Gespräch entgegen. »Liz.«

»Was ist los?«, fragte sie mit leiser Stimme. »Ich rufe an, um mich zu erkundigen, wie es dir nach diesem langen Arbeitstag geht, aber du klingst, als wäre dir eine Laus über die Leber gelaufen. Rede mit mir, Baby.«

Sie nannte ihn niemals Baby. Wie schlecht musste er sich anhören?

»Ich habe den Auftrag verloren.« Nicht wir. Nicht die Firma. Nein, er allein. Und irgendwie musste er einen Weg finden, es wiedergutzumachen, aber er wusste nicht wie.

»Was zum Teufel denkt sich dieser Kunde dabei? Es tut mir so leid, Owen.« Er hatte ihr von dem Projekt erzählt, Namen oder zu viele Einzelheiten jedoch ausgelassen, denn über diese musste er schweigen wie ein Grab. Nun schien das nicht mehr wichtig.

»Mir tut es auch leid.«

»Verflucht. Willst du jetzt nach Hause fahren? Oder möchtest du, dass ich zu dir komme?«

Er schüttelte den Kopf, obwohl sie ihn nicht sehen konnte. »Die Fahrt dauert mindestens zwei Stunden und es ist dunkel. Ich werde morgen zurückkehren.« Ihr Angebot wärmte ihn ein wenig, obwohl er nicht wusste, ob er nach diesem Erlebnis jemals wieder auftauen würde.

»Diese Arschlöcher. Okay, zieh dir etwas Bequemes an und leg dich ins Bett. Vielleicht wird ein bisschen Telefonsex den Abend verbessern.«

Owen lachte bellend auf und umklammerte sein Handy fester. »Danke, Liz. Ich ... einfach danke.«

»Ich tue alles für dich, Owen. Das weißt du. Alles.«

Und er wusste es, obwohl ihre Beziehung noch auf wackeligen Beinen stand. Zur Hölle, im Augenblick war alles in seinem Leben unsicher. Aber der Klang ihrer Stimme, ihres Lachens ... half.

Er wusste lediglich nicht, ob das genügte.

Ob irgendetwas genügte.

Kapitel Zehn

Wieder einmal schmerzten Liz' Füsse und sie wollte nur noch in ihre alte Badewanne steigen und den langen Tag vergessen. Doch das konnte sie nicht, da sie mit Owen etwas geplant hatte, und außerdem war sie sich ziemlich sicher, dass ihre Badewanne ein kleines Loch hatte. Noch ein Punkt mehr auf ihrer Haushaltsliste, die kein Ende zu nehmen schien, und sie hatte das Gefühl, schon bald die Gallaghers um Hilfe bitten zu müssen.

Sie hasste es, um Hilfe zu bitten.

Liz schnaufte, als sie die Schnürsenkel ihrer Arbeitsschuhe löste. Ja, die Tatsache, dass sie äußerst ungern um Unterstützung bat, war keineswegs überraschend. Sie hätte lieber jeden Tag wie eine Ameise geschuftet, als jemandem zu zeigen, dass sie etwas nicht allein schaffen konnte. Und deshalb war sie wahrscheinlich auch im

Augenblick so erschöpft, hasste ihren Job und sehnte sich nach einem Schaumbad, das ihr nicht vergönnt war.

Vielleicht half es ihr, heute Abend mit Owen etwas zu trinken.

Oder Sex. Ja, Sex wäre ausgesprochen hilfreich.

Wie es dazu gekommen war, dass sie ihn brauchte, anstatt ihn zu meiden, wusste sie nicht und sie wollte auch nicht darüber nachdenken. Wenn sie bei ihren Grübeleien blieb, würde sie am Ende wieder alles vermasseln. Er war nicht geflüchtet, als sie ihre Vergangenheit vor ihm ausgebreitet hatte, stattdessen hatte er sie nur stärker gedrängt loszulassen. Wenn sie also vorsichtig vorgingen, es langsam angehen ließen, hatten sie vielleicht eine Chance.

Gerade hatte sie ein Bein aus der Hose gezogen, als sie erstarrte. Ihr Blick war auf ihr Bild im Spiegel gefallen.

Eine Chance? Sie war bereits an dem Punkt angelangt, über eine Chance mit Owen nachzudenken? Eine Chance auf eine Zukunft? Jemandem vertrauen und glauben, dass sie nicht alles vermasseln würden und sie am Ende blutend und gebrochen am Boden lag?

Wie war das geschehen?

Und noch wichtiger, wollte sie das?

Liz betrachtete blinzelnd ihr Spiegelbild, dann stieß sie den Atem aus. Es war doch nur ein weiteres Treffen, ein Tag mehr mit einem Mann, der sie maßlos verwirrte. Dies war kein Versprechen von irgendetwas. Sie musste jeden Tag so nehmen, wie er kam, und durfte sich nicht so stressen. Bei all ihrer Arbeit im Krankenhaus, mit dem

Haus und Owen könnte sie am Ende noch ein Magengeschwür bekommen.

Okay. Es wurde Zeit, sich zusammenzureißen und den Verstand einzuschalten. Sie hatte heute Abend ein Rendezvous mit einem sehr sexy Mann und falls alles gut ginge, hätte sie auch ein paar Orgasmen. Owen war sowohl im Bett als auch außerhalb gut mit seinen Händen. Sie errötete. Okay, gut, sie konnte sich glücklich schätzen. Daran musste sie sich lediglich erinnern. Und solange sie nicht daran dachte, dass sie alles vermasseln könnte, ginge alles gut.

Schnell hüpfte sie in die Dusche und wusch sich den Tag und den Stress ihres Jobs vom Körper. Sie wusste, sie hatte nicht viel Zeit, um sich zurechtzumachen, bevor Owen käme. Glücklicherweise hatte sie ihr Haar in der Woche zuvor um einige Zentimeter kürzen lassen, sodass es nicht wie früher Stunden dauerte, es trocken zu föhnen. Dreißig Minuten später hatte sie ihr Haar so gut es eben ging frisiert, ein wenig Make-up aufgelegt und sich das Wickelkleid angezogen, zu dessen Kauf Tessa sie vor einem Jahr genötigt hatte und das sie mangels einer Gelegenheit bis jetzt noch nicht getragen hatte.

Sie streifte sich eine gemusterte Strumpfhose über und wollte gerade in die kniehohen Stiefel steigen, als es an der Haustür klingelte. Da Tessa bereits das Haus verlassen hatte, um sich mit einem Mann zu treffen – den sie über ein Online-Dating-Portal kennengelernt hatte und heute zum zweiten Mal sah –, stolperte sie zur Tür, die Stiefel in der Hand.

Owen stand auf ihrer kleinen Veranda. Die dunkelgraue Hose wirkte umwerfend sexy über seinen dicken, muskulösen Beinen. Er trug ein langärmeliges Hemd, ein paar Schattierungen heller als die Hose, und hatte auf Krawatte und Mantel verzichtet. Stattdessen hatte er sich für die Lederjacke entschieden, die ihr so gut gefiel und die in ihr den Wunsch aufkeimen ließ, ihn gleich hier auf der Veranda trocken zu reiten.

An dem Ausdruck in seinen Augen sah sie, dass er die gleiche Idee haben musste.

»Ich bin fast fertig.«

Owen ließ den Blick über ihren Körper wandern und leckte sich die Lippen. »Wir können genauso gut hierbleiben, weißt du. Zuerst werde ich dir in diese Stiefel helfen und dann ziehe ich dir die Strumpfhose hinunter, sodass ich dich von hinten ficken kann. Natürlich müsste ich auch über deinen hübschen Hintern lecken, denn verdammt, Süße, dieses Kleid betont deine Kurven und jeder weiß, sie sind wie geschaffen für meine Hände.«

Sie verdrehte die Augen, obwohl angesichts dieser Worte Hitze in ihrem Körper aufwallte. »Es ist ein Wickelkleid und soll meine Kurven sexy aussehen lassen. Zumindest aut Tessa.«

Owen trat ins Haus, sodass er die Tür hinter sich schließen konnte. Dann streckte er die Hand aus und fuhr mit dem Finger über die Seite einer ihrer Brüste. »Tessa hat recht. Und ein Wickelkleid? Heißt das, ich darf dich später auswickeln?«

Liz beugte sich vor und küsste sein stoppeliges Kinn. »Das ist der Plan. Aber im Ernst, ich habe Hunger und du hast mir versprochen, dass wir ausgehen. Du kannst so viel Sex haben, wie du willst, wenn wir zurückgekehrt sind, aber ich habe aufgrund eines Notfalls das Mittagessen ausgelassen und sterbe vor Hunger.«

Owen runzelte die Stirn. Dann ging er zur Garderobe neben der Tür und holte ihren Mantel. »Dann lass uns gehen, damit du etwas zu essen bekommst, Lizzie. Aber du weißt doch, du solltest keine Mahlzeiten auslassen. Du bist doch Krankenschwester.«

Nachdem Liz die Reißverschlüsse ihrer Stiefel hochgezogen hatte, wandte sie Owen den Rücken zu, um sich von ihm in ihre Jacke helfen zu lassen. »Ja, nun, Krankenschwestern und Ärzte haben schreckliche Essgewohnheiten. Wir essen, was gerade verfügbar ist, und bringen uns mit Kaffee durch den Tag. Obwohl ich gern behaupten würde, zu Mittag Salat zu essen und Wasser zu trinken, kann ich das leider nicht.« Sie drehte sich herum und Owen drückte ihr einen kleinen Kuss auf die Lippen. Ihr verräterisches Herz begann, heftiger zu schlagen, und sie bemühte sich, sich nicht an ihn zu schmiegen und mehr zu verlangen.

»Dann werden wir dich jetzt füttern. Und tränken. Dann werde ich mich um die Verspannungen in deinem Rücken kümmern und dich bis zur Erschöpfung ficken.«

Sie grinste ihn an, als er die Tür für sie öffnete. »Das hört sich doch nach einem guten Plan an, Gallagher.

Essen und Sex. Was könnte sich ein Mädchen mehr erbitten?«

Owen warf ihr einen merkwürdigen Blick zu, den sie nicht deuten konnte, bevor sein Gesicht wieder einen normalen Ausdruck annahm. Sie hatte etwas gesagt, dass ihn entweder irritiert oder zum Nachdenken gebracht hatte. Sie hatte das Gefühl, es hatte etwas mit der Tatsache zu tun, dass sie ihn immer wieder von sich stieß, wenn auch auf subtile Art. Verdammt, sie musste sich bessern, aber es war einfach ein Reflex.

Während der Fahrt zu dem Restaurant, in dem Owen einen Tisch reserviert hatte, entstand keine unbehagliche Atmosphäre und dafür war sie dankbar. Er erkundigte sich nach ihrem Tag und sie erzählte ihm alles, was ihr erlaubt war, ohne in Einzelheiten zu gehen. Sie wollte sich nicht nur an die Schweigepflicht gegenüber den Patienten halten, sondern sie wusste auch, dass Gespräche über die Notaufnahme nicht gerade das beste Thema für ein Abendessen waren.

Das Lokal, das Owen ausgesucht hatte, lag in der Nähe der Innenstadt von Denver, jedoch nicht in dem betriebsamen Teil, wo man nur schwer einen Parkplatz finden konnte. Owens Schwägerinnen arbeiteten nicht weit entfernt in einem Tattoostudio, das Maya zur Hälfte gehörte. Falls Liz irgendwann einmal einen Augenblick Zeit für sich selbst hätte, würde sie dort vorbeischauen und versuchen, sich ein kleines Tattoo stechen zu lassen. Owens Tätowierungen gefielen ihr ausnehmend gut und eigentlich hatte sie schon immer selbst eine haben wollen.

Als sie Owen dies bei den Vorspeisen erzählte, verdunkelten sich seine Augen.

»Was würde dir gefallen?«

Liz lächelte. »Dir gefällt die Idee also?«

Owen langte über ihre Teller hinweg und fuhr mit dem Finger über ihren Handrücken. Sie erzitterte. »Ja. Ich denke, dein Körper ist wie geschaffen für solch ein Kunstwerk.«

Er hatte geflüstert, doch sie errötete bei dem Gedanken, andere Gäste hätten zugehört. Obwohl sie gern schmutzig in allen Einzelheiten daherredete, so zog sie es vor, dies hinter verschlossenen Türen zu tun. Owen jedoch schien dieses Problem nicht zu haben.

»Hm ... Ich dachte an etwas, das mit heilen zu tun hat, wie ein Symbol, eine Farbe oder Blume, das Heilung und Wiedergeburt repräsentiert. Wahrscheinlich auf der Hüfte oder im Lendenwirbelbereich, weil diese Stellen meist unter meiner Hose verborgen sind. Ich werde mich näher damit beschäftigen müssen.«

Owen nickte, dann zog er seine Hand zurück und trank einen Schluck Wein. Sie hatten beide ein Glas Shiraz zum Essen bestellt und würden es dabei belassen, da sie später noch nach Hause fahren mussten.

»Maya oder Blake könnten das für dich tun. Ach, jeder dort bei Montgomery Ink. Jeder Einzelne hat seine eigene Spezialität, aber ich glaube, Callie, eine der anderen Frauen, die dort arbeiten, ist eine Kanone, was

Blumen anbelangt. Sie ist neuer als die anderen, aber gemessen an dem, was ich gesehen habe, weiß sie, was sie tut.«

Liz aß einen Bissen, bevor sie fragte: »Also hast du all deine Tattoos in diesem Studio machen lassen?«

Owen nickte. »Ich war spät dran mit meinen Tätowierungen, weil ich so lange gebraucht habe, bevor ich genau wusste, welche Motive ich haben wollte. Dann hat Jake Maya in einer Kneipe kennengelernt und sie wurden beste Freunde. Als ich erst einmal gesehen hatte, was sie – und ihre Brüder und alle anderen – vollbrachten, wusste ich, wer mir die Tattoos machen sollte.« Er schnaufte. »Danach konnte ich kein anderes Studio mehr aufsuchen, denn Maya hätte mir in den Hintern getreten.«

Liz lächelte breit. »Deshalb liebe ich Maya und Blake. Sie lassen sich von niemandem etwas gefallen.«

Owen zog eine Braue in die Höhe. Das Piercing, das er dort trug, war so klein, dass die meisten Leute es übersahen, und trotzdem war es da, um zu signalisieren, dass er nicht immer der Mann im Anzug war. »Du lässt dir doch auch nichts gefallen, Liz.«

Sie zuckte mit den Schultern und lehnte sich etwas zur Seite, als der Kellner die Vorspeisenteller einsammelte und den ersten Gang servierte.

»Habe ich etwas Falsches gesagt?«, fragte Owen.

Sie blickte zu ihm auf und schüttelte den Kopf. »Nein. Ich glaube einfach nur nicht, dass ich mich mit den beiden vergleichen kann. Sie sind so stark.«

»Und du ebenfalls. Ich weiß, du siehst dich nicht mit

diesen Augen, aber ich kann dir versichern, dass die beiden sich auch nicht so sehen. Zur Hölle, ich bin mir ziemlich sicher, dass wir alle einmal einen Tag haben, an dem wir das Gefühl haben, nicht klarzukommen. Aber wie wir diese Zeit überstehen und weiter durchhalten, darin liegt die Stärke.«

Sie legte den Kopf zur Seite und musterte sein Gesicht. »Du bist viel weiser, als du zugibst, Gallagher.«

Er grinste. »Ach ja? Ich komme mir nicht immer so weise vor.« Sein Grinsen brach zusammen und sie hätte am liebsten die Arme ausgebreitet und ihn festgehalten. Doch der Tisch hielt sie davon ab. Doch nur beinahe.

»Es ist jetzt eine Woche seit deiner Rückkehr vergangen«, begann sie vorsichtig. »Ist mit dir und deinen Brüdern alles in Ordnung?«

Owen senkte den Blick und spielte mit seinem Essen. Das sah ihm so unähnlich, dass sie wusste, er war wirklich besorgt. »Ich nehme es an. Ich meine, sie versichern mir dauernd, dass sie mir nichts vorwerfen, aber ich weiß nicht. Es ist nicht ungewöhnlich, dass Aufträge wegbrechen, aber dieser … dieser tut weh.«

Sie ergriff seine freie Hand. »Hör auf deine Brüder, Owen. Sie versichern dir, dass sie dir nicht die Schuld geben, und weißt du was, ich wette, sie meinen es auch so. Ihr arbeitet alle so hart an der Firma, die ihr mit eigenen Händen aufgebaut habt, und ich bin so stolz auf euch. Und jetzt ist euch dieser eine Kunde abgesprungen. Na und? Ihr werdet zwanzig andere bekommen. Ihr habt einen großartigen Ruf und ihr werdet es schaffen. Ich habe eure Arbeit gesehen.«

»Aber der Verlust dieses ganz bestimmten Auftrags tut weh, weißt du?«

»Ich weiß«, flüsterte sie. Dieser eine hatte von ihm ganz allein abgehangen und er nahm es persönlich. Sie konnte ihm seine Gefühle nicht verdenken, da sie Ähnliches auch schon erlebt hatte. Aber trotz alledem schmerzte es sie, ihn so zu sehen. »Wie wäre es, wenn ich dir gestatte, ein paar Arbeiten in meinem Haus zu erledigen? Würdest du dich dann besser fühlen?« Sie wusste nicht, was sie sonst hätte tun können, und ehrlich, sie musste über ihren Schatten springen und bei Arbeiten, die sie nicht selbst ausführen konnte, um Hilfe bitten. Tessa hatte sie deswegen schon bedrängt und die Gallaghers schon vor Wochen fragen wollen.

Vielleicht war es für Liz an der Zeit, auf Tessa zu hören.

Er drückte ihre Hand und seine Augen leuchteten auf. »Du musst Mitleid für mich empfinden, wenn du um Hilfe bittest.«

»Ich sollte dir den Mittelfinger zeigen, aber wir befinden uns in einem netten Restaurant und ich bin hungrig.«

»Du kannst mich später ficken, um deinen Standpunkt klarzumachen«, flüsterte Owen.

Und wieder begann ihr Herz zu rasen und sie atmete schneller.

»Gut.«

Liz kniete in Owens Badezimmer vor diesem und er stieß mit den Hüften gegen ihre; sie bewegten sich keuchend im gleichen Rhythmus. Obwohl sie beide noch bekleidet waren, wusste sie, dass sie allein von der Reibung bereits dem Orgasmus nahe war. Sie hatten ihre Mahlzeit im Restaurant ziemlich schnell beendet und währenddessen über wichtige Themen gesprochen, es jedoch vermieden, Pfade zu betreten, die sie besser nicht bereisen sollten. Dann hatten sie bar bezahlt und waren praktisch aus dem Lokal gesprintet.

Jeder, der sie vielleicht beobachtete, hätte gewusst, was sie so eilig vorhatten, doch es hatte sie nicht gekümmert. Die Fahrt hatte sich schmerzlich lange hingezogen und sie hatte buchstäblich auf ihren Händen sitzen müssen, um nicht hinüberzulangen und Owen die Hose aufzuknöpfen. Auf keinen Fall hätte sie einen Unfall riskiert, nur weil sie ihn unbedingt berühren musste.

Er fuhr in seine Einfahrt, weil es unsinnig gewesen wäre, in ihrer zu parken, da sie schließlich Nachbarn waren. Sie hatten sich aufeinandergestürzt, sich geküsst und aneinander herumgezupft und -gezerrt. Irgendwie hatten sie den Weg in sein Haus gefunden, ohne eine Entscheidung gefällt zu haben, in welchem Bett sie sich austoben wollten, da es ohnehin keine Rolle spielte. Sie hatte nichts im Kopf, außer dass sie ihn begehrte.

Als er sie gegen die Haustür gepresst hatte, war sie zusammengezuckt, da ihr Körper nach dem langen

Arbeitstag empfindlich war. Owen hatte sie kurz angeblickt und verfügt, dass sie beide sich ein Bad gönnen würden, bevor sie wie die Karnickel fickten.

Sie liebte die dreckigen Reden aus seinem Mund.

Und nun glitt gerade ebendieser Mund über den Stoff, der ihren Rücken bedeckte, während Owen sich anschickte, ihr das Kleid auszuziehen. Sie löste sich von ihm und drehte sich herum, sodass sie zwar immer noch vor ihm kniete, ihm aber diesmal ins Gesicht blickte.

»Wir schaffen es noch nicht einmal, uns hinzustellen und uns auszuziehen«, bemerkte sie schwer atmend.

»Ich muss dich unbedingt anfassen«, stöhnte Owen. »Was kann ich sagen? War nicht vorhin die Rede von Auswickeln? Darf ich jetzt spielen?«

Sie lächelte breit; sie liebte es, wie er schmollend den Mund verzog. Gott, sie hätte sich bis über beide Ohren in diesen Mann verlieben können. Und genau darum bemühte sie sich, nicht daran zu denken, denn sonst würde sie aus seinen Armen und aus dieser Beziehung flüchten.

»Zieh einfach an der Schleife an der Seite. Dann an der anderen darunter. Dann wirst du dein Geschenk sehen.«

Owen küsste sie fest, bevor er sich zurücklehnte. »Es ist wie am Weihnachtsmorgen.«

»Oh ja. Nun wickle mich aus, denn du hast mir ein Bad versprochen, in dem ich mich entspannen kann, bevor du mich fickst. Und so wie sich das hier entwickelt, werden wir am Ende das Bad auslassen und meine Füße werden dich dafür hassen.«

»Ich will nicht, dass deine Füße mich hassen.« Dann beugte er sich vor und öffnete die Schleifen. Er ließ den Blick nicht von ihrem Körper, als ihr das Kleid an den Seiten hinabglitt. Sie rollte mit den Schultern und der Rest des Stoffes sammelte sich auf ihren Knien. Owens Augen verdunkelten sich; er ließ den Blick über den schwarzen Spitzen-BH und das passende Höschen wandern, die sie unter dem Strickkleid getragen hatte. »Du trägst Strumpfhalter«, keuchte er und seine Stimme brach. »Und einen Gürtel, der die Strümpfe oben hält.« Er suchte ihren Blick; seine Augen verengten sich zu Schlitzen. »Du sagtest, du trägst eine Strumpfhose, nicht Strümpfe. Wie kannst du mir etwas so Heißes vorenthalten?«

Sie grinste, dann umfasste sie ihre Brüste. »Was?« Sie blinzelte unschuldig. »Ich habe dir gesagt, dass du dein Geschenk auspacken würdest.«

Er knurrte, bevor er seinen Mund auf ihren presste, mit einer Hand in ihrem Haar und der anderen auf ihrem Hintern, wobei er eine Pobacke umfasste und mit den Fingern mit ihrer Spalte spielte. »Heute Abend werde ich diesen Hintern ficken, Liz. Du bist bereit für mich, für meinen Schwanz. Wir werden also einweichen, um unsere Körper locker und heiß zu machen, und dann werde ich deinen Hintern ficken, während du auf dem Höhepunkt meinen Schwanz zusammenpresst. Hört sich das wie ein guter Plan an?«

Liz warf ihm einen unbewegten Blick zu. »Alles andere ist ein Kinderspiel, bis Analsex ins Spiel kommt.«

Owen blinzelte, bevor er den Kopf in den Nacken warf und laut lachte. »Ja, Analsex ändert alles. Also, was sagst du dazu?«

Er drückte eine ihrer Pobacken zusammen und sie begann zu zittern. Sie klammerte sich an ihn, begehrlich, sehnsuchtsvoll, bereit. »Ist das die Strafe dafür, dass ich dir die Strumpfhalter verheimlicht habe?«

Er zog leicht an ihren Haaren, sodass ihr der Kopf in den Nacken fiel und er ihr in die Augen blicken konnte. »Keine Bestrafung, Liz. Ein Versprechen.« Er stieß zitternd der Atem aus. »Und da ich wirklich möchte, dass wir in der Badewanne landen, um uns für später zu waschen, werde ich dir zusehen müssen, wie du die Strümpfe und den BH ausziehst. Ich glaube nicht, dass ich dir dabei helfen kann, oder ich werde dich am Ende über den Wannenrand beugen und mit dir machen, was ich will. Wir nehmen uns Zeit.« Er stieß lange den Atem aus. »Nun, so viel Zeit, wie wir können.«

Sie lachte und schüttelte den Kopf. »Wie ich uns kenne, können wir nicht wirklich langsam sein.« Er zwinkerte ihr zu, als er sich zurücklehnte, um aufzustehen. Als er ihr die Hand reichte, ergriff sie sie und erhob sich auf zittrigen Beinen. Sie trug nur ihre Stiefel und Unterwäsche und wusste, das Bild würde sich für immer in sein Gedächtnis brennen. Und das sollte es auch, denn der Blick, den er ihr nun zuwarf, brannte sich für immer in ihres.

Sie wusste, wenn sie ihn reizte, fiele das Bad aus, das sie sich so verzweifelt wünschte, daher zog sie sich schnell aus und er tat es ihr gleich. Sie konnten ein anderes Mal mit ihrem Outfit spielen, wenn sie beide ihrem Orgasmus nicht so nahe wären, dass sie bereit waren, sich gehen zu lassen.

Owen stieg zuerst in die Badewanne. Diese war groß genug, um mindestens drei Leute aufzunehmen, und Liz wusste, es war eine Sonderanfertigung. Wahrscheinlich war es eine gute Idee, mit jemandem auszugehen, der eine Baufirma besaß. Er hielt ihre Hand, während sie ins Wasser stieg, das so heiß war, dass sie sich beinahe verbrüht hätte. Doch genauso gefiel es ihr.

Sie ließ sich in die Wanne sinken, mit dem Rücken an seiner Brust, und seufzte. Sein Schwanz war hart und presste sich zwischen ihre Pobacken, aber das kümmerte sie nicht. Sie fühlte sich so behaglich wie seit Monaten nicht mehr.

»Dies ist das Paradies.«

Owen küsste sie hinters Ohr. »Warte nur.« Er langte um sie herum und drückte auf einen Knopf. Sie schnappte nach Luft. Er hatte die Düsen angestellt und die Blasen um sie herum kribbelten auf ihrer Haut.

»Oh ja. Ich könnte hier drin leben.«

Er leckte an ihrem Ohr und knabberte am Ohrläppchen. »Wann immer du willst, Baby. Die Wanne gehört dir.«

»Ich glaube, ich begehre dich allein der Wanne wegen.« Sie hatte die Augen geschlossen und obwohl sie ihn nur necken wollte, so spürte sie doch eine Welle der Erregung, als er unter Wasser ihren Venushügel umfasste. »Owen.«

»Allein wegen der Badewanne, was? Das muss ich unbedingt ändern. Ich werde dich waschen, um dich auf unser Spiel nach dem Bad vorzubereiten. Du bleibst einfach so sitzen und entspannst dich, Liz. Du musst nichts tun, außer einfach nur da zu sein.«

Sie hielt die Augen geschlossen. Sie wusste, an dies hier könnte sie sich nur allzu schnell gewöhnen. Owen benutzte weder Schwamm noch Waschlappen, sondern seine Hände. Die Seife mit Pfirsichduft hatte sie ihn noch nie zuvor benutzen sehen und sie wusste, er hatte sie für sie gekauft. Sie hatte den Kopf zurückgelegt und ließ ihn an einer seiner Schultern ruhen, während er mit den Händen ihre Arme, ihre Schultern und ihren Hals liebkoste. Dann wanderte er weiter hinunter, um ihren Bauch und die Hüften zu waschen. Er war so vorsichtig, so liebevoll, dass ihr die Tränen in die Augen traten, und sie ließ es zu. In diesem Augenblick gab es keine Vergangenheit, keine Zukunft und keine Fesseln, nur sie und Owen und das Gefühl seiner Hände auf ihrer Haut.

Langsam fand er seinen Weg zurück zu ihren Brüsten und fuhr mit seinen seifigen Händen über ihre Nippel. Dann umfasste er ihre festen, schweren Brüste, bevor er den Schaum abspülte. Als er seine Hände wieder unter Wasser und zwischen ihre Beine gleiten ließ, stöhnte sie auf und spreizte die Schenkel für ihn, sodass er ihr Geschlecht erreichen konnte.

Seine Finger arbeiteten wie magisch, glitten langsam über ihre Falten und die Haube ihrer Klitoris, bevor er sie wieder an ihrem Körper hinaufwandern ließ, um mehr Seife aufzunehmen. Er erregte sie, bis sie kurz vor dem Höhepunkt stand, dann hielt er inne und küsste die Seite ihres Halses.

»Dreh dich herum für mich, Lizzie. Ich muss an deinen Rücken herankommen.«

Träge öffnete sie die Augen. »Hm?«

Owen lächelte sanft und küsste sie auf die Lippen. »Setz dich mit gespreizten Beinen auf mich, sodass ich an den Rest deines Körpers herankomme.«

Nun, in diesem Fall.

Sie drehte sich vorsichtig in seinen Armen herum, um das Wasser nicht zu sehr in Bewegung zu bringen, und ließ ihre Beine über seine gleiten, bis ihr Unterleib sich fest gegen seinen Schwanz presste. Sie stöhnten beide auf, bewegten jedoch nicht die Hüften, um einander näher zu kommen.

Der richtige Zeitpunkt war noch nicht gekommen.

Aber bald.

Oh so bald.

Diesmal hielt sie die Augen offen; sie ließen einander nicht aus dem Blick, als er mit den Händen über ihren Rücken fuhr, hinauf und hinunter, während der Duft nach Pfirsich schwer in der Luft hing. Als seine Finger zwischen ihre Pobacken glitten, versteifte sie sich nicht. Stattdessen beugte sie sich vor, um ihm besseren Zugang zu gewähren. Langsam drang er mit einem Finger in sie ein, dann mit dem zweiten. Es brannte sehr, aber mit all dem Wasser um sie herum war es nicht so schlimm wie zuvor. Ihre Brüste fühlten sich schwer an und ihr Körper sehnte sich nach Erlösung. Bei diesem Gedanken begann sie, langsam die Hüften vorzuwölben, sodass ihre Klitoris über den langen Grad seines Schaftes rieb.

»Das ist es«, flüsterte er. »Bring dich auf diese Art selbst zum Kommen, während ich dich mit den Fingern in den Hintern ficke, um dafür zu sorgen, dass du bereit für mich bist. Kannst du das tun, Liz? Kannst du kommen, wenn du dich nur an meinem Schwanz reibst?«

Sie beugte sich vor und biss fest in seine Unterlippe, bevor sie sich von ihm löste. »Nur mit dir«, erwiderte sie ehrlich. »Nur mit dir.«

Owens Augen flammten auf, als er noch einen Finger in sie hineinschob und sie aufschrie. Sie bewegte sich immer schneller und rieb sich an ihm. An zwei Stellen erregt zu werden war zu intensiv, zu viel und sie kam sehr schnell, wobei sie ihm die Fingernägel in die Schultern grub.

Langsam zog er seine Finger aus ihr zurück, dann küsste er sie zärtlich. »Du bist so schön, wenn du kommst. So rosig wie eine Göttin. Fertig fürs Bett?«

Ihre Arme fühlten sich schwer an, ganz zu schweigen vom restlichen Körper. »Ich brauche dich in mir.«

»Bald, Lizzie.«

Irgendwie schaffte er es, sie beide aus der Wanne zu bekommen und abzutrocknen, bevor er sie in sein Schlafzimmer trug. Er legte sie auf ein weiches Handtuch auf sein Bett, dann küsste er sie langsam, als könnte er nicht genug von ihr bekommen.

»Ich möchte, dass du mich dabei anblickst«, sagte sie schnell. »Ich will dich sehen.«

Owen lehnte sich zurück und nickte. »Alles, was du willst.« Er drückte je einen Kuss auf ihre Nippel, bevor er sich wieder zurückzog, um sich ein Kondom überzuziehen und Gleitmittel aufzutragen. Sie spielte mit ihren Brüsten, als er sie erneut reizte, diesmal mit sehr viel Gleitmittel auf seinen Fingern. Sie wusste, sie käme, sobald er vollkommen in ihr wäre. Er war einfach so verdammt gut mit seinen Händen.

Er legte sich auf sie, bevor er sie sanft küsste. »Bist du bereit?«

Sie wölbte ihm ihre Hüften entgegen und klammerte sich an seine Schultern. »Ja, bitte. Wir wollen dies doch beide.«

Er küsste sie noch einmal, doch diesmal drang er in sie ein. Es brannte stärker als zuvor, als er seine Finger benutzt hatte, doch sie tat dies nicht zum ersten Mal in ihrem Leben, daher war sie vorbereitet. Owens Schwanz war jedoch dicker als der des anderen Mannes und daher war sie dankbar, dass sie sich wochenlang vorbereitet hatten.

Langsam stieß er in sie hinein, um sich dann wieder zurückzuziehen, immer wieder, bis sie ihn voll aufnehmen konnte. Beide waren schweißbedeckt. Obwohl sie nach dem Bad entspannt gewesen war, hatte sich ihr Körper wieder versteift, sobald er in sie eingedrungen war.

»Alles in Ordnung?«

Sie nickte und schluckte heftig. »Ja, du bist ziemlich gut gebaut, weißt du.«

Er lächelte zärtlich. »Du sagst die nettesten Dinge zu mir.«

Liz streckte die Hand aus, um sein Gesicht zu umfassen. »Beweg dich. Ich brauche das. Bring uns zum Kommen.«

»Wie meine Dame befiehlt. Aber ich möchte, dass du gleichzeitig mit mir zusammen deine Klitoris reibst. Kannst du das tun?«

Sie nickte und ließ ihre Hand über den Bauch und den Unterleib hinunterwandern. Sie schlang ihre Finger um Owens und dann spielten sie beide mit ihrer Klitoris. Ihre Muschi war so feucht, dass sie leichtes Spiel hatten. Währenddessen pumpte er in sie hinein und hinaus. Das Brennen verwandelte sich zu einer unbeschreiblichen Lust, die sie noch nie zuvor empfunden hatte.

»Du bist so eng, dass ich es nicht lange aushalten werde«, keuchte Owen zwischen zusammengebissenen Zähnen.

»Ich bin auch beinahe so weit.«

»Komm, Liz. Komm an meinem Schwanz.«

Sie warf ihren Oberkörper nach vorn und Owen nahm das as Einladung, an ihren Brüsten zu saugen. Dies, ihrer beider Hände auf ihrer Klitoris und seine Stöße, das war zu viel und sie kam. Ihr Körper bebte und ihr Verstand vernebelte sich, so intensiv war die Erfahrung. Undeutlich spürte sie, wie Owen auch Erlösung fand; sein Schrei war laut genug, die Nachbarn aufzuwecken.

Liz hatte das Gefühl, ihr Orgasmus dauerte Stunden, und sie zitterte immer noch, als Owen sich ganz aus ihr zurückzog. Das Brennen kehrte zurück, doch bevor sie aufschreien konnte, hatte Owen seinen Mund zwischen ihren Beinen und leckte den Beweis ihrer Lust. Sie kam noch einmal und sie wusste, das war zu viel für sie.

Sie blinzelte ein paarmal und versuchte, Atem zu schöpfen, doch sie konnte sich nur in den Abgrund fallen lassen, den sie sich selbst geschaffen hatten.

Ein sanfter Kuss auf ihren Lippen.

Ein warmer Waschlappen zwischen ihren Beinen.

Starke Arme um sie herum.

Noch ein Kuss auf ihren Hals.

Eine Decke über ihren Körpern.

Ein leises Knurren an ihrer Haut.

Und als sie sich einfach nur noch dankbar und glücklich fühlte, drang eine geflüsterte Reihe von Worten an ihr Ohr.

»Ich liebe dich.«

Doch bevor sie sich noch fragen konnte, ob das nur Einbildung oder Owens reale Worte gewesen waren, fiel sie in Schlaf. Ihr Körper war viel zu gesättigt, um wach zu bleiben ... und sie war viel zu weit weg, um sich zu fragen, ob auch sie diese Worte aussprechen konnte.

Kapitel Elf

Liz umklammerte den Rand des Toilettenbeckens. Sie hatte das Gefühl, sterben zu müssen. Okay, ganz so dramatisch war es nicht, aber ganz gewiss war sie nicht ganz auf der Höhe. Ihr ganzer Körper schmerzte und sie musste immer wieder erbrechen. Als Krankenschwester war sie in diesem Zustand also fehl am Platze und man hatte sie nach Hause geschickt. Denn natürlich durfte sie die Patienten nicht anstecken.

Und doch kam Liz nicht umhin, sich an den hämischen Ausdruck in Lisas Augen zu erinnern, als Liz taumelnd die Notaufnahme verlassen hatte, mit pochenden Schläfen und einem mulmigen Gefühl im Magen. Ihr Job stand auf dem Spiel und doch gab es nichts, was sie hätte ändern können. Sie hatten ihre Temperatur gemessen, doch die war normal, daher hatten sie nichts für sie tun können, außer dass sie sich ins Bett legen und diese Magenverstimmung oder was auch immer auskurieren musste. Und das konnte sie zu Hause tun. Doch sie hatte das Gefühl, Lisa und Nancy registrierten dies als einen weiteren Punkt gegen sie.

Und während Liz in mancher Hinsicht die Beste in ihrem Job sein mochte, hätten am Ende die Gerüchte die Oberhand, da alle den größten Teil ihrer Pflichten ausgezeichnet erfüllten. Dies war ein Spiel, in dem sie noch nie gut gewesen war, und sie befürchtete, diesmal könnte sie verlieren.

Ihr drehte sich der Magen um und sie beugte sich über die Toilette, um ihren Magen zur Gänze zu entleeren, obwohl sie nicht sicher war, ob sich überhaupt noch etwas darin befand. Ihre Haut war mit Schweiß bedeckt und ihr Kopf schmerzte bei der Bemühung, sich durch den Nebel des Schwindelgefühls zu arbeiten.

Als sie nach Hause zurückgekehrt war, hatte sie sich geradewegs ins Badezimmer begeben, um die Übelkeit loszuwerden. Sie war sich nicht einmal sicher, ob sie die Tür hinter sich geschlossen hatte. Es war immer noch so früh am Morgen, dass auf dem Rasen noch Frost gelegen und ein kalter, scharfer Wind den Sonnenaufgang begleitet hatte. Und doch hatte sie das scheinbar nicht abkühlen können. Sie mochte zwar kein Fieber haben, doch ihr Körper fühlte sich an, als stände er dennoch in Flammen.

Was für einen Virus sie sich auch eingefangen haben mochte, es war nicht gerade die beste Erfahrung. Sie musste irgendwie die Energie aufbringen, aufzustehen und normale Sachen anzuziehen anstatt der Krankenhauskleidung, die sie immer noch trug. Auch musste sie etwas essen, um ihren Magen zu beruhigen, falls sie überhaupt etwas hinunterbekam. Wie auch immer, sie musste es versuchen und zumindest Flüssigkeit zu sich nehmen, um nicht zu dehydrieren. Je länger dies anhielte, desto schwerer wäre es für sie, ins Krankenhaus zurückzukehren.

Seufzend lehnte sie den Kopf gegen die Wand und schloss die Augen. Sie sagte sich, bald stände sie auf. *Bald.*

Sie war gerade dabei einzuschlummern, als sie hörte, wie sich die Haustür öffnete. Tessa befand sich auf der Arbeit und hatte wahrscheinlich noch nicht mitbekommen, dass Liz früher nach Hause gegangen war, daher wusste Liz nicht, wer das sein könnte. Sie spannte sich an und schalt sich eine Idiotin, die Tür nicht verschlossen zu haben.

»Liz? Die Tür stand offen und ich sah deinen Wagen in der Einfahrt, als ich mich auf den Weg zur Arbeit machen wollte. Wo bist du? Ich dachte, du hättest heute Frühschicht.«

Owens Stimme beruhigte sie und sie entspannte sich. Er war da und konnte ihr helfen, ins Bett zu gelangen, oder zumindest dafür sorgen, dass sie nicht den ganzen Tag auf dem Badezimmerfußboden verbrachte. Natürlich wollte sie nicht, dass er sie so sah, doch im Augenblick hatte sie nicht die Energie, sich darüber Sorgen zu machen. Wie es dazu gekommen war, dass sie ihn nun bei sich haben wollte, wenn sie sich nicht wohlfühlte, obwohl sie ihn früher immer hatte abweisen wollen, wusste sie nicht. Das bereitete ihr ein wenig Sorgen, aber vorerst konnte sie nicht zu viel darüber nachdenken, nicht solange ihr Puls in ihren Schläfen trommelte.

»Ich bin hier«, rief sie, obwohl ihre Stimme ihr nicht gehorchte und eher wie ein unterdrücktes Flüstern klang.

Owen betrat das Badezimmer und runzelte die Stirn. »Was ist los?« Er kniete sich hin und legte ihr den Handrücken auf die Stirn. Dies war eine solch beschützerische und liebevolle Geste, dass ein kleiner Teil von ihr sich von Neuem in ihn verliebte. Das jagte ihr ohne Ende Angst ein, doch sie hatte nicht die Energie, dagegen anzukämpfen, nicht in diesem Moment.

»Sie haben mich nach Hause geschickt«, erklärte sie leise.

»Das sehe ich. Was fehlt dir?« Als er im Badezimmer umherging, öffnete sie die Augen und beobachtete, wie er einen Waschlappen holte und ihn unter dem Wasserhahn befeuchtete.

»Und wer ist von uns beiden medizinisch bewandert?«

Owen blickte über die Schulter und zwinkerte. »Nun, Krankenschwestern und Ärzte sind laut den Fernsehsendungen bekanntlich schlechte Patienten.«

Sie verzog das Gesicht. »Wenn du aus diesen Seifenopern dein Wissen über die Medizin beziehst, dann werde ich dich enttäuschen müssen und dich aufklären, dass wir keinen Sex im Pausenraum haben. Oder in den

Wäscheschränken. Oder sonst wo. Die Anzahl der Bakterien, die überall herumschwirren, ist ekelhaft.« Sie blickte auf ihre Krankenschwesternhose hinunter und fluchte. »Und die sollte ich eigentlich nicht hier tragen, weil ich diese Viecher wahrscheinlich jetzt überall hier verteile.«

Owen presste ihr den kalten Waschlappen auf die Stirn und sie seufzte. »Nun, dann lass uns zusehen, dass wir sie dir ausziehen. Und ich muss sagen, ich bin froh, dass bei dir auf der Arbeit keine Spielchen im Gang sind. Sex im Krankenhaus habe ich noch nie für sehr sexy gehalten.«

Sie versuchte zu lächeln, doch das misslang ihr kläglich, denn ihr Magen meldete sich schon wieder zu Wort. Diesmal hielt Owen ihr das Haar zurück und streichelte ihr den Rücken, während sie würgte. Sie hätte sich schämen sollen, konnte es aber nicht, nicht gegenüber Owen, der sich um sie kümmerte. Sie hatte noch niemals zugelassen, dass sich jemand – einschließlich Tessa – so um sie kümmerte, und doch konnte sie nicht anders, als es Owen zu erlauben. Sie hätte sich darüber Sorgen machen müssen, doch stattdessen lehnte sie sich an ihn und gab sich das Versprechen, dies später nachzuholen.

Sie schmiegte sich an ihn und er fuhr ihr mit der Hand durchs Haar. »Okay, Liz, mein Liebes, wir ziehen dir diese Hose aus und etwas Bequemes an. Dann bringen wir dich ins Bett und dann werde ich nachsehen, ob einer von uns etwas gegen Magenverstimmungen im Haus hat.«

Liz blickte zu ihm auf und runzelte die Stirn. »Ich dachte, du wärst auf dem Weg zur Arbeit.«

»Du bist wichtiger«, erwiderte er schlicht. »Ich werde die Jungs anrufen und ihnen sagen, dass ich heute nicht komme. Sie können gut einen Tag ohne mich auskommen.«

Wenn sie daran dachte, dass er seit dem Tag ihres Kennenlernens stets das Gegenteil behauptet hatte, war sie sich unsicher, was sie davon halten sollte, dass er alles für sie stehen und liegen ließ. Es hätte ihr zu viel sein müssen und doch ...

Da blieb ihr Blick auf einer Schachtel über dem Waschbecken hängen und sie erstarrte. Sie schloss die Augen und rechnete im Kopf nach, während ihr die Galle wieder in der Kehle aufstieg. Wie hatte sie nur so dumm sein können? Sie kannte doch das Risiko, wusste, wie sie für sich sorgen musste, und doch hatte sie nicht gerechnet.

»Was ist los?«, fragte Owen besorgt, als er sich neben sie kniete. »Geht es dir schlechter? Muss ich dich ins Krankenhaus zurückbringen?«

Benommen schüttelte sie den Kopf, den Blick starr auf die Schachtel über ihr gerichtet. Das konnte nicht sein. Das konnte einfach nicht sein. Es war nur ein Virus. In einem Tag hätte sie alles überstanden und alles könnte weitergehen wie bisher. Es war nicht das, was sie befürchtete. Nein, das konnte nicht sein.

»Liz, Baby, du jagst mir Angst ein.« Er nahm ihr das

Haar aus dem Gesicht und veränderte seine Position, sodass er in ihrem Blickfeld lag. »Rede mit mir.«

»Ich bin spät dran«, krächzte sie in heiserem Flüsterton.

Er runzelte die Stirn und zog die Brauen zusammen. Das Piercing glomm im Licht auf. »Was? Ich verstehe nicht. Du warst auf der Arbeit und bist nach Hause zurückgekehrt. Du kannst dich nicht verspäten.«

Sie schüttelte den Kopf und verfluchte sich, als ihr wieder schwindelig wurde. »Ich bin *spät* dran«, wiederholte sie mit der Betonung auf *spät*.

Seine Augen weiteten sich, doch sie konnte keine Furcht darin erkennen, wie sie es erwartet hatte. »Oh.« Er schluckte heftig. »Okay.« Er stieß den Atem aus. »Und dir ist übel. Nun. Ich nehme an, der nächste Punkt auf der Liste wäre, einen Test zu machen, ob das alles zu der einen Antwort führt oder nur auf Zufall beruht. Ich kann für dich zur Apotheke fahren, wenn du willst. Du musst mir nur sagen, welcher Test der beste ist. Ich würde sagen, wir suchen einen Arzt auf. Diese Tests sind doch vertrauenswürdiger, nicht wahr? Sie machen einen Bluttest? Aber da du im Krankenhaus arbeitest, erschwert das vielleicht die Sache mit der Privatsphäre, und ich weiß, die ist dir in allen Lebensbereichen wichtig. Also, hilf mir einfach, eine Liste anzulegen, und ich werde dir alle Tests besorgen, die du brauchst. Und dann werden wir das zusammen machen.« Er umfasste ihr Gesicht. »Wir machen das gemeinsam«, wiederholte er. »Weil ich wahrscheinlich nicht auf einen Testreifen pinkeln und für dich erbrechen kann, aber ich kann andere Dinge tun.«

Warum war er so süß? Und zur Hölle, es war typisch Owen, sofort Listen anzulegen und alles zu organisieren, auch wenn es nur um einen verdammten Schwangerschaftstest ging.

»Owen«, sagte sie nach einer Weile. »Ich … ich kann nicht denken.«

»Das ist in Ordnung. Ich denke, ich denke auch nicht. Sicher, die Tatsache, dass ich gerade gesagt habe, *ich denke*, ist etwas verwirrend.«

Sie presste die Lippen aufeinander, um nicht zu lachen, obwohl es da nichts zu lachen gab. Nicht, während die eine Sache, die sie sich geschworen hatte, niemals zu tun, nun zum denkbar schlechtesten Zeitpunkt geschehen könnte. Er war durcheinander und versuchte, sich mit Listen zu beruhigen. Aber angesichts des Themas konnten sie sich nicht beruhigen.

»In dem Wäscheschrank neben dem Waschbecken liegen einige Tests«, informierte sie ihn nach einem Augenblick mit merkwürdig tonloser Stimme. Wenn sie nichts fühlte, den Dingen nicht zu viel Bedeutung beimaß, würde sie nicht zerbrechen. Denn in diesem Augenblick stand sie dem Zusammenbruch so nahe, dass sie nicht wusste, was sie tun würde. Sie konnte nicht in die Schuhe ihrer Mutter schlüpfen, konnte Owen nicht in ihren Vater verwandeln, doch sobald sie ein Kind hätten … Ihr Körper bebte. Wenn sie ein Kind hätten, würde sich alles verändern und sie würde zu dem

Menschen, den sie am meisten hasste. War sie doch bereits nicht gerade der netteste Mensch auf der Welt, weil sie ständig Leute von sich stieß, um sich und die anderen zu schützen, doch wenn dieses letzte Puzzlestück seinen Platz einnähme, zerbräche sie.

»Du hast Tests im Schrank?«, fragte Owen und wieder stand ihm die Verwirrung ins Gesicht geschrieben.

Liz seufzte. »Tessa und ich sind zwei alleinstehende, sexuell aktive Frauen, die im medizinischen Bereich arbeiten. Wir haben auch Kondome und andere Möglichkeiten, wenn es darum geht, uns während eines Zwischenspiels mit einem Partner zu schützen. Ja, wir haben Schwangerschaftstests vorrätig, nur für den Fall, denn manchmal verursacht der Stress eine Verspätung der Periode und das kann anstrengend werden. Genau wie gerade eben.« Sie stieß den Atem aus. »Aber wir müssen sicher sein.«

»Das werden wir«, sagte er nach einem Augenblick und erhob sich, um den Wäscheschrank zu durchsuchen. Seine Hände zitterten zwar nicht und er schien sich seiner zu sicher zu sein. Doch sie wusste, innerlich flippte er aus. Wahrscheinlich nicht so sehr wie sie, aber doch genug, um auf Autopilot zu schalten.

Sie presste die Finger auf ihre Augen und zwang sich, sich zu fassen und nicht bewusstlos zu werden. Sie musste diesen Test machen, sehen, dass er negativ ausfiel, und dann ein paar Cracker essen, um ihren Magen zu beruhigen. Sie hatten sich jedes Mal beim Sex geschützt.

Es hatte keinen einzigen Unfall gegeben, keinen Riss im Kondom, und er war nie versehentlich ohne Schutz in sie eingedrungen. Sogar als er sie beim Sex quasi ins Koma versetzt hatte, hatten sie sich geschützt.

Andererseits wusste sie, dass Kondome nicht hundertprozentig sicher waren.

Sie zitterte am ganzen Körper. Tessa und andere Frauen konnten sich glücklich schätzen, andere Arten der Schwangerschaftsverhütung anwenden zu können, um sich zu schützen, aber Liz konnte nur Kondome benutzen. Diese ... Symptome deuteten nicht unbedingt auf eine Schwangerschaft hin, aber Zahlen logen nicht.

»Ihr habt zwei verschiedene Tests im Haus«, stellte Owen fest, als er sich wieder neben sie auf den Boden sinken ließ, in jeder Hand eine Schachtel. »Einer arbeitet mit Linien, der andere mit einer klaren Anzeige. Welchen möchtest du zuerst benutzen?«

»Zuerst?« Ihr Verstand arbeitete im Augenblick definitiv nicht auf Hochtouren.

»Ich nehme an, du möchtest zwei Tests machen, um sicher zu sein.« Er ging so behutsam mit ihr um, als fürchtete er sie könnte jeden Augenblick überschnappen. Und sie wusste, dass er damit nicht falschlag.

Sie stieß den Atem aus. »Dann nehme ich zuerst den Test mit der klaren Anzeige. Eindeutige Formulierungen kann ich jetzt gebrauchen.«

»Okay.« Er öffnete die Schachtel und reichte ihr ein mit Folie überzogenes Stäbchen. »Die Gebrauchsanweisung steckt in der Schachtel. Ich habe sie vorsichtshalber bereits gelesen. Es dauert nur drei Minuten, bis die Worte auf der Anzeige erscheinen, nachdem du auf den Applikator gepinkelt hast. Ich werde nicht hier neben dir stehen und dir dabei zusehen, sondern ich hole dir in der Zwischenzeit ein Glas Wasser oder so, wenn du willst.« Er seufzte und nahm ihr Gesicht zwischen beide Hände. Sie jedoch schmiegte sich nicht wie früher in seine Handflächen und beide bemerkten es, sagten jedoch nichts. »Ich werde direkt vor der Tür warten. Du rufst mich, wenn du mich brauchst.« Er schüttelte den Kopf. »Oder besser, wenn man den Test ablesen kann.«

Denn sie würde nicht zugeben, dass sie ihn brauchte.

Verdammt, er kannte sie so gut und es brachte sie beinahe um, dass sie ihm wehtat, und doch, falls das Ergebnis positiv wäre, würde sie ihn noch mehr verletzen, das wusste sie. So liefen eben Dinge wie diese. Anderen mochte das unlogisch erscheinen, aber auf eine verdrehte Art war es für sie logisch.

»Für den zweiten Test könnte ich Wasser gebrauchen«, sagte sie nach einem Augenblick.

»Okay.« Er küsste sie sanft. Sie wich zurück.

»Ich habe gerade erbrochen.«

»Mit ein bisschen Erbrochenem kann ich umgehen«, meinte er zwinkernd, doch seine Augen lachten nicht. »Wahrscheinlich hast du dir nur eine Magenverstimmung eingefangen.« Doch beide wussten, dass dies vielleicht nicht zutraf. »Dann werde ich auch krank und du kannst wieder Doktor mit mir spielen. Bin gleich wieder da.« Er erhob sich, schloss die Tür hinter sich und ließ sie allein im Badezimmer zurück.

Da ihr bewusst war, dass sie nicht allzu lange auf das in Folie verpackte Stäbchen starren konnte, ohne verrückt zu werden, stand sie auf und packte das Ding aus. Dann las sie die Gebrauchsanweisung auf dem Beipackzettel.

Zwei Minuten später lag der Applikator auf der Ablage und Owen war zurückgekehrt, um mit ihr zusammen auf die entscheidenden Worte zu warten, die bald auf der Anzeige erscheinen mussten.

Drei Minuten später zerbrach ihre Welt.

»Wir sind schwanger«, stellte Owen geschockt und ehrfurchtsvoll fest. »Gütiger ... okay.«

Sie blinzelte, alles um sie herum drehte sich langsam und ihr Herz pochte so stark, dass sie befürchtete, es könnte ihr aus der Brust springen. Ein kleiner Teil von ihr hatte tatsächlich gehofft, das Ergebnis wäre negativ und alles wäre nur ein trauriger Zufall. So musste es sein.

Weil sie nicht schwanger sein durfte.

Sie konnte keine Mutter sein.

Er drehte sie in seinen Armen zu sich herum und umfasste ihr Gesicht. »Du sagst nichts. Ich weiß, du bist geschockt, und, zur Hölle, ich bin es auch. Und darum plappere ich dumm daher. Aber ja, wie sind schwanger, Liz. Schwanger.«

»Hör auf, das zu sagen«, ächzte sie.

Er blinzelte. »Was?«

»Hör auf, das Wort zu sagen«, stieß sie hervor. »Ich

kann im Augenblick nicht denken, Owen. Ich kann kaum atmen und du wiederholst dieses Wort immer und immer wieder, als versuchtest du, es real werden zu lassen.« Sie verlor nun wirklich die Selbstbeherrschung und fiel in ein tiefes Loch.

Owen stellte sich gerade hin, seine Hände fielen hinunter, als sie sich zurückzog. »Es ist real, Liz. Musst du dich setzen? Ist dir wieder übel?«

Sie ballte die Hände an ihren Seiten zu Fäusten. »Mein ganzes Leben lang habe ich alles getan, was ich konnte, um die Kontrolle wiederzuerlangen, die ich als Kind verloren habe. Alles. Nun verliere ich vielleicht meinen Job, ich stecke in einer Beziehung, die ich nie eingehen wollte, und jetzt ... und jetzt bin ich ...« Sie lachte, doch das Lachen klang so hohl, dass sie weinen musste. »Ich kann das Wort nicht einmal aussprechen, Owen. Ich brauche etwas Raum, okay? Ich kann nicht nachdenken, wenn du in der Nähe bist. Alles gerät durcheinander.«

Owen straffte sich und sein Gesicht erstarrte zur Maske. »Ich verstehe.«

Aber er verstand es nicht. Er konnte es nicht verstehen. Nicht, solange sie es selbst nicht verstand.

»Ich brauche einfach nur Raum zum Nachdenken.«

»Nun, wenn du dann in diesem Raum bist, möchte ich, dass du über Folgendes nachdenkst. Die Beziehung, die du nicht hast eingehen wollen? Wir haben sie, Liz. Du und ich, wir haben uns auf etwas zubewegt, von dem ich glaubte, dass wir es beide wollten, und zur Hölle, jetzt sind wir mittendrin. Du hast mich seit Wochen nicht mehr weggestoßen, nicht so, wie du es zu Beginn getan hast, also kannst du diese Entschuldigung nicht vorschieben. Du hast Angst und das verstehe ich. Zur Hölle, ich habe auch Angst, aber ich werde dich auf lange Sicht nicht verlassen. Ich gehe jetzt, damit du Atem schöpfen kannst, aber ich bleibe in der Nähe. Warum, Liz? Ich liebe dich. Ich liebe dich so sehr, dass es wehtut, und ich will den Rest meines Lebens mit dir verbringen. Und ja, so blass, wie du gerade wirst – obwohl ich nicht gedacht hätte, dass das möglich wäre, da du krank bist –, weiß ich, dass du das nicht hören willst. Aber ja, ich liebe dich. Ich wollte warten, bis du bereit wärst, es zu hören. Und im Augenblick ist vielleicht nicht der beste Zeitpunkt, hier im Badezimmer, nachdem du gerade erbrochen und das Gefühl hast, die Welt wäre aus den Angeln gehoben worden. Aber ich liebe dich.«

»Das darfst du nicht«, flüsterte sie. »Ich bin nicht gut für dich, Owen. Ich ...« Er legte einen Finger auf ihre Lippen.

»Sag mir nicht, was ich fühlen darf. Verstehe ich, dass du Angst bekommst nach dem, was du als Kind erlebt hast? Ja, ich verstehe es. Also werde ich dir heute den Raum geben, denn ich will dich nicht weiter bedrängen, da du dich ohnehin zu viel gedrängt fühlst. Aber ich möchte, dass du mir etwas versprichst.« Er stieß zitternd den Atem aus.

»Unternimm ... unternimm bitte nichts bezüglich dieser Sache, bevor wir nicht noch einmal miteinander geredet haben, okay?« Am Ende brach seine Stimme und sie blinzelte die Tränen zurück.

Ihr Herz geriet ins Stolpern und ein scharfer Schmerz durchbohrte sie bei dem Gedanken, das wachsende Leben in ihr zu beenden. »Oh, Owen. Ich würde niemals ... ich würde dir niemals deine Rechte oder deine Wahlmöglichkeiten nehmen.« Sie presste die Lippen aufeinander. »Ich kann einfach nur nicht denken, wenn du in der Nähe bist, aber mein Bedürfnis nach Raum hat nichts damit zu tun, dass ich dich etwa aus dem Weg haben will, um etwas tun zu können, das wir beide bereuen würden.«

Als sie ihn davongehen sah, ließ sie ihren Tränen endlich freien Lauf. Sie hatte keine Ahnung, was sie tun sollte, außer dass sie wusste, sie brauchte Zeit zum Nachdenken, Zeit zum Durchatmen.

Sie wusste ehrlich nicht, was sie wollte oder was sie tun würde, und doch hatte sie gleichzeitig Angst, sie könnte ihn eines Tages so heftig von sich stoßen, dass er nicht zurückkehrte.

Und dann ... nun, sie kannte die Antwort nicht.

Denn sie war schwanger, und das ließ sich nicht leugnen. Nun musste sie lediglich herausfinden, was das bedeutete, denn sie durfte nicht wie ihre Mutter werden. Sie durfte das Leben nicht hassen, das in ihr wuchs.

Und das würde auch nicht geschehen.

Egal was passierte.

Und das wiederum bedeutete, dass sie herausfinden musste, wie sie zu der Frau werden konnte, die sie sein wollte, und nicht zu der, die sie so sehr fürchtete vielleicht zu werden, wie ihr schmerzhaft bewusst war.

———

Owen hatte gedacht, der Tag, an dem sich herausstellen würde, er werde Vater, würde ein Tag werden, an dem er feierte. Er liebte sowohl seine Nichten und Neffen als auch die Montgomery-Kinder, die immer irgendwo in der Nähe zu sein schienen und ihn ihren Ehrenonkel nannten. Er hatte immer gewusst, dass er eines Tages ein Vater sein wollte, ein Ehemann, ein Mann mit Familie, und als er mehr und mehr Zeit mit Liz verbracht hatte, hatte er gewusst, dass sie die Frau war, mit der er den Rest seines Lebens verbringen wollte.

Nur dass sie ihr Leben nicht mit ihm verbringen wollte.

Oder zumindest behauptete sie das im Augenblick.

»Möchtest du uns nicht erzählen, warum du so aussiehst, als wolltest du auf etwas einschlagen und gleichzeitig erbrechen?«, wollte Murphy wissen, als er sich neben Owen auf die Couch sinken ließ.

Owen wandte sich seinem Bruder zu, als er dessen Stimme wahrnahm und bemerkte, wie blass dieser war. »Geht es dir gut?«

Murphy zuckte mit den Schultern. »Das liegt nur an den vielen Stunden, die ich an diesem Projekt arbeite, aber ich sollte bald fertig sein. Und hör auf, dich um mich zu sorgen, du Glucke. Ich dachte,

Graham wäre derjenige, der sich stets um uns alle sorgt.«

»So ist es«, ertönte Grahams Stimme, der gerade das Wohnzimmer betrat. »Aber Jake und Owen dürfen gern einspringen, wenn ich nicht da bin. So ist das nun einmal mit großen Brüdern. Und du wirkst wirklich ein wenig blass, kleiner Bruder. Iss etwas.« Er reichte ihm ein Tablett mit gefüllten Pilzen und Murphy verdrehte die Augen, bevor er sich ein paar nahm.

Nachdem Owen Liz' Haus verlassen hatte, hatte er sofort Graham angerufen, um ihm zu sagen, dass er reden müsse, ohne zu erwähnen worüber. Er hatte den Tag allein in seinem Haus verbracht und an Listen und Plänen für ihre Firma gearbeitet, anstatt über sein Leben nachzudenken, das ihm das Gefühl vermittelte, aus den Fugen zu geraten. Graham hatte darauf bestanden, Owen zum Abendessen einzuladen, und auch der Rest der Familie Gallagher war aufgetaucht – außer Rowan, die sich bei einer Freundin aufhielt –, um zu sehen, wie es Owen ging. Noah schlief in dem tragbaren Babybett, das sie im Gästezimmer aufgestellt hatten, und alle anderen hatten sich im Wohnzimmer versammelt, bereit, Owen zuzuhören.

»Erzähl uns, was los ist«, forderte Maya ihn auf, die es sich auf Borders Schoß bequem machte. »Hast du dich mit Liz gestritten?«

Owen stellte sein Wasserglas auf dem Tisch ab, denn er war bereits zu durcheinander, um überhaupt an trinken zu denken.

»Liz ist schwanger.«

Es herrschte eine Weile Ruhe im Zimmer, bevor alle gleichzeitig zu reden begannen. Blake und Maya eilten zu ihm, um ihn zu umarmen, und die Männer schlugen ihm auf den Rücken, um ihm zu gratulieren und zu fragen, wo Liz wäre.

Er lehnte sich zurück und stützte seinen Kopf in die Hände, als die anderen ihre Plätze wieder einnahmen. »Liz ... Liz sagte, sie bräuchte Raum, um über alles nachzudenken.«

Murphy wandte sich ihm zu und legte Owen eine Hand auf die Schulter. »Worüber?«

Owen stieß zitternd den Atem aus. Er wusste, er war nahe daran, vor seiner Familie zusammenzubrechen. Die anderen hätten ihn deswegen nicht verspottet, aber er musste ihnen so viel erzählen, wie er konnte, bevor er zusammenklappte. Andererseits durfte er Liz' Vertrauen nicht enttäuschen und ihnen nicht alles über ihre Vergangenheit verraten.

»Liz wuchs auf ...« Er schüttelte den Kopf. »Ich kann euch nicht alles erzählen, denn ich habe nicht das Recht, diese Geschichte zu erzählen. Lasst uns einfach sagen, sie wuchs nicht unter leichten Bedingungen auf.«

»Und nun wird sie ein Kind bekommen und führt eine Beziehung, die sie wahrscheinlich ständig infrage stellt«, warf Border ein.

Owen hob den Kopf. Es erstaunte ihn, wie klar Border das Problem umrissen hatte.

»Sei nicht so geschockt«, fuhr Border sanft fort.

»Ich erhebe nicht gern die Stimme, außer es ist wichtig, obwohl ihr Gallaghers und Montgomerys mir das Schritt für Schritt beibringt. Aber ihr wisst, dass ich mit einem beschissenen Elternteil aufgewachsen bin, der mich hat denken lassen, ich verdiente nicht, was ich hatte. Und als Maya herausfand, dass sie schwanger war?« Er schüttelte den Kopf. »Das hat mir wahnsinnige Angst eingejagt. Ich glaubte, nicht gut genug für sie und Jake zu sein, und beinahe hätte ich deshalb alles ruiniert, was wir hatten.«

»Aber wir haben das verstanden«, warf Jake ein. »Und wir haben nicht nachgegeben.«

»Wir sind eben stur«, fügte Maya hinzu. »Und du bist selbst auch ziemlich dickköpfig, Owen. Gib ihr Zeit zum Nachdenken, denn eine unverhoffte Schwangerschaft jagt einem wahnsinnige Angst ein, aber lass sie nicht vollkommen allein. Sie muss wissen, dass du da bist.« Sie machte eine Pause. »Du wirst doch da sein, richtig?«

Owen nickte. »Ich liebe sie, verdammt noch mal. Natürlich möchte ich für sie da sein. Ich werde da sein.«

Dann ergriff Blake das Wort, ihre Stimme klang leiser als normalerweise. »Lass ihr den Raum, den sie braucht, wie Maya bereits sagte, aber zieh dich nicht zurück. Wir kennen zwar ihre Vergangenheit nicht, aber auch ich habe mich bemüht, Graham von mir zu stoßen, weil ich Angst hatte, und ich habe das Gefühl, Liz sitzt im selben Boot.«

»Ich habe dich auch von mir gestoßen«, fügte Graham mit rauer Stimme hinzu. »Und ich bereue das.«

Blake blickte ihren Ehemann an und lächelte. »Ist schon in Ordnung. Wir haben beide Fehler gemacht, aber jetzt sind wir hier. Zusammen.« Sie blickte wieder Owen an. »Es ist harte Arbeit, bis eine Beziehung funktioniert, und wenn jemand besonders schweres Gepäck mit sich herumträgt, ist es noch schwerer. Aber ich kenne dich, Owen. Du wirst nicht nachgeben.«

»Nein, das werde ich nicht. Ich hasse es aber, dass ich scheinbar nicht bis zu ihr durchdringen kann.«

»Es scheint mir so, als wärst du zuvor recht gut zu ihr durchgedrungen«, bemerkte Murphy nach einer Weile. »Du bist so beharrlich wie ein echter Gallagher.« Die anderen lachten leise. »Aber Owen? Sieh mal. Du bist hier und kannst mit uns reden. Du weißt, wir alle decken dir den Rücken. Und Liz? Sie hat Tessa. Das war's. Und obwohl Tessa eine starke Frau ist und Liz helfen kann, so wird sie doch mehr brauchen als nur ihre beste Freundin. So geht es uns doch allen.«

Owen verengte die Augen zu Schlitzen und blickte seinen kleinen Bruder an. »Du bist weit einsichtiger, als wir alle es dir zutrauen.«

Seine Augen verdunkelten sich für einen Augenblick, dann blinzelte er und der Ausdruck verschwand. Ein träges Lächeln umspielte seine Lippen. »Nun, die Frauen mögen mich. Was kann ich sagen?«

»Das redest du dir jedenfalls ein«, warf Maya trocken ein. »Okay, Owen. Du weißt, dass wir für dich da sind. Und für Liz auch. Denn wir mögen sie, weißt du. Sie ist gut für dich, obwohl sie absolut nicht die Frau ist, die ich mir für dich vorgestellt habe.«

Jake lachte. »Ja, ich dachte, er landet bei einer süßen, stillen Frau, der unser großer Haufen Angst einflößt.«

»Es gibt noch die Hoffnung, dass Murphy eine stille Frau finden wird, da uns anderen das nicht zu gelingen scheint.«

Sowohl Blake als auch Maya zeigten ihm den Mittelfinger.

Owen lächelte und lehnte sich in der Couch zurück. Endlich begann die Spannung, sich zu lösen, die er seit dem Moment empfunden hatte, in dem er Liz in Schmerzen auf dem Fußboden gefunden hatte. Sie hatte ihn weggeschickt und so schrecklich verängstigt ausgesehen, weil sie schwanger war, aber zur Hölle, auch er hatte Angst. Und während sie vielleicht glaubte, ihn nicht zu brauchen und keine Beziehung mit ihm haben zu wollen, so sprach ihr Verhalten während der letzten Wochen doch dagegen.

Er wollte ihr Zeit geben, dann würde er einen Weg finden, ihr zu zeigen, dass es mit ihnen funktionieren könnte. Dass sie sich nicht in ihre Mutter verwandeln würde. Denn, verflucht, sie ähnelte nicht im Geringsten dem Weibsstück, das sie beschrieben hatte. Liz war liebevoll und süß, wenn sie es wollte, und stellte das Wohl jedes anderen über ihr eigenes. Und daher hatte sie auch versucht, mit ihm zu brechen – um ihn zu schützen, nicht sich selbst.

Er liebte sie und er würde sie nicht aufgeben.

Und …

»Ich werde Vater«, flüsterte er. »Vater.«

Murphy tätschelte ihm das Knie. »Das wird dir gerade bewusst, nicht wahr?«

Owen blinzelte, sein Herz raste. »Ich muss Listen anlegen. Mich vorbereiten. Ich weiß nicht, wie man ein Vater ist.«

Seine Familie brach in Gelächter aus und er stimmte ein, während seine Gedanken in tausend verschiedene Richtungen gingen. Er sagte sich, es würde alles gut werden. Denn das musste einfach so sein.

Kapitel Zwölf

»Du bist eine verdammte Chaotin«, rief Tessa aus, als sie in Liz' Zimmer trat. »Eine verfluchte Chaotin, die einen klaren Kopf bekommen muss.«

Liz starrte Tessas Bild im Spiegel an. »Nette Worte aus deinem Mund.« Sie verzog das Gesicht, als ihr bewusst wurde, wie hart sie klang. Sie sollte Tessa nicht so attackieren. »Es tut mir leid.«

»Das muss es nicht. Ich weiß, du meinst es nicht so. Du kannst es gern an mir auslassen, wenn du verängstigt bist. Ich habe ein dickes Fell. Außerdem mache ich das bei dir auch. Deshalb sind wir schließlich Freundinnen.«

»Ich muss mich für die Arbeit fertig machen, Tessa. Gestern habe ich mir freigenommen, weil ich stundenlang erbrochen habe, aber ich kann mir nicht noch öfter freinehmen. Heute verkünden sie das Budget und dessen Auswirkungen. Ich darf weder zu spät kommen noch einfach nicht erscheinen, nur weil ich durcheinander bin.«

Tessa fuhr sich mit der Hand über ihren Bleistiftrock und schüttelte den Kopf. »Du solltest dir keine Sorgen machen, du bist die beste Krankenschwester, die sie haben.«

»Nun, ich bin aber auch diejenige, die sich nicht genug eingeschleimt hat. Alle anderen scheinen jemanden zu haben, bei dem sie sich einschmeicheln können. Ich habe niemanden.«

»Weil du dich auf deine Patienten und die damit einhergehende Arbeit konzentrierst.«

Liz fühlte sich, als hätte sie einen Marathon hinter sich. Ihre Muskeln schmerzten, und das nicht nur aufgrund der Schwangerschaft. Sie hatte viel härter als gewöhnlich gearbeitet, mit all den Dingen, die erledigt werden mussten, und ihr Körper ließ sie das mehr und mehr spüren.

»Es erschöpft mich, Tessa«, sagte sie leise. »Ich bin alles so leid.«

Tessa blickte Liz über den Spiegel in die Augen. »Und was wirst du dagegen unternehmen?«

Liz musterte noch einmal das Gesicht ihrer Freundin, dann schüttelte sie den Kopf. »Ich weiß es nicht. Weiterarbeiten, nehme ich an. Darin bin ich gut.«

Tessa presste die Lippen aufeinander und kreuzte die Arme über ihrer schicken Bluse. »Und Owen? Was hast du mit ihm vor? Denn, offen gesagt, er ist das Beste, das dir jemals passiert ist, und ich mag es überhaupt nicht, dass du ständig vor ihm davonläufst. Ihr beide werdet ein Baby haben und er ist jetzt nur nicht hier, weil du ihn fortgeschickt und deinen Raum gefordert hast. Ich rechne es ihm hoch an, dass er sich bis jetzt zurückgehalten hat. Denn, zur Hölle, diese Gallaghers mögen es nicht, herumgeschubst zu werden.«

Allein der Klang von Owens Namen brachte Liz' Puls zum Rasen, doch sie war sich nicht sicher, ob es daran lag, dass sie sich ihn immer noch an ihrer Seite wünschte oder dass sie sich schämte, wie sie reagiert hatte. Sie hasste sich für die Dinge, die sie gesagt hatte und die in seinen Augen die Angst um das Baby hatte aufflackern lassen. Sie war einfach nicht gut darin, mit diesen Dingen umzugehen, und am Ende richtete sie mehr Schaden an, als es ihre Absicht war.

Genau wie ihre Mutter.

»Was ich mit Owen mache, weiß ich auch nicht«, gab sie zu. »Aber ich kann nicht alle Probleme auf einmal lösen, verflucht. Lass mich zuerst den heutigen Tag überstehen, was auch immer er mir bezüglich meines Jobs bringen mag, bevor ich über den Rest nachdenke.«

»Erstens wird es in diesem Fall nicht funktionieren, die Dinge der Reihe nach anzugehen, weil alles ineinandergreift und sich gegenseitig im Weg steht. Zweitens kannst du dir nicht die Schuld für das geben, was deine Mutter getan hat. Du bist nicht deine Mutter, und das weißt du. Du weißt es. Also begib dich nicht in diese Einbahnstraße, wo du am Ende zu dem Gedanken zurückkehrst, dass alles, was du tust, darauf hinausläuft, so wie sie zu zerbrechen.«

»Ich weiß nicht, wie ich das verhindern soll«, sagte Liz nach einer Weile. »Ich kenne nur das.«

»Das ist eine dumme Antwort. Werde erwachsen und sei du selbst, denn in dir wächst ein Mensch und ich möchte die lustige Tante Tessa werden. Also vermassele es nicht. Owen braucht dich. Genauso sehr, wie du ihn brauchst.«

Und damit stapfte Tessa vor sich hin schimpfend davon und Liz war wieder einmal allein mit ihren dunklen Gedanken. Sie musste sich auf den Weg zur Arbeit machen und darüber hinwegkommen, doch ihre Gedanken kehrten immer wieder zu Owen zurück.

Was sollte sie tun?

Mit jedem vorbeiziehenden Gedanken und jeder vergehenden Minute wurde die Vorstellung, dass sie ein Baby bekam, immer mehr zur Realität. Und das jagte ihr Angst ein.

Viele Frauen erschreckte der Gedanke, ein Baby zu bekommen, nachdem sie herausgefunden hatten, dass sie schwanger waren, daher war sie nicht allein mit ihren Grübeleien, doch sie schämte sich trotzdem, sich nicht einfach damit abfinden zu können. Mit ihr stimmte wirklich etwas nicht und doch hatte sie keine Zeit, darüber nachzudenken.

Sie musste sich darauf konzentrieren, zur Arbeit zu gehen und um ihren Job zu kämpfen.

Falls sie überhaupt noch einen Job hatte, wenn der Tag sich dem Ende zuneigte.

—

In der Notaufnahme hing an diesem Tag die Spannung schwer in der Luft, doch Liz ignorierte es und konzentrierte sich auf ihre Patienten, die wichtiger waren als die dunklen Gedanken über das, was auf sie zukommen mochte. Bis jetzt war der Tag nicht allzu geschäftig gewesen, doch sie war weit davon entfernt, etwas Derartiges laut auszusprechen. Es war gerade schlimm genug, allein mit dem Gedanken die Götter zu reizen.

Gerade hatte sie den Papierkram erledigt, als Nancy mit unbeteiligtem Gesicht ins Schwesternzimmer kam. »Liz? Du musst mit mir kommen.«

Liz erstarrte, bevor sie behutsam die Akte beiseitelegte, die sie gerade auf den neuesten Stand gebracht hatte. »In den Pausenraum?«, erkundigte sie sich, denn sie wusste, dass Nancy zuvor zwei Krankenschwestern dorthin gerufen hatte, um ihnen mitzuteilen, dass ihnen ihre Stelle sicher wäre. Offensichtlich machte es Nancy Spaß, jedem Einzelnen unter vier Augen mitzuteilen, welchen Stellenwert er im Krankenhaus einnahm.

Wenn Liz nicht schon wegen ihrer anderen Probleme so durcheinander gewesen wäre, hätte sie wirklich einen Hass gegenüber Nancy entwickeln können. Sie straffte die Schultern und folgte Nancy in den Pausenraum. Sie würde noch schnell genug erfahren, was die Zukunft ihr bringen würde. Und sie wusste, sie musste es durchstehen, gleichgültig, was auch geschehen mochte. Alles schien ihr aus den Händen zu gleiten und sie kam einfach nicht wieder auf die Füße, doch sie wusste, sie war gut in ihrem Job. Sie hatte die besten Leistungsbewertungen auf dieser Station bekommen und hatte mehr Überstunden geleistet als die meisten anderen, denn sie hatte keine Familie, die zu Hause auf sie wartete, ganz zu schweigen davon, dass sie ehrlich gesagt sicher sein wollte, dass ihre Patienten versorgt waren. Sie musste in ihre Fähigkeit vertrauen, in das, was sie am besten konnte, nämlich Menschen zu helfen.

Sicher würden die Leute in der Chefetage das einsehen.

Nancy verzichtete darauf, sich an einen der Tische zu setzen, und steuerte direkt auf die Kaffeemaschine zu, um sich einen Kaffee einzuschenken. Liz bot sie jedoch keinen an.

»Wie du weißt, hat der Finanzausschuss heute Morgen über das endgültige Budget für dieses Jahr entschieden«, begann Nancy.

»Das habe ich gehört.« Alle redeten über nichts anderes, obwohl es genügend anderes gab, um das sie sich sorgen mussten.

»Nun, dann hast du sicher auch gehört, dass es auf jeder Station Veränderungen gegeben hat, nicht nur in der Notaufnahme. Keiner sollte das persönlich nehmen, sicher, aber Geschäft ist Geschäft.«

»Ich dachte, dies wäre ein Krankenhaus, bei dessen

Geschäft es darum geht, dass die Menschen lebend zur Tür hinausgehen«, warf Liz mit rauer Stimme ein. Sie hasste es, wenn man ihr wie einem Kind gut zuredete, und Nancy konnte das ausgezeichnet.

Die andere Frau zog eine Braue in die Höhe. »Das mag sein, doch es mussten Entscheidungen getroffen werden und unglücklicherweise stehst du ziemlich weit oben auf der Lohnliste. Du bist in deiner Stellung am längsten bei uns und da es keine höherrangige Stelle gibt, die frei wird, bedeutet das, dass der Ausschuss eine harte Entscheidung fällen musste.«

In Liz' Ohren klingelte es, als sie zu verstehen versuchte, was sie hörte. »Willst du damit sagen, ich verdiene zu viel, weil ich schon länger hier bin als jeder andere, und da du in der Rangordnung über mir stehst und bis jetzt nicht befördert worden bist ...« Nancy schien nicht dafür sorgen zu können, selbst aufzusteigen, doch das sagte Liz nicht. »... geschieht was mit mir? Man kürzt mir den Lohn?« Sie verdiente doch jetzt schon kaum genug bei all den Ausgaben, den Krediten und dem neuen Haus. Und nun, da sie schwanger war, würde sich alles dramatisch verändern.

Nancy schüttelte den Kopf. »Das reicht leider nicht. Sowohl der Vorstand als auch der Finanzausschuss sind in diese Lage gezwungen worden, und um das Krankenhaus am Laufen zu halten, wirst du entlassen. Du hast noch zwei Wochen, um deine Sachen zu packen und Pläne zu schmieden, aber das war's dann. Es war keine leichte Entscheidung, aber ehrlich, es ist das Beste für alle

Beteiligten.« Nancy tätschelte Liz die Hand. »Du passt doch eigentlich nicht wirklich hierher, nicht wahr, Süße? Du wirst dich in einem anderen Krankenhaus besser fühlen, glaubst du nicht auch?«

Liz riss ihre Hand zurück, als wäre sie verbrüht worden. Was zum Teufel dachte sich diese Frau? »Du nimmst mich wohl auf den Arm. Ich arbeite hier schon am längsten und habe die besten Bewertungen, also werde ich wohl gefeuert, weil ich mich nicht einschmeichle?«

Nancy reckte das Kinn in die Höhe. »Süße, mach keine Szene. Du musst das doch kommen gesehen haben. Und ehrlich, deine Bewertungen sind nicht so gut, wie du denkst. Du verabredest dich mit Patienten und gestern bist du früher gegangen. Wenn dein Job dir wirklich etwas bedeuten würde, hättest du härter gearbeitet.«

Liz ballte die Hände an ihren Seiten zu Fäusten. »Das ist Schwachsinn und wir beide wissen das. Ich küsse dir nicht den Hintern, wie Lisa es tut, und das sehe ich ein, aber das heißt nicht, dass ich gefeuert werden sollte. Und was das Verabreden mit Patienten anbelangt? Du und Lisa, ihr wart doch diejenigen, die das überall herumgetratscht haben, also komm mir nicht damit. Mein Privatleben ist meine eigene Angelegenheit.«

»Nicht, wenn diese Angelegenheit mit dem Krankenhaus zusammenhängt«, warf Nancy scharf ein.

»Zum Teufel mit dir, Nancy. Du und Lisa, ihr beide wolltet mich loswerden und habt einen Weg gefunden, dies zu arrangieren. Und gestern bin ich gegangen, weil ich krank war, nicht weil ich eine Maniküre gebraucht hätte. Weißt du was? Vielleicht hast du recht. Vielleicht passe ich nicht zu dir und deiner Clique, aber ich habe mich hier zu Tode geschuftet und jetzt werde ich rausgeschmissen, weil du mich nicht magst und einen Weg gefunden hast, deine Träume wahr werden zu lassen. Nun, ehrlich, ich wiederhole es, zum Teufel mit dir. Ich bin raus und du wirst dafür sorgen, dass ich diese letzten zwei Wochen bezahlt werde. Und wenn du versuchst, mich darum zu betrügen, werde ich dich nach allen Kräften fertigmachen. Und glaub mir, *Süße*, es reicht.«

Damit stürmte sie aus dem Pausenraum und zu ihrem Spind, wo sie ihre Sachen aufbewahrte. Sie war fertig mit diesem Haus, den Überstunden und der schlechten Bezahlung. Sie hatte sich den Hintern aufgerissen für all das, was sie erreicht hatte, und jetzt hatte sie nichts davon, weil sie mit ihrer Vorgesetzten nicht klarkam.

Zum Teufel mit ihnen allen.

Ihre Hände bebten, als sie die restlichen Sachen aus ihrem Spind in die Reisetasche stopfte. Gütiger Himmel. Sie war gerade gefeuert worden. Sie hatte keinen Job. Außerdem würde sie zum denkbar ungünstigsten Zeitpunkt ihre Krankenversicherung verlieren.

Was sollte sie nur tun?

In diesem Augenblick ging Lisa an ihr vorbei und kicherte. Ja, sie kicherte. Liz wirbelte herum und starrte die Frau an. »Scher dich weg, Lisa. Du hast bekommen, was du wolltest. Aber denke immer daran, dass die Patienten an erster Stelle stehen müssen, verstanden? Lass niemanden sterben, nur weil du zu sehr mit deiner Schadenfreude beschäftigt bist und dich wie ein Miststück verhältst.«

»Geh zur Hölle, Liz. Wenn du nicht auf einem so hohen Ross gesessen hättest, wärst du vielleicht nicht so tief gefallen.« Damit stolzierte sie davon. Liz blieb zitternd zurück.

»Liz?«

Sie drehte sich herum, denn Dr. Wilder näherte sich ihr, die Hände in den Taschen seiner Jeans. Er sah aus, als hätte er gerade seine Schicht beendet, und Liz wäre am liebsten einfach gegangen, ohne sich noch einmal umzudrehen. Sie hatte keine Energie mehr, um sich Situationen wie diesen zu stellen.

Aber sie konnte sich dem Mann gegenüber nicht wie ein Arschloch benehmen, denn für ihn kamen die Patienten tatsächlich an erster Stelle, vor ihm selbst und seinen Mitarbeitern.

»Ja?«

»Ich wollte Ihnen nur sagen, wie leid es mir tut. Ich weiß, es bedeutet nicht viel, aber ich habe ein gutes Wort für Sie eingelegt. Nancy findet jedoch immer einen Weg zu bekommen, was sie will.« Er zog die Brauen zusammen. »Doch ich werde dafür sorgen, dass sich das nicht wiederholt. Ich habe leider zu spät bemerkt, wie sie ist, und das tut mir leid.« Er zog eine Visitenkarte aus der Tasche und reichte sie ihr. »Ich weiß, Sie sind noch nicht bereit, an so etwas zu denken, aber mein Bruder hat eine

Praxis, die stets Unterstützung gebrauchen kann.« Er zuckte mit den Schultern, als sie mit geweiteten Augen die Karte entgegennahm.

»Warum tun Sie das?«

»Weil Sie unsere beste Krankenschwester sind und wir Sie wegen dummer Intrigen verlieren. Lassen Sie Ihre Gabe nicht ungenutzt, nur weil andere Leute sich wie Arschlöcher benehmen.«

Sie schüttelte den Kopf, dann blickte sie auf die Visitenkarte hinunter. »Eine onkologische Tagesklinik?«

»Ich weiß, es ist keine Notaufnahme, aber dort gibt es bessere Arbeitszeiten für Sie und das Baby.«

Ihr Kopf flog hoch. »Was?«

Er schenkte ihr ein kleines Lächeln. »Ich praktiziere nun schon seit geraumer Weile als Arzt, Liz. Ich kann die Anzeichen einer Schwangerschaft erkennen, auch wenn die Frau selbst nichts bemerkt. Übrigens, Gratulation. Und falls Sie für irgendetwas ein Zeugnis brauchen, lassen Sie es mich wissen.«

Dann nickte er ihr zu und ging hinaus. Sie blieb mehr denn je verwirrt zurück. Die Leute überraschten sie jeden Tag und doch, ihr brach die Welt unter den Füßen weg und sie wusste nicht, was sie denken sollte.

Was zum Teufel sollte sie jetzt tun?

———

Owen trat ins Haus, nachdem Tessa ihm die Tür geöffnet hatte. »Wie geht es ihr?«, fragte er. Seine Handflächen waren schweißbedeckt.

»Sie ist vollkommen durcheinander, abwechselnd putzt sie und übergibt sich im Badezimmer. Im Augenblick sitzt sie, glaube ich, auf dem Bett und versucht, gegen die Übelkeit anzukämpfen.« Tessa warf ihm einen Blick zu, den er nicht entziffern konnte. »Danke, dass du so schnell gekommen bist.«

Tessa hatte ihn auf der Baustelle angerufen und er hatte alles stehen und liegen lassen, um zu Liz zu eilen. Seine Brüder hatten wieder einmal Verständnis gezeigt und er konnte nicht umhin, Dankbarkeit zu empfinden. Er hatte immer noch das Gefühl, auf der Arbeit alles zu vermasseln, was gerade anfiel, doch er musste Liz an erste Stelle setzen.

»Ich werde immer für sie da sein«, versicherte Owen schnell. »Gleichgültig, worum es geht.«

Da lächelte Tessa und ihre Augen leuchteten auf. »Ich glaube dir, und das erwärmt mein Herz. Und jetzt geh und gib ihr das Gefühl, eine Königin zu sein, die es mit der Welt aufnehmen kann. Andererseits übertreib es nicht, damit sie keine Panikattacke bekommt und wieder davonläuft.«

Owen konnte nicht verhindern, dass er schnaufend die Luft ausstieß. »Das klingt, als hättest du dies schon oft getan.«

»Sie tut das Gleiche für mich. Deshalb sind wir gute Freundinnen.«

»Wohl eher wie Schwestern.«

Ein merkwürdiger Ausdruck huschte über Tessas Gesicht, als sie nickte. »Ja, Schwestern.« Sie räusperte sich. »Wie dem auch sei, geh zu ihr. Ich bin in meinem Zimmer, falls du mich brauchst.«

Owen drückte ihren Arm, bevor er sich auf den Weg ins Schlafzimmer machte, um nach Liz zu sehen. Sie hatte ihn zwar nicht eingeladen, aber er wusste, sie musste leiden, und er konnte sie nicht allein lassen.

Als er am Ende des Flurs angelangt war, sah er sie mit gekreuzten Beinen mitten auf dem Bett sitzen. Sie rollte den Kopf hin und her. An dem Zitronenduft, der ihm in die Nase stieg, merkte er, dass sie das ganze Zimmer ordentlich geschrubbt hatte, und er war froh, dass sie noch so agil war, um dies zu tun. Zuvor hatte sie sich in sich selbst verloren und er hatte Angst bekommen, daher musste er ihr jetziges Verhalten als Fortschritt betrachten.

»Liz.« Er wollte sie nicht erschrecken, denn ihre Augen waren geschlossen.

Sie drehte sich zu ihm herum, öffnete die Augen und atmete aus. »Tessa hat dich angerufen.«

»Ja, in der Tat.« Er betrat langsam das Zimmer und setzte sich neben sie aufs Bett. Er ließ ihr genügend Platz, sodass sie sich nicht berührten, dennoch konnte er ihre Hitze spüren. Verflucht, wie er diese Frau liebte, jeden prickelnden Zentimeter von ihr, und er verstand, warum sie das starke Bedürfnis nach Unabhängigkeit hatte. Er hoffte nur, sie gäbe ihm eine Chance.

»Ich habe heute meinen Job verloren.« Sie blickte

ihn nicht an, während sie sprach, streckte jedoch die Hand aus, um seine zu ergreifen.

Er schluckte heftig und wand seine Finger um ihre. »Ich weiß. Es tut mir leid, Liebes. Sie haben einen Fehler gemacht. Einen großen.«

Und zu seiner großen Überraschung lehnte Liz sich mit dem Kopf an seine Schulter. »Ja, so ist es.« Pause. »Es tut mir leid, dass ich mich gestern so schlecht benommen und dich hinausgeworfen habe. Ich konnte nicht mehr klar denken und wenn du in meiner Nähe bist, bin ich immer vollkommen durcheinander.« Sie drückte seine Hand. »Normalerweise auf positive Weise. Entschuldigung. Das hatte ich falsch formuliert.« Sie seufzte. »Ich bin darin nicht so gut.«

Er küsste sie auf den Scheitel. »Auch für mich ist das ziemlich neu, weißt du, und ich bin auch nicht gut darin. Das ist in Ordnung, wir werden zusammen daran arbeiten.« Zusammen. Er liebte den Klang dieses Wortes.

»Ich weiß nicht, was ich tun werde, Owen. Es nimmt mich sehr mit.«

Er benutzte die andere Hand, um kleine Kreise auf ihrem Knie zu ziehen. »Das weiß ich. Aber du bist eine starke Persönlichkeit mit guten Beurteilungen, und du bist verdammt gut in deinem Job. Du wirst schnell eine Anstellung finden, die perfekt für dich ist, eine, bei der du dich nicht verbiegen musst, weil andere Leute so unsicher sind, dass sie das Naheliegende nicht sehen können.«

Sie lehnte sich zurück und lächelte zu ihm auf. »Du bist gut darin, mich aufzumuntern.«

Liebevoll senkte er den Kopf und hauchte ihr einen Kuss auf die Lippen. Als sie nicht zurückwich, betrachtete er das als einen Sieg. »Ich hätte am liebsten gesagt, wie gern ich ihnen in den Hintern getreten hätte, aber ich habe darauf verzichtet.«

Sie schnaufte und lehnte sich wieder an seine Schulter. »Als du an jenem Abend eingeliefert wurdest, hatte ich solche Angst, wir würden dich verlieren. Ich wusste zwar, dass du nicht wirklich schwer verletzt warst, aber ich hatte plötzlich das Gefühl, mit dir hätte die Welt einen wunderbaren Mann verloren. Einen Mann, den ich absolut nicht bekommen konnte und von dem ich mich fernhalten sollte.«

»Ich hatte verdammtes Glück, dass du meine Krankenschwester warst.« Er hatte aus vielen Gründen verdammtes Glück. Nicht zuletzt, dass der Pick-up, der ihn angefahren hatte, nicht allzu schnell gewesen war. Die Polizei hatte noch immer keine Hinweise, aber niemand schien zu glauben, Owen wäre in Gefahr, noch einmal angegriffen zu werden. Es war einfach einer jener unglücklichen Unfälle gewesen, die eben spät abends auf dem Parkplatz einer Kneipe geschahen.

»Ich weiß nicht, was ich tun soll«, wiederholte sie.

»Du weißt es doch erst seit ein paar Stunden, Liz. Du brauchst im Augenblick noch keinen Plan.«

»Sagt der Mann, der gleichzeitig mit vier Plänen

arbeitet und wahrscheinlich schon eine Liste bezüglich des Babys angefertigt hat.«

Er biss sich auf die Lippe. »Zwei.«

Sie lehnte sich zurück. »Wir bekommen doch keine Zwillinge.«

Er schüttelte den Kopf und lachte auf. »Ich meinte, bis jetzt habe ich zwei Listen angelegt. Aber ich werde sie vernichten, wenn du mit mir eine von Grund auf neue erstellen willst.« Er bewegte sich wieder einmal auf dünnem Eis, aber schließlich hatte sie das Baby zur Sprache gebracht, und das hatte etwas zu bedeuten.

Sie schluckte heftig, bevor sie seine Hand drückte. »Ich kenne die Antwort nicht, Owen. Ich weiß nicht, ob ich bereit für dies hier bin, aber ... ich würde gern einen Blick auf deine Listen werfen.« Die Tränen liefen ihr die Wangen hinunter und er streckte die Hand aus, um sie wegzuwischen. »Ich hasse es zu weinen, aber mit dir scheine ich nichts anderes zu tun.«

Er schüttelte den Kopf und beugte sich vor, um sie auf die feuchten Wangen zu küssen. »Das ist nicht alles, was du tust.« Er musste sich beherrschen, nicht seine geballten Fäuste in die Luft zu werfen, angesichts des Triumphs bei dem Gedanken, dass sie tatsächlich seine Listen sehen wollte. Dies war ein Fortschritt, dem viel mehr Bedeutung beizumessen war, als sie dachte.

»Wahrscheinlich.«

»Was kann ich jetzt für dich tun, Liz? Wir haben noch viel Zeit, uns um alles andere Sorgen zu machen, aber im Augenblick lass mich wissen, was du brauchst.«

Sie blinzelte zu ihm auf; die Kraft, die er stets in ihr sah, spiegelte sich mit aller Gewalt in ihren Augen wider. »Dass du mich im Arm hältst? Du musst mich lediglich in die Arme nehmen.«

Sein Herz begann, heftig zu pochen. Er öffnete die Arme. Sie kletterte auf seinen Schoß und er schloss sie fest in die Arme. Ihr Körper war so zierlich im Vergleich zu seinem. »Immer, Liz. Ich werde dich immer halten.«

Dies ist der erste Schritt, dachte er, und verdammt, er war viel größer, als er es für diesen Abend erwartet hatte. Er würde damit zufrieden sein und wenn sie bereit wäre, würden sie den nächsten Schritt zusammen tun. Denn Owen musste daran glauben, musste an die nächsten Schritte glauben. Nur so konnte er es schaffen. Die Frau in seinen Armen war seine Zukunft – er musste sie lediglich dazu bringen, das zu erkennen.

Kapitel Dreizehn

»Warum nur habe ich einem Abendessen mit den Gallaghers zugestimmt?«, fragte Liz, während sie am Saum ihres Oberteils zupfte. Sie hatte sich entschieden, eine bequeme Freizeithose und einen netten Pullover zu tragen anstatt eines Kleides, aber sie hatte trotzdem nicht das Gefühl, das Richtige zu tun.

»Weil du mich und meine Familie magst und wir endlich einmal alle zusammenkommen, um Rowans Geburtstag mit einem Familienessen zu feiern.« Sie standen auf Grahams Veranda. Owen schlang die Arme um sie, bevor sie hineingingen, und senkte den Kopf, um sie zärtlich zu küssen. Sie schmiegte sich an ihn, zu verloren, um sich darum zu kümmern, dass sie sich niemals hatte so schnell und so heftig verlieben wollen. Aber es handelte sich um ... Owen, und meist gab es für sie nichts Besseres, als seine Arme um sich herum zu spüren.

»Bist du dir sicher, dass wir kein Geschenk

mitbringen müssen? Oder einen Beitrag zum Abendessen?« Sie hasste es, mit leeren Händen dazustehen. Und da sie keinen Job mehr hatte, hätte sie den ganzen Tag zwischen ihren Übelkeitsanfällen Zeit gehabt, etwas für das Festessen vorzubereiten, das sie seit Wochen geplant hatten.

Sie hatte den Gedanken, gefeuert zu sein, noch nicht ganz verarbeitet, obwohl sie während des Tages die ganze Palette der Gefühle durchgemacht hatte. Immerhin waren erst kurze vierundzwanzig Stunden vergangen. Sie war sich nicht sicher gewesen, ob sie die Energie aufbringen konnte, zu diesem Abendessen zu gehen, nachdem ihr morgens übel gewesen war und sie mit den Folgen des Verlusts ihres Jobs hatte klarkommen müssen. Doch Owen und sie hatten diesen Besuch bereits geplant, bevor sie die Sache mit dem Baby herausgefunden hatten. Und jetzt wussten alle, wie er sagte, dass er sie geschwängert hatte und dass sie noch keine Entscheidung diesbezüglich gefällt hatten. Und während ihr der Gedanke, dass jetzt so viele Leute über ihre Privatangelegenheit Bescheid wussten, an manch anderem Tag nicht gefallen hätte, so konnte sie nicht umhin, ein wenig eifersüchtig zu sein, dass er Menschen hatte, zu denen er gehen konnte, wenn er nicht mehr denken konnte und ein offenes Ohr brauchte.

Sie erinnerte sich, dass sie Tessa hatte. Ihre beste Freundin war jahrelang ihr Ein und Alles gewesen und Liz tat gut daran, sich daran zu erinnern. Sie mochte zwar keine Familie haben, auf die sie zählen konnte, oder

Freunde, die ihr nahestanden, aber immerhin hatte sie Tessa.

Und wenn es nach ihm ginge, hätte sie außerdem Owen.

Ein Schritt nach dem anderen. Immer nur einen Schritt nach dem anderen.

Owen tippte ihr auf die Nase und riss sie so aus ihren sich im Kreis drehenden Gedanken. »Versinkst du wieder in Grübeleien?«

»Nein, ich wäre beinahe ausgerastet.« Sie lehnte sich mit der Stirn an seine Schulter und er zog sie eng an sich.

»Nach dem Abendessen werde ich dir gestatten, damit weiterzumachen, wenn du willst. Aber um deine Frage zu beantworten, nein, wir müssen nichts mitbringen. Blake und Graham haben für alles gesorgt und hätten nicht zugelassen, dass wir Extraspeisen oder Süßigkeiten mitbringen. Manchmal tragen wir etwas zum Essen bei und manchmal beugen wir uns dem Wunsch des Gastgebers. Es hängt davon ab, was ansteht. Und ich habe Rowan bereits ein Geschenk zu diesem Geburtstag gemacht.«

Liz lächelte zu ihm auf. »Dieser Kalender in Pink und Gold, richtig?« Gott, wie typisch für ihn, einem kleinen Mädchen einen Tagesplaner zu schenken.

Er zwinkerte. »Ja, es ist ein Halbjahresplaner, also kann sie ihn nur einige Monate lang benutzen, aber ich habe ihr auch Briefpapier gekauft und die Farbstifte, die mir so gefallen, weil sie weich schreiben und nicht schmieren. Ich habe gedacht, es kann nie zu früh sein zu lernen, wie man seinen Tag plant.«

Sie schnaufte und hob den Kopf, um ihn aufs Kinn zu küssen. »Du bist ein Idiot.«

»Dein Idiot«, erwiderte er wie immer.

»Werdet ihr noch länger auf der Veranda herumstehen und euch küssen oder wollt ihr hereinkommen? Ich denke, ihr dürft euch auch gern im Haus küssen. So wird euch wenigstens nicht kalt.«

Liz drehte sich herum, als sie Rowans Stimme hörte, und unterdrückte ein Lächeln. Sie hatte nicht einmal gehört, dass die Tür sich öffnete, denn augenscheinlich hatte sie sich so in Owen verloren, dass es sie nicht gekümmert hatte.

Owen ergriff gerade in diesem Augenblick Liz' Kinn und drehte sie zu sich, sodass er ihr einen schmatzenden Kuss auf die Lippen geben konnte. »Okay. Kuss erledigt. Ich denke, jetzt können wir hineingehen, denn ich glaube, eine gewisse kleine Nichte von mir benötigt dringend Umarmungen und Küsse.«

Rowan riss die Augen auf und kicherte, bevor sie herumwirbelte und in der anderen Richtung davonlief.

Owen blickte über die Schulter und zwinkerte Liz zu. »Wenn du mich bitte entschuldigst, ich muss ein kleines Mädchen einfangen.« Schnell lief er hinter Rowan her, wobei er knurrende Geräusche von sich gab.

»Es ist gut, sie so lachen zu sehen«, sagte Graham und streckte die Hand aus. »Komm von der Veranda herunter. Gib mir deinen Mantel.«

Sie reichte ihn ihm und runzelte die Stirn. »Was meinst du damit? Es ist gut, sie so lachen zu sehen?«

Er hängte ihren Mantel auf, dann schob er die Hände in die Taschen seiner dunklen Jeans. »Rowan ist nicht mein leibliches Kind. Das weißt du, oder?«

Sie nickte. »Owen sagte, sie stamme aus einer früheren Beziehung von Blake, dass du sie aber kürzlich adoptiert hättest.«

Beim letzten Teil ihres Satzes glänzten seine Augen vor Stolz. Da wusste sie, dass jedes Kind in dieser Familie von den großen, vierschrötigen Männern und den starken Frauen geliebt und umsorgt wurde. Sie konnte sich kaum davon abhalten, eine Hand auf ihren Bauch zu legen, während sie sich fragte, wie es ihrem Kind in dieser Familie ergehen würde ... ob sie ihm genügen würden, falls sie versagte.

»Die Eltern ihres leiblichen Vaters waren nicht glücklich darüber, dass Rowan bei Blake aufwächst, und haben versucht, sie uns wegzunehmen. Das ist eine lange, chaotische Geschichte, jedenfalls haben sie gegen einige Gesetze verstoßen und uns höllische Angst eingejagt.«

Liz riss die Augen auf. Sie blickte zu Rowan hinüber, die gerade von Owen kopfüber an den Beinen festgehalten wurde, während Murphy sie kitzelte und sie in hysterisches Lachen ausbrach. »Ich hatte keine Ahnung.«

»Die meisten Leute wissen nichts davon und so soll es auch bleiben. Rowan verdient eine normale Kindheit ab jetzt, und die werden wir ihr ermöglichen. Aber da du nun zur Familie gehörst, solltest du es wissen. Owen kann dir später mehr darüber erzählen, wenn du willst.«

Familie. Er zählte sie zur Familie?

»Graham ... ich weiß nicht, wie sich die Beziehung zwischen Owen und mir entwickeln wird. Im Augenblick hängt noch alles in der Schwebe.«

Er warf ihr einen Blick zu, der Bände sprach. »Du trägst einen Gallagher da drin.« Er wies mit dem Kopf auf ihren Bauch. »Ihr zwei mögt vielleicht nicht verheiratet sein und zur Hölle, du wirst vielleicht einen Fehler begehen und mit meinem Bruder Schluss machen, aber du wirst wegen dieses Kindes immer mit uns verbunden bleiben. Aber ich werde dir nicht sagen, was du tun sollst –«

»Aber das tust du doch gerade«, schnitt Liz ihm mit leiser Stimme das Wort ab. »Aber fahre fort.«

Graham schnaufte. »Ja, du passt gut zu Blake und Maya. Aber was ich sagen wollte, tu, was du für dich selbst tun musst, das verstehe ich. Wenn du ihn nicht liebst, okay. Dann hast du eben keine Beziehung. Tu ihm nicht weh, weil du versuchst, jemand zu sein, der du nicht bist. Aber ich glaube nicht, dass das hier der Fall ist. Ich denke, du hast Angst. Und als jemand, der sich beinahe das Beste in seinem Leben durch seine Finger hätte gleiten lassen, weil er zu viel Angst hatte, einen Schritt zu tun, rate ich dir, nimm dir Zeit und denk darüber nach, was du wirklich willst.«

Liz musterte den Mann, der einen längeren Bart und

viel mehr Tattoos als Owen besaß, und fragte sich, worauf er hinauswollte.

»Willst du, dass ich mich von Owen fernhalte? Oder ihm näherkomme? Ich bin mir nämlich nicht sicher, was du von mir willst, welchen Weg ich einschlagen soll.«

»Ich will, dass du glücklich bist. Das Gleiche, was ich mir auch für meinen Bruder wünsche.« Graham zuckte mit den Schultern. »Aber es ist eigentlich nicht wichtig, was ich will. Ihr seid beide erwachsen und werdet tun, was für euch beide und das Leben, das du in dir trägst, das Beste ist. Ich wollte dich nur wissen lassen, dass du gleich eine ganze Familie bekommst, falls du dich entscheidest, dass Owen der Mann ist, den du lieben kannst. Und wenn du die andere Richtung einschlägst, nun ... dann sind wir immer noch miteinander verbunden. Du wirst dich also an uns gewöhnen müssen.«

Sie hatte ehrlich keine Ahnung, was sie sagen sollte. Noch niemals zuvor hatte sie eine ernste Beziehung gehabt, und so sehr sie auch versuchte, dagegen anzukämpfen, sie und Owen verband definitiv etwas Ernstes. So war es bereits gewesen, bevor sie herausgefunden hatte, dass sie schwanger war. Wenn sie einen klaren Kopf behalten und für ihr Kind das Richtige tun wollte, musste sie herausfinden, was sie wollte. Denn wenn sie das nicht bald tat, befürchtete sie, alles zu vermasseln, so wie sie es seit so vielen Jahren zu vermeiden versuchte.

»Ist hier alles in Ordnung?«, fragte Owen, der zu ihnen herüberkam. Er schlang den Arm um Liz' Taille und zog sie an seine Seite.

Graham blickte Liz in die Augen und sie wusste, sie war diejenige, die das Wort ergreifen musste. »Alles gut«, sagte sie ehrlich. Er hatte ihr nichts getan, außer versichert, dass die Familie sie mit offenen Armen willkommen heißen würde, wenn sie wollte. Außerdem hatte er sie gebeten, seinen kleinen Bruder nicht zu verletzen, und das versuchte sie selbst mit ganzem Herzen zu vermeiden.

Owen blickte Graham misstrauisch an, daher drehte sie sich in seinen Armen herum und küsste ihn auf den Hals. »Wirklich, Owen. Alles gut. Er ist nur ein wenig brummig. Aber ich glaube, das ist einfach Grahams Art.«

Blake gesellte sich zu ihnen und schnaufte. »Das siehst du richtig. Er kann nicht aus seiner Haut, er ist und bleibt ein bärbeißiger Charmeur.«

Graham blickte seine Frau mit zusammengekniffenen Augen an. »Was habe ich dir gesagt bezüglich dieses Ausdrucks?«

Blake blinzelte unschuldig. »Dass du ihn liebst. Denn wenn das nicht so wäre, würde ich dir das verweigern, was du so liebst.« Den letzten Teil hatte sie geflüstert, da Rowan sich im Raum aufhielt, obwohl das kleine Mädchen sich gerade mit Jake und Border auf dem Boden herumwälzte. Diese Jungs liebten ihre Nichte offensichtlich und Liz wusste, gleichgültig, was auch geschehen mochte, das Kind in ihr würde geliebt und umsorgt werden.

Das war bedeutungsvoll.

Als Graham sich mit seiner Frau zurückzog, zog Owen sie zur Seite und umfasste ihr Gesicht. »Ist wirklich alles in Ordnung?«, erkundigte er sich.

»Ja«, erwiderte sie leise. »Mir geht es wirklich gut. Er liebt dich, weißt du. Er liebt dich wirklich. Alle lieben dich. Du hast keine Ahnung, was du für ein Glück hast.« Sie schluckte den Kloß an Emotionen hinunter, der sich in ihrer Kehle gebildet hatte, wohl wissend, dass sie Zuhörer hatten.

»Ja, Lizzie. Ich weiß, wie viel Glück ich habe. Ich habe dich.«

»Ah, großer Bruder, ich wusste nicht, dass du so süß sein kannst.« Murphy schlang seine Arme um Liz und hob sie hoch. Liz schnappte erschrocken nach Luft.

»Lass mich runter«, rief sie lachend, doch er gehorchte nicht.

»Ich hatte noch keine Möglichkeit, dich zu begrüßen«, erklärte der Mann.

»Und deshalb wirfst du mich herum wie einen Sack Kartoffeln?«

»Sehr nett, nicht wahr.« Er zwinkerte und sie konnte sich nicht mehr beherrschen und brach in Gelächter aus.

———

Als Liz und Owen sich nach der Party auf dem Weg nach Hause befanden, war Liz erschöpft und sehnte sich nach einem Nickerchen. Owen saß am Steuer, sodass sie ihren Kopf an den Sitz lehnen und einschlummern konnte.

Er hatte eine Hand auf ihre gelegt, während er mit der anderen lenkte und sie vor sich hin döste. »Geht es dir gut?«, erkundigte er sich, als sie beinahe in ihrer Straße angekommen waren.

Sie öffnete träge die Augen. »Ja. Glücklicherweise wird mir beim Autofahren nicht übel, obwohl das während des ersten Trimesters passieren kann.«

Owen nickte. »Das habe ich gelesen.«

Sie grinste. »Du informierst dich bereits?«

Er lächelte breit. »Nun, da du Krankenschwester bist, hast du mir einiges voraus, und da dachte ich mir, ich sollte Wissen aufholen.«

»Ich weiß nicht alles über Geburt und Schwangerschaft, weißt du. In der Notaufnahme finden nicht so viele Geburten statt, wie uns das Fernsehen glauben macht.«

»Dann werden wir zusammen lernen«, erwiderte er schlicht.

Sie stieß den Atem aus und blickte ihn prüfend und ehrfürchtig an. Wie konnte er so ruhig sein, während sie alles andere als ausgeglichen war? »Ja, wir können uns zusammen informieren.« Diese Chance konnte sie wahrnehmen, dachte sie. Owen war es wert und viel mehr. Sie vertraute ihm von ganzem Herzen und daher wusste sie, dass sie vielleicht eines Tages auch sich selbst vertrauen könnte.

Als sie in seine Einfahrt einbogen, klingelte sein

Handy und er runzelte die Stirn. »Warte mal, den Anruf will ich lieber auf dem Handy annehmen als über Bluetooth.«

Sie nickte und blieb, wo sie war, zufrieden, dass sie noch nicht aussteigen musste.

»Oh, Mist. Geht es dir gut? Nein, ich verstehe. Ich werde gleich dort sein und dich abholen und nach Hause bringen. Nein, du brauchst kein Taxi zu rufen. Du bist einer von uns, Mann. Ja. Okay. Ich bin bald dort.« Owen beendete das Gespräch und runzelte die Stirn.

»Was ist los?«, fragte sie. »Hat sich jemand verletzt?«

Er schüttelte den Kopf. »Einer der neuen Männer auf der Baustelle hat eine Lebensmittelvergiftung und hat die Notaufnahme aufgesucht. Nicht die, in der du gearbeitet hast, sondern eine in der Nähe seines Hauses. Seine Familie ist auf einem Schulausflug außerhalb der Stadt und er hat niemand anderen, der ihn abholen könnte, da sie erst vor Kurzem hierhergezogen sind.«

»Und sie werden ihn nicht entlassen, wenn es niemanden gibt, der ihn im Auge behält.« Sie nickte. »Es muss ein ziemlich schwerer Fall gewesen sein, aber nicht schwer genug, um eine stationäre Aufnahme zu rechtfertigen.«

»Du weißt das besser als ich.« Er stieß den Atem aus. »Ich könnte jemand anderen anrufen, aber ich weiß nicht, wer um diese Zeit dort hinausfahren kann.«

»Das ist wirklich in Ordnung. Kümmere dich um ihn. Ich werde ohnehin ein Bad nehmen, bevor ich zu

Bett gehe. Ich muss morgen früh damit beginnen, mir einen Plan zurechtzulegen, was ich bezüglich eines Jobs unternehme, daher möchte ich heute gut schlafen.«

Owen drehte sich auf seinem Sitz zu ihr herum und küsste sie zärtlich. »Ich werde es vermissen, dir beim Baden zuzuschauen.«

Sie grinste. »Du kannst mir morgen zuschauen, wenn ich ein Bad nehme, um all den Stress vom Planen loszuwerden. Dir mag es gefallen, Listen und Diagramme anzulegen, und ja, mir auch – ein wenig –, aber diesmal ist es mir für einen Tag wahrscheinlich ein bisschen zu viel.«

»Du rufst mich doch an, wenn du mich brauchst? Heute Abend oder morgen?«

Sie küsste ihn fest auf die Lippen. »Ja.« Die Tatsache, dass sie ihm dies so bereitwillig zugesagt hatte, ohne sich beengt zu fühlen, zeigte ihr, wie weit sie schon mit ihm gekommen war. Sie verliebte sich jeden Tag mehr in ihn und sie wusste, dass es bald kein Zurück mehr gäbe.

Und sie war sich auch nicht mehr so sicher, ob sie diese Möglichkeit überhaupt noch in Betracht ziehen wollte.

Liz küsste ihn noch einmal, bevor sie ausstieg und zu ihrem Haus ging. In Gedanken beschäftigte sie sich bereits mit den Dingen, die sie am nächsten Tag tun musste, um einen Job zu finden. Sie hatte sich mehr als einen Tag lang gehen lassen und nun war es an der Zeit, Pläne für ihre Zukunft zu entwerfen. Außerdem mischten sich Fragen bezüglich ihrer Beziehung mit

Owen darunter, doch das ängstigte sie nicht mehr so sehr wie früher.

Gerade wollte sie sich auf den Weg zur Badewanne machen, als es an der Haustür klingelte. Sie runzelte die Stirn und fragte sich, ob es vielleicht Owen sein könnte. Sie hatten bis jetzt noch keine Schlüssel ausgetauscht, weil sie einander ohnehin ständig besuchten, und wenn sie ehrlich war, hatte sie diese Grenze aufrechterhalten, weil sie Angst hatte.

Doch als sie die Tür öffnete, drehte sich ihr der Magen um. Natürlich war es nicht Owen. Denn wenn er es gewesen wäre, dann hätte ihr Leben den Weg eingeschlagen, den sie gehen wollte, den sie begonnen hatte zu erschaffen.

Und nun führte der Weg an den Rand einer Klippe und sie versuchte krampfhaft, Boden unter den Füßen zu halten.

Er hatte sich nicht viel verändert. Er war immer noch der Mann, der vor all den Jahren aus ihrem Leben stolziert war, weg von der Frau, die sie so sehr hasste, dass sie unzählige Male versucht hatte, das Leben aus ihr herauszuprügeln. Sein Haar war grauer geworden, jedoch nicht allzu sehr. Um die Mitte hatte er ein paar Pfunde zugelegt, aber auch dies änderte nicht viel an seinem Äußeren. Er hatte immer noch diese Augen, die niemals sahen, wer sie wirklich sein konnte, und dasselbe Lächeln, bei dem ihre Haut zu jucken begann, weil ihm einfach alles egal war.

»Was machst du denn hier?«, fuhr sie ihn an. »Wie hast du herausgefunden, wo ich lebe?«

»Begrüßt man so seinen Vater?«, fragte der Mann, der sich in ihrer Kindheit niemals die Mühe gemacht hatte, sich um sie zu kümmern.

»Scher dich weg, alter Mann. Du bist doch damals auch so leichten Herzens gegangen. Das kannst du jetzt ebenfalls.« Ihre Handflächen wurden feucht und ihr Magen revoltierte.

»Aber nun, Elizabeth. Bitte, hör mich an. Ich bin hier, um alles wiedergutzumachen.«

»Du bist ungefähr zwanzig Jahre zu spät. Und jetzt scher dich von meinem Grundstück oder ich rufe die Polizei.«

»Das würdest du nicht tun.« Über sein Gesicht huschte ein Hauch Erschrecken, doch sie empfand nichts dabei.

»Doch, das würde ich tun. Ich würde die Polizei rufen, so wie du es vor zwanzig Jahren hättest tun müssen. Und jetzt verschwinde aus meinem Leben. Du warst ebenso schlecht wie sie, weißt du. Du magst mich zwar nicht geschlagen haben, aber du hast zugelassen, dass sie es tat. Und ich will keinen Missbrauchstäter in meinem Leben.«

»Ich bin nicht wie sie.«

»Schau in den Spiegel und sieh, was für ein pflichtvergessener, hohler Mensch du bist. Ich bin nicht mehr das kleine Mädchen, das einst zu dir aufgesehen und geglaubt hat, du könntest es retten. Und jetzt verschwinde.«

Und damit schlug sie ihm mit zitternden Händen die Tür vor der Nase zu. Er hatte alles wieder aufgewühlt, alles, das ihre Seele, ihr Leben und ihre Zukunft zerstören konnte. Galle stieg in ihrer Kehle auf und sie presste eine Hand auf ihren Bauch, auf das wachsende Leben in ihr.

Sie durfte nicht wie ihre Mutter werden.

Das durfte nicht geschehen.

Und sie durfte nicht wie ihr Vater werden ... oder Owen erlauben, wie er zu werden.

Sie schloss die Augen und sank am ganzen Körper zitternd zu Boden. Sie hatte keine Ahnung, was sie tun würde, aber darüber konnte sie jetzt nicht nachdenken. Morgen. Morgen würde sie Owen aufsuchen und ihm erzählen, was geschehen war. Und die Tatsache, dass sie auch nur daran gedacht hatte, wegen dieser Sache zu Owen zu gehen, zeigte ihr eines.

Sie liebte ihn.

Und nun musste sie nur noch herausfinden, was sie damit anfing.

———

»Danke«, sagte Owen zu dem Polizeibeamten am anderen Ende der Leitung. »Lassen Sie mich wissen, wenn Sie noch etwas brauchen.« Er beendete das Gespräch und starrte mit unbewegter Miene auf seine

Hände. Er konnte nicht glauben, was der Beamte ihm gerade gesagt hatte, doch das Gewicht, das ihm gerade von der Brust genommen worden war, hätte genügen sollen.

»Alles in Ordnung mit dir?«, fragte Murphy, der gerade das Büro betrat. »Du bist blass, Mann.«

»Das war der Polizeibeamte, der an meinem Fall arbeitet. Offensichtlich haben sie den Fahrer des Pickups gefunden, der mich angefahren hat.« Und ihn dann so hatte liegen lassen, dem Tod geweiht.

Murphys Augen weiteten sich. »Im Ernst?«

»Im Ernst. Augenscheinlich war es einer der betrunkenen Kerle aus der Kneipe. Diejenigen, die bei Tessa standen. Diejenigen, denen ich gesagt habe, sie sollten sich selbst ficken. Er behauptet, es wäre ein Unfall gewesen, weil er betrunken am Steuer gesessen hat und nicht, weil er darauf aus war, mich anzufahren, aber dennoch. Was für ein Mist, Mann.«

Murphy schüttelte den Kopf. »Ich hoffe, er wandert dafür lange ins Gefängnis. Er hätte dich töten können. Er war verdammt nahe dran.«

»Ich weiß nicht, was weiter geschehen und ob es überhaupt eine Gerichtsverhandlung geben wird. Ich nehme an, die Polizei wird es mir mitteilen. Aber es ist doch gut, dass wir nun Klarheit haben, oder? Ich meine, zumindest ist er nicht mehr in Freiheit unterwegs.«

»Ich hätte es bevorzugt, er wäre früher festgenommen worden, wenn ich ehrlich bin.«

»Nun, das ist wahr.« Owen ließ sich auf seinen Stuhl

zurücksinken und fuhr sich mit der Hand übers Gesicht. »Das waren interessante Monate.«

»Das sehe ich auch so«, stimmte Murphy zu. »Nun, ich würde vorschlagen, lass uns heute Abend einen trinken gehen, um das zu feiern, aber das scheint in Anbetracht deiner Situation nicht infrage zu kommen.«

Owen schnaufte. »Ja, vielleicht eine Pizza oder so. Aber nicht heute Abend, da ich Liz versprochen habe, ihr bei ihrer Planung zu helfen.«

Murphy salutierte und nahm das Notebook zur Hand, wegen dem er ins Büro gekommen sein musste. »Und wieder einer zappelt an der Angel.«

Owen zuckte mit den Schultern. »Das ist ganz in Ordnung für mich.«

Sein Bruder lächelte. »Ich bin froh, Mann. Ernsthaft. Ich weiß, ich reiße meine Witze darüber, wie ihr alle einen Partner findet, aber es macht mich dennoch glücklich.«

»Dann wirst du also bald auch häuslich?«, wollte Owen wissen.

»Ich muss zuerst noch ein wenig leben, weißt du.« In Murphys Augen sah er eine Ernsthaftigkeit, die Owen direkt ins Herz schnitt, doch er verzichtete auf eine Bemerkung. Jetzt war nicht der richtige Zeitpunkt und sein Bruder hätte es ohnehin nicht hören wollen. Stattdessen nickte er nur und beobachtete, wie Murphy das Büro verließ. Owen blieb mit seinen Gedanken allein zurück.

Er hatte sich den Hintern aufgerissen, um ihren

Kalender mit Aufträgen zu füllen, nachdem sie den gewissen Kunden verloren hatten. Es nagte immer noch an ihm, dass er bei der einen Sache versagt hatte, für die er allein verantwortlich gewesen war, doch seine Brüder hatten ihm immer und immer wieder versichert, es wäre nicht seine Schuld. In jedem Fall wollte Owen jedoch dafür sorgen, ihr Auftragsbuch zu füllen und die besten Jobs zu ergattern, die sie bekommen konnten.

Wieder öffnete sich die Tür und Owen blickte auf. Er runzelte die Stirn, als Clive Roland hereinspazierte.

»Owen, gut. Ich habe Sie gefunden.«

Owen blinzelte, dann ließ er sich wieder auf seinen Stuhl sinken. Er bemühte sich nicht, sich zu erheben. Er hatte keine Ahnung, warum dieser Mann hier auftauchte, nachdem er zu einer anderen Firma gewechselt hatte, und das auf so armselige Weise. Er hatte ein schlechtes Gefühl bezüglich der Beweggründe des Mannes, ihn hier aufzusuchen.

»Was kann ich für Sie tun, Clive?«

Der ältere Mann rieb sich die Hände und blickte sich in Owens Büro um. Er befand sich heute auf der Baustelle, daher hielten sie sich in einem Container auf anstatt in seinem größeren Büro in dem Gebäude, das den Gallaghers gehörte. Es gab nicht viel zu sehen, da sie sich hier nicht mit Kunden trafen, und gemessen an der Art, wie der Mann sich wand, war er nicht allzu beeindruckt.

Schlimm.

Owen hatte alles getan, was er konnte, um den Mann

zu überzeugen, und am Ende hatte der Vorstand sich für die billigere Firma entschieden. Nicht sein Problem.

»Nun, sehen Sie, die Roland Group steckt ein wenig in der Klemme und ich könnte Ihre Hilfe gebrauchen.«

Owen nickte und bedeutete dem Mann weiterzureden. Er war nicht überrascht, dass sie in der Klemme steckten, aber er wusste nicht, warum dieser Mann zu ihm gekommen war und um Hilfe bat.

»Die Firma, die wir beauftragt haben, beruft sich auf Zusagen, die im Vertrag nicht vereinbart wurden, und die Vorstandsmitglieder sind nicht glücklich mit den Veränderungen, die auf uns zukommen. Sie sind eigentlich überhaupt nicht glücklich damit. Außerdem sieht es so aus, als würde gegen diese Jungs ermittelt, weil sie am vorherigen Projekt Einsparungen vorgenommen haben. Und nun ... überflüssig es zu erwähnen, braucht die Roland Group Ihre Hilfe.«

Owen schüttelte den Kopf. »Ich weiß nicht, was ich für Sie tun könnte, Clive. Sie haben uns im Stich gelassen und wir haben bereits begonnen, die zeitlichen Lücken zu füllen, die sich aus Ihrer Absage ergeben haben.«

»Wir könnten Ihnen eine Prämie zahlen, damit Sie die anderen Aufträge fallen lassen.«

Dieser Mann war ganz gewiss eine harte Nuss. Und Owen erkannte, wie glücklich sie sich schätzen konnten, dass sie den Auftrag nicht bekommen hatten. Während die Roland Group auf dem Papier erste Klasse war, sah er nun, dass sie dies mit hinterhältigen Mitteln erreicht hatte, worüber jedoch nirgendwo geredet worden war, als

Owen sich über die Roland Group informiert hatte. Und obwohl er ohne die Anwesenheit seiner Brüder keine Entscheidung hätte fällen sollen, wusste Owen, wie die Antwort lauten musste. Sie hatten ihm zuvor vertraut und verdammt, Owen würde sich dieses Vertrauen wiedergewinnen.

»Das können wir nicht tun.«

»Denken Sie zumindest darüber nach.«

»Clive –«

»Was zur Hölle geht hier vor?«, ertönte plötzlich Liz' Stimme von der Türschwelle.

Owen sprang auf. »Liz?«

»Nenn mich nicht Liz«, fuhr sie ihn an. »Was tust du hier, Clive?«

Owen runzelte die Stirn und ging auf sie zu. »Kennst du ihn?«

Liz schnaufte. »Als wüsstest du das nicht.«

»Ich habe dich gebeten, mich Dad, nicht Clive zu nennen«, sagte der alte Mann mit brüchiger Stimme. Owen erstarrte.

Sie hatte ihm zwar gesagt, ihr Vater hätte einen anderen Nachnamen, doch nicht in seinen wildesten Träumen hätte er gedacht, Clive Roland könnte Liz' Vater sein. Wie auch immer, jetzt, da er die beiden betrachtete, sah er, dass sie die gleichen Augen besaßen. Er schluckte heftig und versuchte, sich zu kontrollieren, doch der Ausdruck des Verrats in Liz' Augen traf ihn bis ins Mark.

Er hatte solche Fortschritte gemacht in ihrer Beziehung, doch er wusste, wenn er jetzt nicht das Richtige sagte, verlöre er sie für immer.

»Ich wusste es nicht«, ächzte er.

»Wie kann ich dir glauben?«, fragte sie mit weit aufgerissenen Augen. »Wie?«

Kapitel Vierzehn

Liz' Herz pochte in ihren Ohren und sie gab ihr Bestes, nicht zu schreien oder davonzulaufen. Sie konnte kaum glauben, was gerade geschah.

»Nun, Süße, schrei diesen jungen Mann nicht so an.« Die Worte ihres Vaters klangen krankhaft herablassend und sie hätte ihn am liebsten geschüttelt. Er war ein unaufrichtiger Mann, der sie die meiste Zeit ihrer Kindheit ignoriert hatte, doch wenn er sich jemals Zeit genommen hatte, zu ihr zu sprechen, hatte er diesen Tonfall benutzt.

Sie blickte hastig zu Clive hinüber. »Was habe ich dir gesagt? Du sollst dich nicht mehr in meine Nähe wagen! Verschwinde.«

»Sie müssen gehen, Clive.« Owen sprach mit leiser, bestimmter Stimme, als wüsste er, dass alles auf Messers Schneide stand. Sie war hier bei ihm und doch wusste sie nicht, was sie als Nächstes sagen sollte, sobald sie einmal den Mund geöffnet hatte.

»Wir waren noch nicht fertig damit, über unser Geschäft zu reden.« Clive fuhr sich mit der Hand durchs Haar, sein Blick wanderte zwischen den beiden hin und her. »Woher kennen Sie Liz?«

»Das geht Sie nichts an«, knurrte Owen. »Wir sind fertig mit der Roland Group und Ihnen. Und jetzt machen Sie, dass Sie rauskommen.«

Ihr Vater – obwohl sie zögerte, ihn so zu nennen – blickte noch einmal von ihr zu ihm, doch dann schlich er mit hängendem Kopf zur Tür hinaus. Sie konnte jetzt wirklich keine Rücksicht auf ihn nehmen. Tatsächlich hatte sie sich nach dem gestrigen Abend entschieden, ihn vollkommen aus ihrem Kopf zu verbannen. Sie hatte über die Zukunft nachdenken und versuchen wollen, dafür zu sorgen, dass sie nicht alles riskierte, indem sie sich in Owen verliebte. Und doch hatte das Universum mit seinen Lügen sie wieder einmal ins Gesicht geschlagen.

»Liz, rede mit mir«, sagte Owen nach einer Weile mit einer zu leisen, zu kontrollierten Stimme, als befürchtete er, eine falsche Bewegung zu machen und sie zu verjagen.

»Wusstest du es?«, wollte sie wissen. Ihre Stimme klang hohl. Sie konnte ihm nicht in die Augen blicken, nicht jetzt.

»Wusste ich, dass der Mann der Hurensohn ist, der dir so wehgetan hat? Nein. Ich hatte keine Ahnung. Er hat einen anderen Nachnamen und ja, du hast erwähnt, dass deine Mom deinen Namen in ihren Mädchennamen geändert hat, nachdem er euch verlassen hatte, aber es ist mir niemals in den Sinn gekommen, dass *er* dieser Mann sein könnte. Kein einziges Mal.«

Sie wandte sich ihm zu, ihr Körper fühlte sich taub an. »Kein einziges Mal?«

»Nein. Ich habe dir doch sogar von ihm erzählt. Er ist der Kunde, der uns versetzt hat.«

Sie runzelte die Stirn. »Warum war er dann hier?«

Owen fuhr sich mit der Hand durchs Haar und schnitt eine Grimasse. »Er sagte, er habe einen Fehler gemacht und wolle uns wieder unter Vertrag nehmen.«

Der Boden unter ihr schwankte und sie ergriff den nächstbesten Stuhl, um sich im Gleichgewicht zu halten. Sie konnte sich nicht mit der Vorstellung anfreunden, dass dieser Mann mit Owen und seiner Familie arbeiten würde, die ihr gerade erst versichert hatte, sie könnte sich ihnen in jeder Hinsicht, die ihr gefiele, anschließen. Es spielte keine Rolle, dass der Teil in ihr, der praktisch und logisch dachte, darin keinen Sinn sah. Es war der Teil in ihr, der noch das ängstliche Kind war, das geschrien und getobt und dem niemand zugehört hatte. Es war der Teil, der ihre Augen schmerzen ließ und verhinderte, dass ihr Verstand arbeitete.

»Du wirst mit ihm zusammenarbeiten?«

Owen trat einen Schritt vor, doch sie wich einen zurück. Wieder einmal bemerkte sie den verletzten Ausdruck auf seinem Gesicht. Im Augenblick hasste sie alles und wusste nicht, wie sie daran etwas ändern konnte.

»Du hast doch gehört, dass ich ihm gerade gesagt habe, es gäbe nichts Geschäftliches zu bereden.«

»Du wirst also meinetwegen das Geschäft deines Lebens nicht annehmen?« Sie war sich nicht sicher, welche Gefühle das in ihr auslöste. Später würde er ihr die Schuld dafür geben und so würde sich die Krankheit ausbreiten, so wie eben Hass in einer Beziehung geschürt wurde.

»Verflucht, nein. Ich hatte ihm bereits eine Abfuhr erteilt, aber er hat nicht zugehört. Dieses Arschloch, das verdient hätte, erschossen zu werden für das, was es dir angetan hat, hat gerade den letzten Nagel in seinen Sarg geschlagen.« Er trat näher an sie heran und diesmal wich sie nicht zurück. Er umfasste ihr Gesicht, doch sie schmiegte sich nicht an ihn. »Ich liebe dich, Lizzie. Ich werde nicht zulassen, dass dieser Mann und alles, was er getan hat, uns Schaden zufügt.«

Sie blinzelte und endlich liefen ihre Tränen. Alle Gefühle, die sie solange in sich vergraben hatte, drangen an die Oberfläche, und sie konnte kaum zu Atem kommen.

»Und wenn er das bereits getan hat?«

»Das dürfen wir nicht zulassen. Er ist weg, Lizzie. Er ist weg.« Er flehte sie an, aber ein kleiner Teil in ihr rebellierte immer noch, sorgte sich immer noch, dass etwas falsch laufen und jeder am Ende nur noch mehr verletzt sein würde. Das Auftauchen ihres Vaters musste ein

Zeichen sein und dem musste sie Aufmerksamkeit schenken.

Nur dass sie nicht denken konnte, wenn Owen sie berührte, und sie konnte einfach nicht durch ihre sorgenvollen Gefühle bis zu ihrem Verstand vordringen bei allem, was sie bis jetzt durchgemacht hatten.

»Ich bin hierhergekommen, um dir zu erzählen, dass ich ein Jobangebot bekommen habe«, platzte sie unvermittelt heraus. »Es ist in Cheyenne.«

Er versteifte sich und seine Hände fielen von ihrem Gesicht. »Zwischen Cheyenne und hier zu pendeln ist Wahnsinn, Lizzie.«

»Ich müsste dorthin ziehen«, erklärte sie heiser. »Aber ich nähme dort eine höhere Position ein als in meiner alten Stellung, mit besserer Bezahlung und besseren Arbeitszeiten.«

»Und du würdest sie annehmen? Einfach so?«

Sie verletzte ihn und sie wusste nicht, wie sie damit aufhören konnte. Sie hatte überhaupt nicht vorgehabt, den verdammten Job anzunehmen, doch das erwähnte sie nicht. Sie plapperte einfach weiter, über Vergünstigungen und alles, was die Stelle ihr zu bieten hatte, die sie eigentlich überhaupt nicht wollte. Doch gerade noch hatte sich ihr Vater in diesem Raum aufgehalten und sie daran erinnert, wie sie werden konnte, wenn sie sich in Owen verliebte.

Nur dass sie wusste, es war zu spät.

Sie liebte ihn bereits.

Und jetzt musste sie sich etwas Freiraum schaffen, um ihn nicht zu zerbrechen.

»Ich weiß es noch nicht, aber ich muss meine Möglichkeiten abwägen.«

»*Ich* bin deine Möglichkeit, Lizzie. Du, ich und das Baby. Du kannst nicht einfach weggehen, nur weil du Angst hast.«

»Ich weiß nicht, was ich tue!«, schrie sie und schlang sich die Arme um die Taille. »Seitdem ich dich kennengelernt habe, scheint alles, was ich mir aufgebaut habe, um mich herum zusammenzufallen. Ich dachte, ich wäre so stark, so unabhängig, aber stattdessen flippe ich immer wieder aus und schreie und sage die falschen Dinge. Ich mag diese Person nicht, Owen. Ich mag den Menschen nicht, zu dem ich werde.«

»Weil du dagegen ankämpfst. Wenn du dich einfach fallen lassen würdest, würdest du dich nicht hassen.« Seine Augen flehten sie an, aber sie konnte an nichts anderes denken als daran, dass er sie hassen würde für alles, was sie tun würde, wenn sie nicht vorsichtig wäre.

Sie wollte nicht weggehen. Sie wollte ihre Liebe zu ihm nicht negieren.

Aber sie hatte solche Angst.

»Ich weiß nicht, wie ich mich fallen lassen soll«, flüsterte sie. »Und ich darf unser Baby nicht verletzen, weil ich die falschen Entscheidungen treffe. Kannst du mir nicht einfach Zeit geben, um all dies zu verarbeiten?«

Owen stützte die Hände in die Hüften; seine Augen waren schwarz und voller Schmerz, als er prüfend ihr

Gesicht betrachtete. Sie hätte am liebsten die Hand nach ihm ausgestreckt, doch sie befürchtete, etwas Dummes zu tun. Ihr ganzes Leben lang hatte sie gewusst, dass sie zu dem werden würde, was sie hasste, falls sie sich in einen Mann verliebte und zuließe, dass er sie veränderte. Und um mit Owen zusammen sein zu können, hätte sie an dieser Prägung arbeiten müssen. Sie hatte geglaubt, bereits damit begonnen zu haben, doch da sie nun noch einmal ihren Vater zu Gesicht bekommen hatte, fiel ihr das viel schwerer.

»Ich liebe dich, Lizzie. Von ganzem Herzen. Ich werde dir Zeit zum Nachdenken geben, aber ich werde dich nicht verlassen. Du kennst meine Gefühle, meine Wünsche. Aber ich kann dich nicht zwingen, mich zu lieben. Ich kann dich nicht zwingen zu bleiben.«

Sie streckte die Hand nach ihm aus, ließ sie jedoch gleich wieder fallen.

Sie konnte ihn nicht berühren und gleichzeitig denken; konnte ihn nicht berühren und sich gleichzeitig daran erinnern, warum sie gegen diese Gefühle ankämpfte.

Daher wirbelte sie herum und ging. Sie wusste, sie traf wahrscheinlich die schlechteste Entscheidung ihres Lebens. Doch sie tat dies für Owen. Das redete sie sich jedenfalls ein, obwohl sie insgeheim wusste, dass es eine Lüge war. Doch wenn sie jetzt ging, konnte sie nachdenken und dafür sorgen, ihm nicht wehzutun.

Die Tränen liefen ihr die Wangen hinunter, als sie zu ihrem Wagen lief. Sie ignorierte Graham und Murphy, die hinter hier herriefen. Sie konnte ihnen jetzt nicht gegenübertreten. Nicht nach dem, was sie gerade getan hatte.

Stattdessen fuhr sie nach Hause, ihre Aufmerksamkeit auf die Straße und nichts anderes gerichtet. Sie konnte keinen klaren Gedanken fassen bei dem Pochen in ihrem Kopf, das ihr zuschrie umzudrehen. Als sie schließlich in ihre Einfahrt fuhr und zu ihrer Haustür taumelte, wusste sie, sie hatte einen schrecklichen Fehler begangen.

Sie war nicht ihre Mutter.

Sie war nicht ihr Vater.

Sie hatten sowohl einander als auch sie fertiggemacht, doch sie war nicht wie die beiden. Sie wollte diesen verdammten Job in Cheyenne nicht und sie wusste, auf der Kommode lag die Visitenkarte, die nach ihr rief. Sie müsste ihre bisherige Arbeitsweise ändern, der sie nun schon so viele Jahre folgte, um dort in der Onkologie zu arbeiten, doch das würde sie schaffen. So wie sie bereits begonnen hatte, die Art zu ändern, wie sie über das Leben im Allgemeinen dachte. Sie hätte Owen nicht verlassen sollen. Zur Hölle, sie wurde noch verrückt. Sicher, er wusste es nicht, aber sie hatte nach einer Entschuldigung gesucht, alles zu vermasseln, so wie immer. Sie hatte ihr Versprechen gebrochen, das sie sich gegeben hatte, nämlich ihn nicht zu verletzen.

Sie musste ihn aufsuchen. Sie musste zurückkehren.

Liz presste eine Hand auf ihren Bauch und holte tief Luft. Sie musste das tun, was sie sich geschworen hatte, niemals zu tun, und zugeben, dass sie sich von ganzem Herzen in Owen Gallagher verliebt hatte, und das Risiko für ein ganzes Leben eingehen.

Die Entscheidung war gefallen. Sie stieß die Luft aus. Sie hatte aus Angst übereilt gehandelt, was sie noch nie getan hatte, zumindest nicht, bis sie Owen kennengelernt und es sie umgehauen hatte. Er hatte recht – wenn sie nicht so heftig dagegen angekämpft hätte, hätte sie nicht so reagiert, wie sie es schon so oft getan hatte.

Vielleicht, wenn sie ihm eingeständе, dass sie ihn liebte, dass sie ihn wollte, dass sie ihm vertraute, würde sie nicht mehr dem Weg folgen, der sie in einen Menschen verwandelte, den sie kaum wiedererkannte.

Zumindest hoffte sie das.

Als sie sich herumdrehte, um den Schlüssel aufzuheben, der zu Boden gefallen war, ohne dass sie es bemerkt hatte, klingelte es an der Haustür. Sie erstarrte. Bevor sie durch den Spion spähen konnte, um nachzusehen, wer da vor ihrer Tür stand, erklang eine tiefe Stimme, die ihr sagte, um wen es sich handelte.

»Öffne die verdammte Tür, Lizzie. Wir sind noch nicht fertig.«

Nein, sie waren noch nicht fertig. Nicht auf lange Sicht.

Sie holte tief Luft, öffnete die Tür und trat ihrem Schicksal entgegen.

———

Liz öffnete die Tür und dann stand sie vor ihm, mit bleichem Gesicht und tränennassen Wangen, aber sie hatte ihm die Tür geöffnet. Das hatte etwas zu bedeuten.

»Owen «

»Wirst du mich reinlassen oder wollen wir die Nachbarn hören lassen, was ich zu sagen habe?« Er war so durcheinander, dass er nicht geradeaus denken konnte, doch das war nicht allein ihre Schuld. Immer wieder stellte sich ihnen etwas in den Weg, doch er sollte verflucht sein, wenn er sich davon abhalten lassen würde, alles zu bekommen, was sie verdienten.

Liz war das Beste, das ihm jemals widerfahren war, und das musste sie wissen.

Und zur Hölle, er hoffte, dass er andersherum das Gleiche für sie war.

Sie trat schnell beiseite und er stapfte ins Haus hinein. Er nahm dankbar wahr, dass sie die Tür hinter ihm schloss.

»Ich hätte dich nicht so davongehen lassen sollen«, begann er. »Du warst sauer und doch habe ich dich in deinen Wagen steigen und davonfahren lassen. Wer weiß, was alles hätte geschehen können? Ich meine, sie haben den Kerl zwar geschnappt, der mich angefahren hat, aber es gibt noch unzählige andere von der Sorte.«

Ihre Augen weiteten sich und sie trat einen Schritt auf ihn zu. »Sie haben ihn gefunden?«

Verflucht, das hätte er beinahe vergessen. Es schien eine Ewigkeit her zu sein, dass er die Neuigkeit erfahren hatte, nicht kaum eine Stunde. »Ja, es war einer der

Männer aus der Kneipe, die zu viel getrunken hatten. Er hat nicht einmal bemerkt, dass er mich angefahren hat, so berauscht war er.«

Sie stieß die Luft aus. »Ich bin froh, dass sie ihn geschnappt haben, aber trotzdem würde ich ihm gern in die Eier treten dafür, dass er dich verletzt hat.«

Er stieß ein raues Lachen aus. »Ja, das möchte ich auch gern.« Er atmete aus und fuhr sich mit der Hand durchs Haar. Früher hatte er das nicht so oft getan, aber Liz zehrte ständig an seinen Nerven und löste bei ihm nervöse Ticks aus.

»Ich bin vorsichtig gefahren«, sagte sie leise. »Ich habe mich voll auf die Straße konzentriert und hätte angehalten, wenn es mir zu viel geworden wäre. Ich war eine Idiotin, bin aber nicht rücksichtlos mit meinem Leben oder dem unseres Kindes umgegangen. Wirklich nicht.«

Er schloss die Augen und versuchte, sich zu beruhigen. »Du bist keine Idiotin, Liz.«

»Doch, irgendwie schon. Ich laufe ständig davon, wenn ich Angst bekomme, und das endet nur damit, dass ich uns beiden wehtue.«

Er riss die Augen auf, als ihre Worte in sein Bewusstsein vordrangen. »Was sagst du da?«

Sie trat an ihn heran und legte ihm die Hände auf die Brust. »Ich hätte nicht weggehen sollen. Nicht auf diese Art.«

»Da hast du verdammt recht.« Er umfasste ihr Gesicht. »Du bedeutest mir alles. Du und das Baby. Darf ich hinzufügen, wie nervös mich das macht, dass wir ein Baby bekommen? Weil ich es immer noch kaum glauben kann. Aber ich weiß, wir schaffen es, weil wir es zusammen tun werden.«

Sie presste die Lippen aufeinander und blinzelte. »Es fühlt sich so unwirklich an. Wir sprechen das Wort immer wieder aus und doch ...«

»Ich weiß, Lizzie. Ich weiß. Von Anfang an haben die Dinge sich überstürzt und wir müssen uns immer noch an den Gedanken gewöhnen, eine Beziehung zu haben. Aber Liz? Ich werde dich nicht noch einmal davonlaufen lassen. Ich werde dir immer wieder folgen, weil ich weiß, du läufst nur davon, wenn du Angst hast, nicht weil du etwa nicht in meiner Nähe sein willst.« Er verzog das Gesicht. »Okay, das klingt, als wäre ich ein Stalker, aber ich versuche nur, romantisch zu sein. Die Grenze ist schmal.«

Sie zog eine Braue in die Höhe. »Nicht so schmal, wie du denkst, aber ich weiß, was du meinst.« Sie blickte ihm in die Augen und straffte die Schultern, als bereitete sie sich darauf vor, etwas zu sagen, von dem sie nicht sicher war, ob sie schon bereit dazu war. »Ich liebe dich, Owen.«

Sein Herz pochte heftig angesichts dieser Worte und er brauchte all seine Kraft, um nicht zu reagieren und sie an sich zu ziehen. Er wollte ihre Lippen schmecken und wissen, wie es sich anfühlte, sie in den Arm zu schließen, jetzt, da sie einander endlich ihre wahren Gefühle gestanden hatten.

»Ich liebe dich bereits seit geraumer Zeit, aber ich konnte es nicht erkennen. Oder vielleicht habe ich es erkannt und mich deshalb zurückgehalten. Immer, wenn ich das Gefühl hatte, an dem Punkt angelangt oder zumindest nahe daran zu sein, geschah etwas anderes. Die Schwangerschaft, mein Job und dann ausgerechnet mein Vater, das war alles zu viel.«

Er fuhr mit dem Daumen über ihr Kinn. »Aber du hast dich damit auseinandergesetzt.«

Sie schnaufte. »Nicht gut.«

Dem konnte er nicht widersprechen. »Wir alle gehen unterschiedlich mit Problemen um, und ja, du warst überwältigt, aber ich habe mich auch nicht besser benommen. Ich begann, Listen aufzustellen, und versuchte, mich selbst um alles zu kümmern, ohne um Hilfe zu bitten. Das hat mich von jedem, einschließlich dir, abgeschnitten, und das hätte ich nicht tun dürfen.«

»Ich werde nicht nach Cheyenne gehen«, platzte es aus ihr heraus. »Das hatte ich überhaupt nicht vor, aber offensichtlich brauchte ich eine Entschuldigung. Als mir also alles zu viel wurde, benutzte ich sie.«

»Verdammt richtig. Du wirst nicht nach Cheyenne gehen.« Er machte eine Pause und dachte nach. »Sicher, Gallagher Brothers Restoration könnte dort eine Zweigniederlassung gebrauchen, nur für den Fall.« Er rieb sich das Kinn. »Tatsächlich keine so schlechte Idee.«

Sie verdrehte die Augen und boxte ihn. »Hör auf damit. Ich werde nicht dorthin gehen.«

»Aber wenn du gehen würdest, würde ich dich

begleiten. Ich liebe dich, Liz. Du bist meine Zukunft, hast du das nicht verstanden? Wo du hingehst, gehe auch ich hin.«

Ihre Augen füllten sich mit Tränen und er befürchtete, das Falsche gesagt zu haben, bis sie ihn auf die Brust küsste. »Ich werde Fehler machen, Owen. Ich werde übereilt und dumm reagieren, wenn ich sauer bin, auch wenn ich mich bemühe, das Richtige zu tun. Es wird mich vielleicht überfordern, einen neuen Job zu finden und schwanger zu sein, ganz zu schweigen davon, was nach der Geburt auf uns zukommt. Und ich will mit dir zusammen sein, ehrlich, aber ich kann Tessa nicht einfach so allein in dem Haus zurücklassen, das wir gekauft haben. Also werde ich wahrscheinlich auch deswegen gestresst sein. Und auch du stresst mich. Ich breite alles offen vor dir aus. Ich liebe dich, aber ich komme mit schwerem Gepäck.«

Owen zog sie an sich, noch nicht vollkommen bereit zu glauben, dass er alles, was er sich je gewünscht hatte, gerade in seinen Armen hielt. Gütiger Himmel, er hatte niemals wirklich geglaubt, dies könnte geschehen. Und doch wusste er, es war die Wirklichkeit.

Liz gehörte ihm.

Endlich.

»Wir schleppen alle unser Gepäck mit uns herum, Lizzie.« Sie schnaufte. »Einige mehr als andere, sicher, aber wir alle haben es. Zur Hölle, du wirst dich mit meiner Neigung herumschlagen müssen, alles zu organisieren und übertrieben zu planen. Täglich.«

»Immer noch nicht so viel Gepäck wie ich«, murmelte sie an seiner Brust.

»Nun, dies ist kein Wettstreit und ich bin mir sicher, dass du mit der Zeit Verhaltensweisen an mir entdeckst, die dich ärgern. Aber das ist es eben, Lizzie, die Zeit. Ich möchte dich an meiner Seite und in meinem Leben haben, bis wir zum nächsten weiterwandern. Ich möchte unser Kind mit dir zusammen aufziehen und Fehler machen, während ich weiß, wir können unsere Probleme lösen, wenn wir es versuchen. Und wenn du Angst bekommst, musst du mir versprechen, nicht davonzulaufen. Denn wenn nicht, halte ich dich mit Büroklammern gefangen, wenn es sein muss. Mein Schreibtisch ist voll davon.«

Sie blinzelte ihn einen Augenblick an, dann warf sie den Kopf zurück und lachte. »Du bist solch ein Idiot, Owen Gallagher.«

Er räusperte sich, bevor er ihr zärtlich einen Kuss auf die süßen, süßen Lippen drückte. »Ich bin dein Idiot, Lizzie. Du musst nichts weiter tun, als bei mir zu bleiben.«

Sie blickte ihm in die Augen und beide stießen leise die Luft aus. »Ich werde bleiben. Solange du da bist, werde ich bei dir bleiben.«

Owens Herz drohte zu explodieren, als er ihren Mund in einem heißen Kuss noch einmal nahm. Er hatte seine Frau gefunden, die ihn bis zum Ende seiner Tage herausfordern und auf Trab halten würde. Und bald hätte er ein neues Leben zu ernähren und würde es lehren müssen, wie man Dinge plante, wenn einem alles zu viel wurde.

Und wenn er es nicht schaffte, wusste er, er war nicht allein.

Denn die Frau in Jeans, die ihn an jenem Abend aus den Socken gehauen hatte, als er sie zum ersten Mal gesehen hatte, hatte ihr Innerstes und ihre Vergangenheit überwunden, sodass sie ihm nun ebenso gehören konnte wie er ihr.

Für diese Art von Schicksal und Chance gab es keine Liste und keine Kalkulationstabellen.

Und Owen Gallagher wusste, dass er sich damit recht gut abfinden konnte.

Die Gallagher-Brüder:
Hope Restored – Geheilte Hoffnung

Weiter in der Montgomery Ink Reihe:
Ink Exposed – Tattoos und Genesung (Buch 6)

BÜCHER VON CARRIE ANN RYAN

Montgomery Ink Reihe:
Delicate Ink – Tattoos und Überraschungen (Buch 1)
Tempting Boundaries – Tattoos und Grenzen (Buch 2)
Harder than Words – Tattoos und harte Worte (Buch 3)
Written in Ink – Tattoos und Erzählungen (Buch 4)
Ink Enduring – Tattoos und Leid (Buch 5)
Ink Exposed – Tattoos und Genesung (Buch 6)
Inked Expressions – Tattoos und Zusammenhalt (Buch 7) **(demnächst erhältlich)**

Novellas:
Ink Inspired - Tattoos und Inspiration (Buch 0.5)
Ink Reunited – Wieder vereint (Buch 0.6)
Forever Ink - Tattoos und für immer (Buch 1.5)
Hidden Ink – Tattoos und Geheimnisse (Buch 4.5)

Die Gallagher-Brüder:

Die Gallagher-Brüder:
Love Restored – Geheilte Liebe (Buch 1)
Passion Restored – Geheilte Leidenschaft (Buch 2)
Hope Restored – Geheilte Hoffnung (Buch 3)

Und auch die folgenden Bücher von Carrie Ann Ryan werden in Kürze auf Deutsch erhältlich sein:

Aus der »Montgomery Ink Reihe«:
Inked Memories (Buch 8)
Fallen Ink (Buch 9)
Restless Ink (Buch 10)
Jagged Ink (Buch 11)
Wrapped in Ink (Buch 12)
Sated in Ink (Buch 13)
Embraced in Ink (Buch 14)
Seduced in Ink (Buch 15)
Inked Persuasion (Buch 16)

Biografie

Carrie Ann Ryan ist eine *New York Times* und USA Today Bestsellerautorin moderner und übersinnlicher Liebesromane. Außerdem schreibt sie Literatur für junge Erwachsene. Ihre Arbeit umfasst die »Montgomery Ink Reihe«, »Redwood Pack«, »Fractured Connections« und die »Elements of Five«-Reihe. Weltweit hat sie über vier Millionen Bücher verkauft.

Sie hat bereits während ihres Chemiestudiums mit dem Schreiben begonnen und hat seitdem nicht mehr aufgehört. Inzwischen hat Carrie Ann mehr als fünfundsiebzig Romane und Novellen fertiggestellt – und ein Ende ist nicht in Sicht. Carrie Ann wurde in Deutschland geboren und hat schon überall auf der Welt gelebt. Wenn sie sich nicht gerade in ihrer emotionalen und aktionsgeladenen Welt verliert, liest sie gern, während sie sich um ihr Katzenrudel kümmert, das mehr Anhänger hat als sie selbst.

Besuchen Sie Carrie Ann im Netz!
carrieannryan.com/country/germany/
www.facebook.com/CarrieAnnRyandeutsch/

twitter.com/CarrieAnnRyan

www.instagram.com/carrieannryanauthor/